スープ専門店①

謎解きはスープが冷めるまえに

コニー・アーチャー　羽田詩津子 訳

A Spoonful of Murder

by Connie Archer

コージーブックス

A SPOONFUL OF MURDER
by
Connie Archer

This edition published by arrangement with The Berkley Publishing Group,
an imprint of Penguin Publishing Group,
a division of Penguin Random House LLC
through Tuttle-Mori Agency,Inc.,Tokyo

挿画／ノグチユミコ

登場順に。ジェニファー、ステファニー、トムへ捧げる。

謝辞

フォリオ・リテラリー・マネージメント社のページ・ホイーラーは非常に仕事熱心で、いいアドバイスと専門的意見をいただいた。バークレー・プライム・クライムのベス・ラパポートには〈スープ愛好家のミステリ〉のために熱意あふれる支援をいただいた。心から感謝を捧げたい。

マリアン・グレースには、この本をできる限りよいものにするために原稿整理の技術を提供していただいた。それから、この本を誕生させるために手を貸してくれたバークレー・プライム・クライム・クライムのみんな、どうもありがとう。

批評し、励ましてくれた作家グループにも心からの感謝を。チェリル・ブラフリー、ドン・フェドシューク、ポーラ・フリードマン、R・B・ロッジ、マーガレット・サマーズに。

www.conniearchermysteries.com

謎解きはスープが冷めるまえに

主な登場人物

ラッキー・ジェイミソン……………………スープ・レストランの店主
ジャック・ジェイミソン……………………ラッキーの祖父
セージ・デュボイス…………………………スープ・レストランのシェフ
ソフィー・コルガン…………………………ラッキーの旧友。セージの恋人
レミー・デュボイス…………………………セージの弟
ジェニー………………………………………スープ・レストランの従業員
メグ……………………………………………スープ・レストランの従業員
マージョリー…………………………………スープ・レストランの常連客
セシリー………………………………………スープ・レストランの常連客
ハンク・ノースクロス………………………スープ・レストランの常連客
バリー・サンダーズ…………………………スープ・レストランの常連客
イライアス・スコット………………………医師。ラッキーの学生時代の憧れの人
パトリシア・ハニウェル……………………長期滞在のスキー客
ジョシュ………………………………………スキーインストラクター
フロ・サリヴァン……………………………掃除人。スープ・レストランの元従業員
ジョナサン（ジョン）・スタークフィールド……医師
アビゲイル・スタークフィールド…………ジョナサンの妻
エリザベス・ダヴ……………………………ラッキーの亡くなった両親の友人。村長
ネイト・エジャートン………………………警察署長

1

「わたしのこと、心配してるよね、お母さん。でも大丈夫。わたしの新しいアパートを見たら、きっと気に入ると思うな。エリザベスが当分のあいだ貸してくれたの、今後のことを決めるまで」

ラッキーはため息をついた。「お母さんがどう言うかはわかってる。でもね、お店を継ぐとなると責任重大よ。それに、わたしも実は大変なときなんだ——今、いろんなことで悩んでるの」ダウンコートを着ていても寒さで体が震え、両手に息を吹きかけて暖めようとした。傾きかけた冬の太陽で雪の上に長い影が伸びている。

「アパートの部屋は狭いけど、裏の窓から庭園が見えるの。もちろん今は何もないけど、春には花が咲き乱れる。とても心が安らぎそうよ。その部屋ならぐっすり眠れる気がする。ずっとよく眠れないの……お父さんとお母さんのことを知らせる電話がかかってきてから」

ラッキーは掘り起こされたばかりの地面を見下ろした。雪につけられた大きな黒い傷跡。その上にわずかに雪が積もっている。やわらかい地面はやがて沈み、雪が墓を覆い、春になれば草が生えるだろう。そこで両親は安らかに眠るのだ。

「遠くで暮らして顔を見せにもこなかったよね。そのことでごめんなさいって、お母さんに謝りたかった――大学を卒業してから何年も家に帰ってこなかったものね。特別なことをしたかったの――観光シーズンのためじゃなくて、別のことのために生きたいと思った。でも、たいしたことはできなかったわ。何年か前までさかのぼれるなら、家に帰ってきてお父さんとお母さんをハグしたのに。二人が生きているあいだ、毎日」

毎日襲ってくる罪の意識から、いつか立ち直れるのだろうか。両親が必死に働いていたこと、そして、自分はああいう生き方はしたくないと決心したことが思い出された。今、ラッキーはひとりぼっちだった。墓地でも一人きり。両親と交わしているこの一方的な会話を聞いている人もいない。今ではもう、両親とこういう会話しかできなくなったのだ。死はすべてを無にする。両親が交通事故で命を落とすというショッキングなできごとに、彼女のささやかな人生経験ではどう向き合ったらいいのかわからなかった。

「これを持ってきたわ。常磐木とバラを二本。一本はお母さんに、もう一本はお父さんに」

ラッキーはひざまずいて花束をふたつに分けると、常磐木とバラを墓石の花立てに入れた。一歩下がって、しばらくたたずんでいると、母の笑顔が目に浮かび、愛用していたオーデコロンの香りが嗅ぎとれるような気までした。凍てついた風に再び身震いしたときには、涙はすでに頬で凍りついていた。

スノーフレークのメイン通りに戻ってきたときには、ラッキーの顔は寒さで感覚がなくなっていた。ウールのマフラーを鼻まで引っ張り上げ、両親のスープの店〈バイ・ザ・スプーンフル〉まで古い友人や知り合いに会わずにたどり着けますように、と祈った。みんなとてもやさしくしてくれたが、お悔やみの言葉をかけられるたびに、わっと泣きだしてしまいそうになる。両親がいなくなって寂しくてたまらなかった。二人はいつもラッキーを見守ってくれていた。こんなに早く二人に会えなくなる日が来るなんて思ってもみなかった。

暮れなずむ夕空を背に、早くも街灯が瞬いていた。大きな雪の結晶をかたどったライトがブロードウェイに並ぶ街灯に吊されている。地元の店は閉まっていたが、〈スプーンフル〉の窓からはまばゆい光がこぼれていた。店内が暖かいせいで窓ガラスは曇っている。ラッキーは通りの向かいに立ち、初めて目にするかのようにお店をじっくりと眺めた。父のご自慢の古いブルーと黄色のネオンサインが、いまだに正面の窓にぶらさがっている。ふと、母のマーサと父のルイス・ジェイミソンが店内にいるところが目に浮かんだ。暖かい店に駆けこんでいって、幼い頃よくしたように、二人をぎゅっとハグできたらいいのに。

今は祖父のジャックがキャッシュレジスターの前に立っている。ディナータイムだったので、素朴なレストランは観光客と地元の人間の両方でにぎわっていた。メニューは季節に応じて変わるさまざまなスープ、シチュー、サンドウィッチ。冬にはたっぷりお肉が入ったスープや濃厚なレンズ豆のスープ、夏にはもう少しあっさりしたスープ。どのスープもベーカリーのハードブレッドをたっぷり添えるか、パンをくりぬいたブレッドボウルによそって出された。今夜のお勧めは〈スプーンフル〉の才能あるシェフ、セージのオリジナルスープだった。

ラッキーの大学時代に、両親はセージ・デュボイスを雇った。この腕利きシェフのおかげで、〈スプーンフル〉はおいしくてユニークなメニューを出し続けているのだ。今夜のお勧めスープはヤムイモ、じゃがいも、人参、赤パプリカを材料にして白コショウをきかせたクリームスープだった。ラッキーは墓地からずっと歩いてきたのでおなかがすいていた。休憩がとれたらすぐに、その新作のスープを大きなボウル一杯食べようと、今から楽しみだった。

店をあまり長く留守にしないようにしていた。お客が立て込んでくると、祖父はうろたえて混乱してしまうことがあるのだ。両親が遺してくれた店を自分が継ぐとは思ってもみなかった。でも、〈スプーンフル〉を店じまいすることも考えられなかった。祖父のジャックには、こう釘を刺されている。今はどうにかがんばって店をやっているが、それもおまえが店を継ぐ心の準備ができるまでだ——もっとも、そうしたいならの話だがと。祖父はとても辛抱強く、決してラッキーをせかさなかったが、きっぱりした答えを待っているのは明らかだった。もうこれ以上は答えを引き延ばせそうにもない。

深呼吸をひとつすると通りを渡り、ガラスの入り口ドアを開けた。頭上でベルがチリンチリンと鳴ったが、食器の音や話し声がうるさくて誰の耳にもほとんど入らなかっただろう。ほぼすべてのテーブルが埋まっていた。〈スプーンフル〉の常連客ハンク・ノースクロスとバリー・サンダーズがいつものように隅のテーブルを占め、ホイップクリームを浮かべたホットチョコレートの大きなマグをかたわらに、四目並べに興じている。ハンクがまたもやゲームに負けたらしく、そのわめき声がにぎやかな店内でも聞きとれた。勝ったバリーはにやつきながら椅子にふんぞり返ると、でっぷりした腹の上で両手を組んだ。それから、ホットチョコレートをひと口すすった。

ジャックが勘定書きから顔を上げた。「ラッキー、よかった、心配していたところだよ。さっき三点鐘（十七時半のこと）が鳴ったからね」ジャックは第二次世界大戦のとき海軍軍人だった。ラッキーは小さい頃から海の専門用語を聞いて育ったので、海軍式の時間の呼び方もちゃんとわかるようになっていた。

ラッキーは返事代わりににっこりした。「大丈夫よ」彼女はキャッシュレジスターの後ろに入りこむと、自分よりも十八センチぐらい背の高い大柄な祖父をぎゅっと抱きしめ、頬にキスした。「愛してるわ、ジャック」祖父を名前以外で呼んだことはない。たった一人の孫であるラッキーは、ジャックと呼べと、ずっと祖父に言われ続けてきたのだ。「おじいちゃん」なんて呼ばれたくない。そういう呼び方が似合うのは老人だ、わしはまだ老けこむつもりはないからなと。

ジャックはラッキーの肩をつかんだ腕をいっぱいに伸ばして、しげしげと顔をのぞきこんだ。「本当に大丈夫なのかい？」

ラッキーはうなずいた。「ええ。ただ……愛する人との一瞬一瞬は大切だなってしみじみ思っただけ」

ジャックのしわだらけの顔に悲しみの影がよぎった。「そいつは人生が教えてくれるつらい教訓のひとつだ。でも、おまえの両親はすばらしい子に育てあげた。大丈夫だ。いや、おまえのことはあまり心配していないよ」

実のところ、ラッキーはジャックのことが心配になりはじめているところだった。こっちに帰ってきてからいくつか気になるできごとがあったのだ——ときどき混乱してしまうことや、すっぽり記憶が抜け落ちてしまうことなど。最初は祖父の言葉をジョークかたくましい想像の産物だと思っていた。でも、あとになって真面目に言っているとわかった。今後はもっと目を配っていかなくては。残された家族は祖父だけだし、祖父のことを見守れる人間は自分しかいないのだ。

ラッキーはスイングドアを押して廊下を進んでいき、コートと冬の防寒具をクロゼットにしまった。スノーブーツを脱ぎ、ローファーにはきかえる。棚から洗濯したエプロンを一枚とった——母がデザインしたもので、鮮やかな黄色の地に湯気を立てているスープのボウルの輪郭が描かれている。店に戻りながら厨房をちらっとのぞいた。セージが大きな鍋をかき回していて、作業台には刻んだ野菜が山積みになっていた。

「ハイ、セージ。調子はどう？」

彼は顔を上げてにっこりした。また野菜を刻みはじめると、腕の筋肉が盛りあがった。

「まずまずです、ボス」

ラッキーはうなずいた。「こっちで手伝いが必要なら教えて。今夜は店にウェイトレスが二人いるから」

「あの二人をぼくの厨房に近づけないでください！」セージは叫んだ。

ラッキーは口元をゆるめた。こと料理となると、セージは巨匠なのだ。高い技術を身につけた創造力あふれるシェフの彼を見つけ、両親は天にも昇る心地だったようだ。しかも、格安の給料で雇うことができた。山の上のスキーリゾートだったら、その二倍はもらえただろう。はっきり言って、どうしてこんなに長くセージがここで働いてくれているのか、ラッキーにはわからなかった。これだけの腕があれば、どこでも歓迎されるはずだ。両親が亡くなったのをきっかけに他の店に移らないでほしいと、祈るばかりだった。

あるとき、新しいスープのレシピを提案し、夏にはサラダもメニューに入れてみたらどうか、とセージに言ってみたことがあった。返ってきたのはとりつく島もない拒絶。もっともセージは言葉に出しては何も言わず、ただ体をこわばらせただけだった。でも、言葉にはされない思いをラッキーははっきりと読みとった。もしかしたら自分の能力が批判されていると誤解したのかもしれない。まったく、そんなことはないのだけれど。あるいは年の近い女性から命令されるのが気に入らなかったのかも。名前で呼んでほしいと何度か言ったのだけれど、今のところ聞き入れてもらえず、もっぱら「ボス」と呼ばれている。両親がやっていたとおりに店を経営していくかどうかも決めていないので、距離を置かれているのかもしれない。たしかに、ラッキーはこのレストランを続けていくかどうかについて、まだはっきり心が決まっていなかった。

セージがもっといいレストランに移ってしまったら、もう彼ほどのシェフは見つけられないかもしれない。セージなしでは、同じ料理のレベルを維持することは不可能だ。でも、ひとまず、その心配はおいておくことにした。時がたてばわかる、時がたてばわかる。呪文のように唱えながら、ジャックを解放してあげるためにレジに戻っていった。

それからの数時間はあっという間に過ぎた。八時にジャックを家に帰し、一時間後、最後の客がひきあげていった。ジェニーとメグというウェイトレスをしてくれている地元の女の子たちは、テーブルを片付けるとコートに腕を通そうとしていた。厨房を片付けるために奥でセージがバタバタ動きまわっている音が聞こえてくる。ラッキーはレジの下のキーを手にして戸締まりをしようとしたが、正面ドアに向かいかけたとき、ドアがさっと開き、冷たい空気がどっと流れこんできた。ソフィー・コルガンが中に入ってきて、ぴしゃりとドアを閉めた。

ラッキーの心は沈んだ。ソフィーは村でいちばん会いたくない相手だった。

2

ソフィーとは子ども時代からの友人だったが、ハイスクールのときに自然に疎遠になってしまった。ラッキーは勉強に力を入れていたし、ソフィーは運動に、とりわけスキーに打ちこんでいた。現在、ソフィーはスノーフレーク・リゾートで指折りのスキーインストラクターになっている。今夜はまだスキーウェアのままだった。

振り返ってみると、二人の友情に決定的なひびが入ったのは、ラッキーがウィスコンシン州の大学に行くと決めたときだった。ハイスクールの最上級生になると、ソフィーはよそよそしく冷たくなり、しじゅうラッキーをからかっては嫌みを口にし、親しかったことなど一度もなかったような顔をしていた。ラッキーは二人のあいだの溝を埋め、友情をもう一度甦らせようと何度か努力してみたが、あっさりはねつけられてしまった。ソフィーは「都会もん」に対して敵意をむきだしにし、小さなヴァーモントの故郷の村から逃げだそうとしているラッキーの野心に、ものすごく腹を立てていたのだ。今はその怒りをスキーのゲレンデで発散しているのではないだろうか。それにしても、この時間にどうして〈スプーンフル〉に来たのだろう、とラッキーは首をかしげた。レストランがそろそろ閉まる時間だと知ってい

るはずなのに。

「やっぱり！」ソフィーは笑みを浮かべた。「あなたが戻ってきたって聞いたけど信じられなかったの。びっくりだわ。マディソンはもう飽きちゃったの？」その口調にかすかなあざけりがこめられているのが聞きとれた。

「そういうわけじゃないの……わたし……」

ソフィーはさえぎった。「ご両親のことはお気の毒だったわ」

「ありがとう」

「さぞつらいでしょうね」

ラッキーは返事をしなかった。どんなお悔やみの言葉にも涙があふれそうだったからだ。精一杯の笑顔をこしらえた。「元気そうね、ソフィー」

「それはどうも。スタイルは変わらないわ。あなたもね」ソフィーはセーターとスラックス姿のラッキーを値踏みするように眺めた。「ずいぶん外見に気を遣ってるみたいね」それはあなたって甘やかされたわがまま放題の人間ね、という意味だとラッキーは解釈した――スノーフレークのような田舎の村にはもったいないと、どうせ、お高くとまっているんでしょ、と。

ソフィーがたんにお悔やみを言うためだけに立ち寄ったとは思えなかった。

「あの、そろそろ閉めるところで……」

「あら、料理を食べに寄ったんじゃないわよ」ソフィーは攻撃的なしゃべり方に磨きをかけていて、ラッキーに最後まで言わせずにさえぎった。そのときソフィーの視線がラッキーの背後に向けられ、まばゆいほどの微笑がぱっと浮かんだ。ラッキーは彼女の視線を追った。防寒用にピーコートを着たセージがスイングドアから出てくるところだった。彼はソフィーに笑みを返し、近づいてきた。

「まあ。ごめんなさい。知らなくて、あなたたち二人が……」ラッキーは言いよどんだ。

「おやすみ、ボス」セージはソフィーのためにドアを開けながらあいさつした。

ソフィーは振り向くと、いたずらっぽい笑みを浮かべながら手を振った。

「またそのうちにね」セージはソフィーといっしょに外に出ていきドアを閉めた。ラッキーは窓辺に歩み寄り、二人が遠ざかっていくのを見送った。セージはソフィーの肩に腕を回している。

「おやすみなさい」

ラッキーは空っぽの店内に向かってつぶやいた。長いあいだ窓辺にたたずんでいた。こちらに戻ってきたのは正しい決断だったのだろうか。自信がぐらついていた。こんなに急に人生を方向転換したのは両親の死のショックのせい？　葬儀がすむとマディソンに戻り、向こうの生活を清算してきた。もう、退路は断たれた。後戻りはできない。本当にこれでよかったの？　時がたてばわかるわ、と改めて心の中で繰り返した。ドアに鍵をかけ、ゆっくりと店内を歩き回って照明をひとつひとつ消していった。ひとつ消すたびに、いっそう孤独が胸にしみた。

3

「それ、なんていう色なの？　すごくおいしそう。食欲がわいてきそうな色ね」エリザベスがペンキ缶をのぞきこんだ。ラッキーが新しいアパートで居心地よく過ごしているかどうか心配して、朝早くから様子を見に来てくれたのだった。

　ラッキーはくすっと笑った。「〝パンプキン〟よ」

「やっぱりね」エリザベスは微笑んだ。「だから気に入ったんだわ」

　一ガロン入りのペンキ缶に慎重に蓋をはめ、きっちり閉まるまでぎゅっと押しこんだ。両手をペーパータオルでふくと、コーヒーを運んできてキッチンのテーブルにエリザベスといっしょにすわった。

「家具のこともありがとう」

「いいのよ。店子の誰かが必要になったときのために倉庫にあれこれしまってあるんだから。長年のあいだにちょっとしたコレクションになっちゃったわ」

　ラッキーの大家、エリザベス・ダヴは両親の昔からの友人で、最近人口九百五十三人のヴァーモント州スノーフレークの村長に選ばれていた。夏の住人の数はほぼそれで正確だった。

しかし、冬になるとスキー場や冬用キャビンに観光客が滞在し、小さな集落は人口が三倍にふくれあがる。五十代後半のエリザベスの髪はつややかな銀髪になりかけていた。それを若々しいショートカットにして、決して染めようとしなかった。

ラッキーは口ごもりながらたずねた。「あの、わたしにあわせているんじゃないわよね？あなたが気に入らない色にはキッチンを塗りたくないの」

「あら本気よ。この色、とっても気に入ったし、あなたが全部自分でやってくれるというので大助かり。誰かを雇わずにすんだもの。そもそも、この部屋は多少手を入れる必要があったわ。〈スプーンフル〉での仕事がいろいろあるのに、ペンキ塗りまでさせちゃってちょっと申し訳なく思ってるの」

「いいセラピーになるわ。二、三日で終わる予定だけど、ともかくちゃんと完成させるつもりよ」このスペースを自分の好きなようにできると思うと、心が弾んだ。自分で選んだ暖かい色に囲まれていると、本物のわが家のような感じがする。

「今夜から作業にとりかかるわね。仕事から帰ってきたら」

「それで思いだしたわ」エリザベスがにっこりした。「ささやかなプレゼントを持ってきたの」

「まあ、どうしましょう！　もう充分によくしていただいているのに」

ラッキーは声をあげた。それは本当だった。マディソンの家を引き払って帰ってきた日、エリザベスは駅で出迎えてくれた。知っている顔が待っていたら、ラッキーがどんなに安堵し救われるかと気を遣ってくれたのだ。母親がいなくなってラッキーが寂しくて寂しくてたまらないことも、ちゃんと察していた。そこで母親の代わりにはなれなくても、せめてそれに近い存在になろうとしてくれている。ラッキーが社会人になって六年もたつ、もうりっぱな大人だということは関係なかった。エリザベスは赤ちゃんの頃からラッキーを知っていたし、両親とはとても親しかった。自分の子どもはとうとう持てなかったので、ラッキーは娘にいちばん近い存在だったのだ。

エリザベスは大きな紙袋をひっかきまわして、細長い箱をとりだした。「開けてみて」

ラッキーはにっこりして蓋を開けた。中にはたたんだ黒いフランネルの布が入っていた。

「これは何なの?」不思議そうにラッキーは問いかけた。

「見ればわかるわ」

ラッキーは慎重な手つきで箱から中身をそっととりだした。顔は木彫りだった——民芸品の人形だ——黒い帽子とマントに、干し草でこしらえた長いスカート。人形はほうきを手にしていた。

「本物のニューイングランドのキッチンウィッチよ」

ラッキーは笑い声をあげた。「まあすてき、魔女人形ね」

「幸運を運んできてくれるわよ」

「ありがとう。うれしいわ! さっそくキッチンのドアのところにかけよう」

「そろそろ行かないと。また明日かあさってに電話して様子を訊くわね。何かあったら遠慮なく電話して――どんなことでも。すがって泣く肩ならいつでもあるわよ」エリザベスはラッキーの頭をちょっとなでると、かがんで頬にキスした。

ラッキーは部屋の戸口でエリザベスをハグすると、階段を下りていく彼女を手すりにもたれて見送った。玄関ドアがバタンと閉まると、急いでキッチンに戻って時計を見た。急がなくては。レストランはあと三十分で開店する。ジャックはすでに店に来て、セージが前の晩に仕込んでおいた大鍋のスープを温めているだろう。セージももうすぐ到着するはずだ。今朝はセージが〈ベティ・ベーカリー〉から焼きたてのパンを受けとってくることになっていた。ラッキーは急いで寝室に行き、ジーンズを脱いだ。暖かいスラックスとセーターを着て、ハニーブロンドの髪をブラッシングしてポニーテールにまとめた。メイクをするどころか口紅をつける時間もなかった。

玄関でブーツをはき、コートをはおりマフラーを巻くと、上着のジッパーを閉めながら階段を駆けおりた。小さなアパートの建物と狭い歩道はきれいに雪かきがされている。開店時間よりできるだけ早く〈スプーンフル〉に着こうと足を速めたので、夜のあいだにツルツルに凍りついた箇所があることにも気づかなかった。あっと思ったときには、足が宙に浮いていた。勢いよく尻餅をつき、頭を路面にガツンとぶつけた。そのみっともない格好のまま数メートル滑っていき、アパートの隣にある〈スノーフレーク・メディカル・クリニック〉の真ん前で止まった。目の前に星が散り、仰向けに倒れて息を整えようとしていると、クリニックのドアが開いた。イライアス・スコットがこちらを見下ろしていた。

「ラッキー！　大丈夫かい？」片手を差しのべ、ラッキーを助け起こそうとした。

ラッキーの顔はトマトのように真っ赤になった。いやだもう、よりによって。なんてまぬけなの、わたしったら。「ええ、大丈夫」

ラッキーは彼の手をつかんで助けてもらいながら、どうにか立ち上がった。自分のひどいありさまとメイクもしていないことが痛いほど意識された。

「本当に大丈夫？　頭を打ったように見えたけど」

ラッキーは手を上げて後頭部にそっと触れてみた。「ポニーテールのおかげで助かったみたい」

イライアスはにこにこしながら立っていた。ラッキーは恥ずかしくて笑い返せなかった。彼はかなり年上だったが、ラッキーは中学時代からハイスクールを卒業するまでずっと、ひそかにあこがれていた。彼が近くの村の大病院の研修医になり、初めてヴァーモントにやって来たとき、ラッキーはまだ中学に入ったばかりだった。イライアスはスケジュールの許す限りスノーフレークで過ごし、しょっちゅう〈スプーンフル〉で食事をしていた。

ラッキーがハイスクールを卒業する頃には、イライアスはすでに〈スノーフレーク・メディカル・クリニック〉を開業していた。ラッキーはまじまじとイライアスを見た。髪はまだ黒々としていて、濃いブルーの瞳はまったく変わっていなかった。笑うとえくぼができる。あの頃、彼が店に入ってくるとラッキーは膝から力が抜け、ひそかに恋していることを誰にも知られませんように、と祈ったものだった。もしばれたら、手ひどくからかわれるに決まっていた。相変わらずイライアスはハンサムだった。昔と同じように、彼のそばにいるとそそっかしい生徒になったような気がする。相変わらず今も胸がときめいた。しばし二人ともぎこちなく突っ立ったまま、言葉を探しあぐねていた。

イライアスが最初に口を開いた。「ご両親のことは本当に残念だったね。すばらしい方たちだった。そうそう、今後はこっちで暮らすことにしたんだって？　本当なのかい？」

「ええ。かなり急だけど。両親が亡くなって……実は、マディソンではたいしたこともしていなかったって気づいたんです」

「今はどこに住んでいるんだい？」

「すぐそこです」ラッキーはクリニックの隣のアパートを指さした。

「冗談だろう！」

「いいえ。エリザベス・ダヴがあそこを所有しているので、〈スプーンフル〉をどうするか決めるまで部屋を貸してくれたんです」

「お店は続けてほしいな」

「わたし……まだはっきり決めてないんです」

「そうか、お店が少しでもきみにとって意味があるなら、ぜひ続けてほしい。しょっちゅう〈スプーンフル〉に食事に行ってるよ。最高の店だ。そうそう食事と言えば、いつかディナーをいっしょにどうだろう？」

ラッキーはびっくりして口がきけなくなった。これ、大人の冗談なの？

「まあ。いいですよ。ええ、ぜひ。〈スプーンフル〉にいらっしゃるっていう意味ですか？」

その言葉を口にしたとたん、自分の不作法さに気づいた。

「いや、そうじゃないよ。うちに来てくれたら、手料理をふるまおう。ハムステッド通りに建つヴィクトリア様式の古い白い家を買ったんだ。裏に高い松の木が生えている角の家だ」

「すてきですね。あそこは美しい家だわ」

「中はもっと美しいんだ。家じゅうくまなく案内すると約束するよ。あとでレストランに寄るから、きみが都合のいい日を決めて。ぜひ大学の話やマディソンでの冒険について聞きたいな」

ラッキーはびっくりして何も言葉が出てこなかった。口をポカンと開けて歩道に立っていると、イライアスは手を振ってクリニックに戻っていった。

4

「今日のお勧め」は小さなミートボール、マッシュルーム、パセリの入った野菜スープだった。コンロの大鍋では他のいくつかのメニューがすでに湯気を立てている。ラッキーは厨房に飛びこんでいった。セージはロールパンやハードブレッドをあとで温めるためにホイルで包んでいるところだった。「ジャックはもう来ている？」

セージは顔を上げた。「ついさっき店から出ていきましたよ」

「探してくるわ」ラッキーは廊下を歩いていってレストランの裏口を開けた。ジャックは小さな駐車場に立ち、心配そうに店に通じる路地の左右をのぞきこんでいる。

ラッキーは祖父に呼びかけた。「ジャック、そこで何をしているの？　コートはどこ？」

「女房を待っているんだ。そろそろ来るはずなんだが。さっきそう言っただろ」ジャックはいらだたしげに答えた。

ラッキーは凍りついた。ジャックの妻、すなわち彼女の祖母は二十年前に亡くなっていた。祖父に近づいていき、そっと腕に触れた。「ジャック」

彼はラッキーを無視した。もう一度声をかけた。「ジャック、中に入って。ここはすごく

寒いわ」

「あいつがわしを見つけられなくなる」ジャックは悲しげに訴えた。

「大丈夫。見つけられるわよ」ラッキーは嘘をついた。祖父の言葉が意味するものに気づき、心が沈んだ。ジャックは現実感を失いかけているのだ。もしかしたらアルツハイマー病なの？　どこか具合が悪いと感じたら、ジャックは自分からクリニックに行っていただろう。となると、問題があることに気づいていないのだ。

「中に入って暖まりましょう。朝食はとったの？」

ジャックはラッキーの目をのぞきこんだ。ようやく現実に戻ってきたようだ。「ラッキー……」

「ええ、わたしよ」

「いったい……？」

ラッキーはやさしくジャックの腕をとり、店内に連れていった。「ここにすわって」隅のテーブルから椅子をひとつひきずってきた。「すぐに戻ってくる。何か食べてほしいの」

ラッキーは厨房に飛んでいった。「セージ、ジャックのために卵をふたつ焼いてもらえる？　わたしはトーストを用意するわ」

「彼、大丈夫ですか？」

ラッキーはセージに不安を打ち明ける気になれなかった。「大丈夫だと思う」パンをふた切れトースターに放りこむと、コーヒーのカップを手に急いでジャックのところに戻っていった。

「これを飲んで。体が温まるわよ」

「ラッキー、わしは大丈夫だよ。赤ん坊扱いしないでくれ」

「わかってるって。でも、何も食べていないから心配なのよ――特に朝に」またもや罪悪感が押し寄せてきた。〈スプーンフル〉を継ぐことについての決断をこうやってぐずぐず引き延ばしている。だから何週間もジャックが一人で店をやってきたのだ。ラッキーは自分の心配事で頭がいっぱいで、祖父が深刻な問題を抱えているかもしれないとは考えもしなかった。


午前中はお客がひきもきらず、ラッキーはバタバタと忙しく動き回っていた。ジャックのことを心配している暇もなかった。レジのところにいる祖父を何度もうかがったが、こちらの不安をよそに、ちゃんと仕事をこなしているようだった。

午前中の混雑のピークが過ぎると、レストランは静かになった。午前中の客のほとんどは村の住人だったので、ラッキーは全員を知っていたし、親しい人も何人かいた。ハンクとバリーは隅のいつものテーブルにすわり、このまえとは別のゲームに興じていた。〈オフ・ブロードウェイ〉という婦人服店を経営している五十代の姉妹、マージョリーとセシリーはいつものように遅めのブランチに立ち寄り、それから店を開けるために出かけていった。姉妹なのに、二人はまったく似ていなかった。セシリーは小柄でおしゃべりで真っ黒な髪を少年のように短くカットしていた。かたやマージョリーは真面目な感じでちょっと威圧感を与えた。髪をブロンドに染め、それをきっちりしたボブにしている。二人はカウンターでお茶を飲みながらくつろいでいた。

「またあなたに会えてうれしいわ。すっかり大きくなっちゃって。あなたが戻ってきたことを知ったらお母さまもお喜びになったでしょうね」セシリーの発言は善意からだったが、両親のそばにいられたはずなのにそうしなかったこの数年間のことが改めて思い出され、ラッキーは胸がズキンとした。マージョリーは微笑を浮かべながらうなずいていた。

ラッキーが返事をしないうちに、入り口ドアのベルがチリンと鳴った。長身ではっとするほど魅力的なブロンド女性が入ってくると、ドアを閉め、凍てついた風をさえぎった。その場に立ったまま、店内のお客を見回している。まさにそのとき、セージが厨房からカウンターのところに出てきた。

「やあ、ボス、ランチの前にもう少しきれいなボウルが必要なんですけど……」彼はいきなり言葉を切り、ブロンド女性をまじまじと見つめた。それから最後まで言い終えずに、すばやくきびすを返すと厨房に戻ってしまった。

レストランのざわめきが静まり、数人の客が振り返ってブロンド女性をうさんくさそうに眺めた。彼女はカウンターに近づいてきた。ラッキーにはその服がとても高価な品だとわかった。女性は姉妹からいくつか離れたスツールに腰をおろした。

ラッキーはポケットから注文票をとりだし、近づいていった。「何をお持ちしましょうか？

まずコーヒーでも?」

「いえ、けっこうよ。テイクアウトで、トマトスープとハーフポーションのグリルドチーズサンドウィッチをお願いね」かすかにかすれた深く響く声で、傲慢ではなかったが、有無を言わせぬ口調——問い返されたりせずに要求がいつもかなえられている人間の口調だった。

「すぐにお持ちします」

ラッキーは注文を走り書きすると、それを厨房のハッチに置いた。セージの手がその紙片をつかむと、奥に消えた。ハンクとバリーはゲームを中断して、新参者をじろじろ眺めている。これほどの注目を集めているこの女性は何者なのだろう?

ラッキーはマージョリーとセシリーとの会話に戻った。「時間があるときに、ぜひ立ち寄ってちょうだいね。新しい品が入荷したの。気に入ると思うわ——若い人たち向けの服だから」セシリーが言った。

「ぜひうかがいます。引っ越してくる前に大量の服を処分したんです。だから、何着か新しい服を手に入れられるとうれしいわ」

「おまけしてあげるわよ」マージョリーが言った。「よかったらあとで顔を出してね」

さっきの注文が記録的な速さでできあがったことにラッキーは気づいた。ブロンド女性は袋を手にとるとレジに持っていき、やわらかい革の財布からお札をとりだして払った。ハンクとバリーはとうとう新しい客に興味を失い、ゲームに関心を戻した。ジャックから釣りを受けとると、彼女はひとことも言わずにレストランを出ていった。

ラッキーはマージョリーとセシリーが帰り支度をしているあいだに、カウンターの皿を片付けた。ラッキーは二人に顔を近づけてたずねた。「さっきの女性をご存じですか?」

姉妹は互いに顔を見合わせ、唇をとがらせた。それからマージョリーがカウンター越しに身を乗りだすと、内緒話をするようにささやいた。「パトリシア・ハニウェルよ。冬のあいだ熊の小道通りの家を借りてるの。毎日スキーをしているらしいわ」

「毎日やっているのはそれだけじゃないみたいだけど」セシリーがうきうきと口をはさんだ。

ラッキーは二人の顔を見比べながら次の言葉を待ったが、それ以上のゴシップは口にされなかった。こんなに小さな村で暮らしていると、住人同士、ありとあらゆることが耳に入ってくるのだ。

「で、それは何なんですか?」ラッキーはついに答えをせっついた。

「そうねえ、彼女は男性の扱いがとても上手だとだけ言っておきましょうか——たくさんの男性のね。毎週火曜にはテイクアウトで料理を二人分注文するんだけど、誰と食事をしているのかはまったくわからないの」

「もしかしたら大食漢なのかも」

マージョリーは意地の悪い笑みを浮かべた。「それはまちがいないわね。ただし、食べ物に関してじゃないわよ」

5

ラッキーは首をストレッチして、こめかみをまたもんだ。目の前で数字が躍っている。今夜は二時間も〈スプーンフル〉の帳簿に目を通していたのだった。父のやり方は旧式で、手書きだった。帳簿はきちんと整理されていたが、どこかがおかしかった。あらゆる経費――家賃、保険、レストラン営業のためのライセンス料、税金、給料――を払うだけの金が売り上げとして計上されているが、もっと利益が出てもいいはずだ。両親は店に再投資したのだろうか？　でも内装は新しくされていない。もしかしたらラッキーの知らない設備を購入したのかもしれない。

　もう一冊の分厚いアコーディオンファイルに手を伸ばしてキャビネットからひきずりだすと、この二年間のレシートを丹念にめくっていった。多額の支出は見つけられなかった。新しい冷凍庫もコンロも食器洗い機も。レストランの設備は最新式デザインではなかったが、実用的で使いやすいものばかりだ。ジェイミソン夫妻に浪費癖はなく、もちろん贅沢もまったくしなかった。いつも骨身を惜しまず働くつましい人たちだった。一セントにいたるまで勘定していたのをラッキーは知っている。ラッキーを大学に行かせるために、どんなに両親

が必死に働いていたかが思い出された。では、どうして数字があわないのだろう？

紅茶をもうひと口飲むと、引き出しの奥から分厚い封筒をひっぱりだした。日付順に束ねたレジのレシートがぎっしり詰まっていた。それぞれの裏側には名前が走り書きされている。ラッキーはうめいて、椅子にもたれかかった。ようやくどういうことだったのかが理解できた。これは借用書で、まだ回収されていない。支払いがされていたら、父も母もお客にレシートを返すか、少なくとも客が支払ったときに名前に×印をつけて消すだろう。ラッキーは紙の束をぱらぱらめくり、走り書きされた名前の多くに見覚えがあることに気づいた。大半が地元の人間で、しかも昔からの客だった。両親はこの二年間、彼らが気の毒で支払いを請求できずにいたのだ。それに、プライドを傷つけたくなかったのだろう。懐具合がよくなったら払ってくれればいい、と言ったにちがいない。

この数年、景気が悪かった。スノーフレークだけではなく、近隣の村も同じだ。近くの村の生物燃料プラントが閉鎖されてから、多くの人々が有望な職を失った。他の小規模のビジネスも同じ運命をたどった。閉めるまでには至らなくても、労働力を縮小せざるをえなかった。抵当権を実行されて家を失った人たちもいた。両親は支払いができない人々に食事を出していたのだ。それしか説明がつけられなかった。レストランは毎日ほぼ満席だった。経費と材料の廃棄分を考慮しても、もっと大きな利益が出ているはずだ。

ラッキーは大きなため息をつくと、ひび割れたレザーの椅子にぐったりと体を預けた。父の体格でも余裕があるほど大きな椅子だ。ラッキーは心が広かったが、〈スプーンフル〉にはもっと経済的余裕が必要だった。思いがけない配管の不具合や設備故障が起きれば、万事休すだ。お客に貸しているお金を催促することを考えるとうんざりしたが、経営を続けていくためには仕方がなかった。どこかで線を引かなくてはならない。千ドル以上借りている人も数人いた。借金を払うことをそれとなく思い出させる方法はあるだろうか？　誰にも恥をかかせたくない。でも、不運な目にあった他人にこれほど親切にしたせいで、両親が店の経営にどんなに苦労していたかを想像すると、苦々しさがこみあげてきた。郵便で友好的な督促状を送ったらどうだろう？　でも、それだとこのレシートを調べ、名前を解読し、誰がいくら借りているかを突き止めるのに何時間もかかるだろう。おそらくいちばんいいのは何もせず、今後は一切ツケをやめることだ。こういうことを続けないようにジャックと打ち合わせしておく必要があるだろう。

ラッキーはレシートをゴム輪で束ねると、引き出しにあった封筒に戻した。もしかしたら両親が借金をとりたてようとしなかった理由をジャックから聞けるかもしれない。かすかな不安がおなかの中で羽ばたいていた。両親の個人的な財政状況についてはまだ調べていなかったが、早急にそうする必要がありそうだ。自宅の価値は下がったが、ローン分を差し引いてもまだかなりの資産価値が残っているはずだ——家は二十年以上前に購入したのだから。税理士と不動産仲介人に訊けばすぐにわかるだろう。経営を破綻させないために、家を抵当にして借金をしていないといいのだけれど。ラッキーは両手に額をのせて、しばらく目を閉じた。手に余ることばかりのような気がする。恐怖を抑えつけて、一度に一歩ずつ進んでいこう。そう自分に言い聞かせた。

廊下から重い足音が響いてきて、オフィスのドアの前を通過していった。それから二人の男性の人声。片方は大きく、もう片方は穏やかだが断固としていた。その騒ぎにラッキーははっと現実に返った。言葉は聞きとれなかったが、口調からして口論が起きているようだ。片方がもう片方をおとなしくさせようと努力しているらしい。ジャックではない。それなら声でわかる。椅子から立ち上がると、そっとドアを開け、廊下に出ていった。セージが厨房のドアのところにいて、くたびれたダウンパーカーを着た見知らぬ男としゃべっていた。二人だけではないことに気づき、セージが丸めた札をすばやく見知らぬ男の手に握らせた。古びたパーカーの男は肩越しにちらっとこちらを見た。その顔は貪欲《どんよく》そうで、怒りにゆがんでいた。

「ハイ、ボス」セージはラッキーの物問いたげな視線に応えた。「何か問題でも？」

「いえ、大丈夫です。弟がちょっと寄っただけです。レミー、こちらはボスのラッキー・ジエイミソンだ」レミーの顔にはたちまち魅力的な笑みが浮かんだ。セージと驚くほど似ていたが、弟は自堕落でだらしない感じがした。お金のことで言い争っていて、セージは強く要求されていくらか支払ったにちがいない。

「どうぞよろしく、レミー」

「こちらこそ」笑顔になると顔がぱっと明るくなり、さきほどの怒りは跡形もなく消えていた。

魅力的ね、とラッキーは思った。魅力的だけど、まったくあてにならないやつ、というのが頭に浮かんだレミーの人物評だった。

ラッキーは二人のわきをすり抜けて、レストランに通じる廊下を歩いていった。ジャックはレジを閉めて、銀行に預けるジッパーつきの袋にお金を入れているところだった。ジェニーとメグはすでにコートを着て、ドア近くの鏡の前で口紅のことでクスクス笑いあっている。お金の勘定を終えると、ジャックが顔を上げた。「すぐに家に帰りたいなら、わしが戸締まりをしておくよ」

「ううん、大丈夫よ、ジャック。あなたは帰って。長い一日で疲れているでしょ。わたしは帳簿をもう少しじっくり調べたいし。ところで、ちょっと相談したいことがあるんだけど」

「どういうことだね?」

ラッキーはジャックをじっくり眺めた。顔は青ざめ、肩が丸まっている。疲れはてているようだった。

「ううん、急ぎの用事じゃないの。明日改めて話すわ」

ラッキーは祖父の頬にキスすると、コートクロゼットの方へ歩いていく後ろ姿を見送った。ジェニーとメグはなにやらこそこそ、ささやきあっている。ラッキーに見られていることに気づくと、廊下を走っていき厨房のドアのわきに立った。

「ねえ、セージ。手伝うことある?」ジェニーが呼びかけた。メグはちょっと後ろに立っていたが、頬にゆっくりと赤みが広がっていった。

セージは厨房から返事をした。「いや、大丈夫だ」

ラッキーはレジを閉め、ドアに鍵をかけると照明とネオンサインを消した。オフィスに戻っていき、現金袋をデスクの上に置いた。セージはドアの前を通り過ぎながら、さよならとラッキーに手を振った。ジェニーとメグは彼のあとをついていく。セージのあとから駐車場に出ていきながら、ジェニーがメグを彼の方にぐいと押した。

ラッキーは微笑むと首を振った。あらまあ、彼にお熱なのね。でも、わたしも人のことは言えないわ。イライアスに会うと、まともに口がきけなくなっちゃうもの。

6

ラッキーはローラーをペンキの入ったトレイの中でころがすと、塗り残した壁に最後のペンキを広げていった。作業を終えると、ちょっとさがって自分の作品を眺めた。色ひとつで、なんて雰囲気が変わるんだろう。戸外は荒々しい寒風が吹きすさび、窓は氷の結晶で分厚く覆われている。でも家に入ると、パンプキン色の壁が厳しい冬を忘れさせてくれた。ラッキーは湿ったローラーをはずしてゴミ箱に捨てると、ペンキトレイを洗い、手袋を脱いだ。ようやく完成した。レストランから帰ってきて毎晩作業をし、一度に一カ所ずつ仕上げていった。床のビニールを集め、羽目板から保護テープをはがした。

　散らかっていたものをすべて片付け終わると、ラッキーはキッチンの椅子にすわりこみ、自分の絵と母の皿や鍋やフライパンがここにあるところを想像した。この新しい部屋を母に見せたかった。その反応がまざまざと目に浮かんだが、あわててそれを頭から追いだした。胸が引き裂かれそうだった。あまりにも生々しかった。両親の家に引っ越すことも考えたが、荷が重すぎる気がした。ローンはもちろん、あらゆるメンテナンスともども家を引き継ぐことなど不可能に思えた。売却するのがいちばんいいだろう。大きめの家具をいくつかと、母のきれいなブルーの手焼きの皿はとっておくかもしれないが、残りは慈善事業に喜んで寄付するつもりだった。少ししたら家の中を見て回り、そういうことを決めなくてはならないだろう。でも、もう少し自分の気持ちが落ち着くまでは先送りにしたかった。

幸運を祈ってキッチンウィッチの鼻を触り、寝室に入っていくとペンキ塗り用の服を脱いだ。パジャマに着替えて掛け布団の下にもぐりこむ。頭の中で明日の手順をおさらいしているうちに、うとうとと眠りにひきずりこまれていった。まず第一に現金を預けに銀行に行くこと。そこでぎくりとした。あの現金！　どこに置いただろう？　いやだ、オフィスのデスクに置きっ放しにしてきてしまった。こんなに忘れっぽいなんて。〈スプーンフル〉に引き返して早くとってこなくては。あんなふうに人目のあるところに置いておいては不用心だ。だが、そこで考えた。どうして置いておいたらまずいの？　彼女とジャックとセージしか鍵を持っていない。スノーフレークのような小さな村では犯罪もめったにないし。でも……。

ラッキーはうめいてベッドから起き上がった。急げばレストランまで三十分で往復できるだろう。パジャマの上にコートをはおり、ブーツをはき手袋をはめ、頭に帽子をかぶった。

通りは人気がなかった。真夜中近くだし、こんな寒さではほとんどの人間がベッドに入っているだろう。ブロードウェイの角で曲がると、通りかかった〈スノーフレーク・パブ〉から笑い声と音楽が聞こえてきた。雪の結晶のライトが風で揺れている。コートの中で身をすくめながら歩き続けた。パジャマを着ているときに知り合いにばったり会いたくなかった。〈スプーンフル〉に近づくと、裏口に通じる路地に入った。ドアの鍵を開けて急いでオフィスに飛びこんでいき、現金袋がちゃんとデスクの上にあるのを見つけてほっと安堵の吐息をもらした。ずいぶん不注意だったものだ。このお金を失ったら、大変な痛手だろう。

ラッキーは現金袋をバッグに入れると、外に出て裏口ドアに鍵をかけた。さっき来た道を戻りはじめたが、パブに近づいていくと、目の前の道をふさいでいる黒い人影が見えた。誰かが待ち伏せしているの？　大金をバッグに入れていることを意識して、ためらいながら立ち止まった。通りを渡って、道をふさいでいる人を避けた方がいいかもしれない。心を決めかねていると、影が動き、ふたつの人影がはっきり見えた。女性の声が冷たい夜気にはっきりと響いた。

「彼女はどういうつもりだったの？」

男が答えた。「知るもんか！　誓うよ」

「じゃあ、どうしてあなたのことをそんなふうに言うの？」

「話しただろ――彼女はぼくに恨みを持っているんだ。前にも言ったじゃないか……」

「ええ、そうね――あくまであなたの側からの説明だけど……」

その声には聞き覚えがあった。二人は通りのはずれに立っていたが、声の主はまちがいない。ソフィーとセージだ。二人はパブから出てきたにちがいない。それ以外には考えられない――他の店はすべて閉まっているのだから。向こうはまだラッキーに気づいていなかった。セージとの口論を立ち聞きしたことはソフィーに知られたくなかった。ソフィーはおもしろくないだろう。通りの向こうに渡ろうとしたが、二人がこちらに向かって早足で歩いてきた。

ぐずぐずしすぎた。今通りを渡ったら、二人を避けようとしているのが見え見えだ。最初にソフィーがラッキーに気づいた。どのぐらい話を聞かれたか思案しているかのように首をかしげた。

「またあなたなの！　最近、いろんなところに現れるのね、ラッキー。いつもこそこそと」

セージがソフィーの肩に手を置いた。黙らせようとするかのように軽くソフィーの肩をつかむのが見えた。ソフィーはセージの手を振り払った。セージの表情は硬く、何を考えているのか読みとれなかった。

「こんばんは、ソフィー――セージ」

「やあ、ボス」セージが応じた。

ソフィーはセージの手をひっぱると、ラッキーを迂回するようにして通り抜けていった。

「じゃ、また」肩越しにラッキーに叫んだ。二人は角に停めたSUVの方に歩いていく。ラッキーは向きを変えると、急いでメイプル通りの自分のアパートに戻っていった。またもやソフィーとの対決を避けられなかったことが悔しかった。

何を口論していたのだろう？　ソフィーの言っていた「彼女」って誰？　セージはどう言っていたっけ。「彼女はぼくに恨みを持っているんだ」わたしのことを指していたってことはある？　まさか、それはありえない。別の人のことにちがいない。だってソフィーは「じゃあ、どうしてあなたのことをそんなふうに言うの？」とたずねていたから。ラッキーはこれまでセージについてソフィーと話したことは一度もなかった。

建物の入り口まで戻ってきて、ほっとため息をついた。若かったときはソフィーとの友情はとても重要だった。ラッキーは一人っ子だったせいか、他の子どもたちとしっくりいかなかったのだ。大家族の騒々しい家庭で育っているクラスメイトたちがうらやましくてならなかった。外交的で姉御肌のソフィーは、そんなラッキーと仲良くしてくれ、仲間に入れてくれた。その後の手のひらを返したようなソフィーの態度にも、今なら少しも驚かなかっただろう。よくある話だ。でも、何年ぶりかで村に帰ってきてみたら、ソフィーが相変わらず昔と同じ反感を抱いていたので失望させられた。もっとちがった展開になるのを願い、もしかしたらわだかまりがなくなるかも、と期待するのはまちがっているのだろうか？　ラッキーは物思いを振り払った。ソフィーはいつまでも昔の気持ちをひきずっているのだ。それだけのことだ。ラッキーには真夜中に通りを歩く権利があった。そうしたいなら、たとえパジャマ姿でも。ただ、ソフィーが――それにセージも――愛想のかけらもないせいでへこんでいるのだ。もしかしたらソフィーはもちろんセージも、わたしのことをあまり好きじゃないのかもしれない、とラッキーは思った。

7

ラッキーは厨房のハッチから、ブレッドボウル入りスープをふたつ受けとると、カウンターの端の配膳エリアに置いた。ジェニーがすばやくそれを手にとると、待っている客にてきぱきと運んでいった。ラッキーは自分の手を見下ろした。ゆうべの作業のせいで指の爪に落としきれなかったペンキがまだ少しこびりついている。カウンターの後ろの小さな流しであわてて手を洗い、固いブラシで完全にきれいになるまでゴシゴシこすった。戻ってくると、イライアスがスツールにすわり、こちらに微笑みかけていた。彼が入ってきたのに気づかなかった。心臓の鼓動がちょっぴり速くなった。クリニックの前の氷で滑ってころんでから、あっという間に数日たってしまった。あれ以来毎日、今度はいつ会えるだろう、と考えていた。今日の彼はダークグリーンのコートを着ていた。チェックのしなやかなスカーフを襟元に垂らしている。ラッキーは笑みを返すと、そわそわとほつれた髪を耳にかきあげた。イライアスがいきなり目の前に現れたのは二度目だったが、今回は前ほど気恥ずかしい状況ではないはず。

カウンターでお茶を飲んでいたセシリーが鋭い視線を向け、小首をかしげてイライアスをじっと見つめた。まちがいなくセシリーはラッキーの落ち着きのなさを察したにちがいない。感情がすべて顔に出てしまうことがいまいましかった。深呼吸してから彼に近づいていった。

「何になさいますか？」

「チリとBLTサンドウィッチをハーフでお願いしようかな、お嬢さん」イライアスは挑発するように言った。

「すぐにお持ちします」ラッキーは彼の微笑を無視して、キッチンのハッチの上のクリップに注文を書いた紙をはさんだ。彼の方に振り向いたとき、ラッキーの胸の中では蝶々が不安そうに羽ばたいていた。

「クリニックに出勤する途中ですか？」

「うん。でも、今夜は早めに閉めた方がいいかもしれない。天気予報を見たかい？　カナダから暴風雨がやって来るらしい。高波になり、雪もさらに一メートルぐらい積もるみたいだよ」

ラッキーは返事代わりにうなずいた。意外ではなかった。分厚い白い雲が濃い灰色になり、太陽を覆い隠していた。風が強まり、雪の結晶のライトは街灯の上で震え、身をくねらせている。気圧が下がりつつあった。

ドアのベルがチリンと鳴り、スノーフレーク警察署長の妻のスザンナ・エジャートンが入ってきた。頬は首に巻いているマフラーとほぼ同じ赤い色に染まっていた。小さなトートバッグを持っていて、すばやくマージョリーの隣のスツールに腰をかけた。

「こんにちは」姉妹の方にうなずきかけた。「外は猛烈に寒くなってきたわ」

「何になさいますか、スザンナ?」ラッキーがたずねた。

「今日もあるなら、ワイルドマッシュルームのスープをいただきたいわ」

「ありますとも。お使いに行ってきたんですか?」

「〈フラッグズ〉に処方箋をとりに行ったり、なんやかやあって。でも、これをいただいたら家に帰って窓からのんびり嵐を眺めるつもりよ。ただ停電にならないといいわね」

ラッキーはクリップにスザンナの注文をはさんだ。するとセージが手を伸ばしてそれをつかんだ。ラッキーはイライアスの注文の品を受けとると、彼のところに運んでいった。

またもやドアが勢いよく開き、凍てついた風が吹きつけてきた。ラッキーはぶるっと震えた。入ってきたのはパトリシア・ハニウェル、例のブロンド女性だった。ほとんど毎日やって来ている。いくつかの頭が振り向いて彼女を見た。イライアスはちょっと顔を上げたが、またチリに視線を戻した。スザンナ、マージョリー、セシリーは意味ありげな視線を交わし合ってから黙りこんだ。

今回、長身のブロンド女性はまえもって電話で注文してきたので、品物はカウンターの上にすでに用意されていた。ラッキーは重い紙袋をまっすぐレジのところに運んでいった。

「ありがとう」ブロンド女性は言ってから、二十ドル札をカウンターにポンと放りだした。注文品の値段よりも数ドル多かった。ジャックがおつりを渡そうとしたが、手渡す前に、彼女はさっさと背を向けてドアから出ていった。ジャックは眉をつりあげてから肩をすくめ、おつりをチップの瓶に入れた。ラッキーはカウンターに戻ると、イライアスにコーヒーのお代わりを注いだ。

イライアスは顔を上げてにっこりした。「で、今週のきみのスケジュールはどうなっているの？」

ラッキーは耳を疑った。もしかして約束のディナーのことを言ってるの？　本気でスノーフレークのゴシップ好きの連中の前で誘うつもり？　ラッキーは呆然として口がきけなくなった。

「ええ、そうですねえ……」これはさらっとかわすのがいちばんいいだろうと判断した。「ご存じのように、わたしの社交生活はものすごく忙しいんです。スケジュールを調べてみないと」そう答えながら、もっと人の耳のない場所を選んでくれたらよかったのに、と残念だった。全員が遠慮しようともせずに、こちらをじろじろ見ている。

「金曜はどうかな？　よかったらここに迎えに来るよ」

鏡を見るまでもなく顔が赤くなっているにちがいない。「いえ、その必要はないです。七時半頃にうかがいますから」

「ちょうどいいね」イライアスはそう言って、コーヒーを飲み干した。「それだと食料品を買ってきて早めに料理にとりかかれる。じゃあ、そのときに」

ラッキーは顔じゅうに広がっているまぬけな笑みを必死になって隠そうとした。

「お料理をしてくださるなんて、本当にご親切ですね」

「親切？『親切』とはずいぶん退屈な言葉だなあ。おばあさんが口にするみたいだ。ぼくの食事相手はもっとわくわくする人だと期待してるよ」イライアスが微笑むと、えくぼができた。「すまないが、そろそろ失礼しないと。早くクリニックに行かなくてはならないんだ。ジョンとバトンタッチしないとならない」

「ジョン？」ラッキーは一瞬わけがわからなくなった。

「ジョナサン・スタークフィールド――クリニックのパートナーだ。おっと、忘れていた。きみは彼と会ったことがなかったんだね。ドクター・スティーヴンズが引退したとき、ジョンがクリニックに加わったんだよ。いつか寄ってくれれば紹介しよう。彼も家庭医なんだ。すばらしい人だよ。キャリアも長くて経験も豊富だ」イライアスはカウンターにお札を置くと、手を振ってドアを出ていった。

イライアスが帰ってしまうと、また息ができるようになった気がした。彼の招待は忘れていなかった。実を言うと、氷の上で滑った日からずっと頭にあった。心のどこかでは、その誘いのことを忘れようとしていた。成り行きで口にしただけで本気じゃなかったのかもしれないと不安だったからだ。次に会ったときには忘れられているだろうと、半ば予想していた。頭の中で自分に活を入れたりもした。親を失ったから、親切にしようとしただけよ。ようやく故郷に帰ってきたという気分にさせたかったんでしょ、またこの村とつながりができたって。しっかりなさい。学生時代のあこがれの人だからって、とんでもない夢想をしないようにね。そんなふうに自分をたしなめていたのだった。

スザンナの注文の品を運んでいくと、てきぱきと皿を片付けカウンターをふき、女性客たちの視線をかたくなに避けた。ラッキーに口を開くつもりがないと悟ると、彼女たちはまた自分の会話に戻っていった。イライアスとのディナーデートは、いまや小麦さながら村のゴシップの水車をぐるぐる回しているにちがいなかった。

8

エリザベスはキッチンのカウンターに立ち、ていねいに陶器の食器を紙で包み、箱にひとつずつ詰めているところだった。ラッキーは書棚やたんすを整理して、とりあえず箱に入れて保管しておくものをより分けていた。

ジェイミソン家の自宅は村から一マイル離れた質素な農場だった。築何年かは誰も知らなかったが、もともとは納屋で、のちに家に改造されたのだった。鎧張りの下見板は濃い赤に塗られ、元の納屋についていた大きなとがった屋根が建物の中央にそびえている。松のリースがまだ玄関ドアにかけられていた。とがった葉も松ぼっくりも凍りついたままだ。マーサ・ジェイミソンはクリスマスのデコレーションが大好きだった。母親がこんなリースを飾るためにあれこれ工夫している姿がまざまざと思い浮かんだ。

「不動産屋はどう言っていたの？」エリザベスが叫んだ。

エリノア・ジェンセンはスノーフレークで唯一の不動産業者だった。村に競合相手はいなかったが、不動産市場について目端が利き、相場も熟知していた。ラッキーは作業の手を止めて立ち上がった。「まだ彼女と話していないの。今日、寄ってくれることになってるわ。

万一留守をしているときのために鍵を渡しておいた。現在の不動産市場がどうなっているか教えてくれることになっているの」

　エリザベスはラッキーの方を向いた。「本気でそうしたいの？　ご両親の家を売ることをいつか後悔しない？　あなたの家でもあるのよ」

「他にどうしようもないわ。家の手入れをする時間もお金もないし。それに、第二抵当にも入っていたの。両親はレストランをやっていくために家を抵当にして借金したんじゃないかな」

「ご両親はもちろん生命保険に入っていたんでしょ？」エリザベスは質問した。

「まだ調べる書類がどっさりあって。でも、あなたの質問の答えはイエスよ。ただ、今の貨幣価値ではたいした金額にならないけど。他にもいろいろ問題を抱えているから、家のことで心配しなくてすめばありがたいわ」

「よくわかるわ。でも、気が変わったら教えてね。それともお金が役に立ちそうなら、喜んで援助するわよ。〈スプーンフル〉の経営は順調にいくと思うわ、絶対に」

　エリザベスはこれほど信頼してくれていたが、ラッキーはいまひとつ自信が持てなかった。ときには何もかもを売り払うのがいちばんいいと思うことすらあった――家具、家、レストラン――そして、別の土地で新しいスタートを切る。でも、どこで？　それにジャックのことも考えねばならなかった。やるべきことも考えるべきこともあまりにもたくさんあるので、毎日がゴールの見えない、うんざりするような義務の連続に感じられた。

ラッキーは書棚を整理し終えると、寝室に移動した。たんすのいちばん上の引き出しを開け、母のささやかなアクセサリーのコレクションをひとつひとつとりだしていく。どれも高価なものではなかったが、母親がとても愛していた人々からのプレゼントだったので大切なものばかりだった。ラッキーが十歳のときに誕生日プレゼントとして贈ったパンジーの形の紫色のプラスチック製イヤリングまでとってあった。大人になるにつれ、両親は娘に女の子らしくなることを期待するようになった。ラッキーのようなおてんばではなく、ひだスカートやフリルのブラウスを好む女の子を。母は人形を買ってくれ、小さな衣装を縫ってくれた。でもラッキーは腕を折り、蜘蛛を詰めたびんを抱えて家に帰ってきた。母はパンジーのイヤリングを世界でもっとも美しいものだと思ってくれたのだろう。母にとっては値段のつけられないもの——娘への愛情ゆえに大切な品だったのだ。風変わりなパンジーのイヤリングをもらったときの母の反応を思い出して、ラッキーは口元をゆるめた。アクセサリーを薄紙で一つ一つ包むと、小さな箱にしまった。

ラッキーはたんすの二番目の引き出しを開け、息をのんだ。ピンクのリボンで束ねた手紙やカードがぎっしり入っていた。ラッキーが家から離れていたあいだに送ったすべての手紙を母はとっておいたのだ。もう涙がこらえられなかった。ベッドの足下にすわり、声を殺して泣いた。キッチンにいるエリザベスに聞かれませんようにと祈りながら。涙がおさまると、目をふき、洟《はな》をかんだ。すべての手紙とカードを二つ目の箱に入れた。この片付けの作業は予想していた以上につらいものになりそうだった。

エリザベスが寝室のドアからのぞいた。すぐにラッキーが泣いていたのに気づいたようだった。「かわいそうにね。こういうことをするには、もしかしたら早すぎたのかもしれないわ——一生分の思い出だもの」

「早いことはわかっていたの。でも、いずれやらなくちゃいけないことだから」

「たしかにそうね。でも一日でやるには荷が重すぎるわ。一度に少しずつ、片付けていきましょう。とっておきたくない重い家具があるなら教えて。便利屋さんに来てもらうから。慈善事業やリサイクルショップに寄付できるわよ——あなたの好きなように」

ドアベルが一度鳴り、女性の声が叫んだ。「こんにちは〜！」ラッキーは鼻をこすった。

「エリノアだわ」

エリザベスはかがみこんで、すばやくラッキーをハグした。「わたしは帰るわ。ああ、あとひとつだけ。蛇口の水を少し出しておくのを忘れないで——水道管が凍りつくのを防ぐために。あとはエリノアにお任せしていくわ」

エリザベスがエリノアにあいさつし、玄関ドアがバタンと閉まって帰っていくのが聞こえた。ラッキーがキッチンに戻ったとき、エリノアがクリップボードを小脇に抱えて現れた。

「あなたがいてよかった。いっしょに確認してもらう時間はあるかしら？」エリノアはたずねた。

「もちろんです」ラッキーは答えた。エリノアは小さな毛むくじゃらのリスを連想させた。いつもあわただしく、せかせかと走り回っている。癖の強い茶色の巻き毛をしていて、少し前屈みになって歩いた。

ラッキーがついていくと、エリノアは各部屋に入ってはメモをとっていった。「面積はええと、だいたい一七〇平米ぐらいかしら？」

「はっきりわかりません。父なら知っていたでしょうけど」

「屋根は何年前のものかご存じ？」

「両親が話していたのを覚えています。五年ぐらい前に葺《ふ》き替えたと思います」

「それはいい知らせね。それから配管については何か知ってるかしら？」

ラッキーは首を振った。「すみません」

「大丈夫よ。売り出し価格をつける前にあらゆるものを調査することになっているから。さて、あなたと相談しなくてはならないことがあるの。今は不動産相場が下がっているの、きっとあなたも知ってると思うけど。全体的に景気が悪いせいなんだけど、プラントの閉鎖や人員整理があって、中古住宅の市場もさんざんなのよ。この家はリゾートから離れすぎているから、スキー客にはアピールできない。だから……売却には最悪の時期だということを考えると、たいしてお金にならないと思うわ。それも買い手がついたとしてだけど。ローンはいくら残っているか知っている？」

「いいえ、正確には。書類を調べてみないとわからないんです。二つ目のローンが組まれているのはわかっています」

「まあ。そう、それなら、今売るのは考え直した方がいいかもしれないわよ」

またもや障害物だ、とラッキーは思った。ここに住んで、ローンを払えるぐらいお金を稼ぐしかないのだろうか。この家には深い愛着を覚えていたが、両親の死後、今すぐここに住むのは精神的にいいとは思えなかった。

「類似物件を調べてから、売り出し価格を提示するわ。査察人が来て調べる日取りはわたしが決めましょうか？」

「そうする前に、もう一度ご相談したいんですけど、かまいませんか？　父の税理士に会って、この家を維持していくのにどのぐらいかかるか正確なところを教えてもらいます」

「いい計画ね。一日二日したら電話するわ。あるいはついでがあったらオフィスに寄ってちょうだい」

「そうします。これから〈スプーンフル〉に戻ってジャックを手伝わないと。でも、今後も家の片付けは続けていきます」

エリノアは玄関に向かおうとして、最後に部屋を見回した。

「言っておきたいんだけど、この家はとってもすてきだと思うわ。この作り付けの本棚も大好きだし、石造りの暖炉も。もしかしたらわたしはまちがっているかもしれない。誰かがやって来て、この家と恋に落ちるかもしれないわ。人生は何が起きるかわからないものね」

あまり元気が出るような口調ではなかった。エリノアは足早に玄関を出ていき、それ以上何も言わずに急いで車に乗りこんだ。

ラッキーはもう一度家を見回り、キッチンの蛇口をゆるめて水がちょろちょろ出るようにしてから、すべての明かりを消した。コートを着て、いくつかの箱を車に運んでいった――エリザベスが二台の車のうち一台を貸してくれたのだ。エリザベスがいてくれることと、その気前のよさに心の中で感謝を捧げた。さもなければ、あらゆることにとうてい対処できなかっただろう。

エンジンをかけるなり車のヒーターをつけた。空気の匂いが変わったことに気づいた――どんよりした湿っぽさ。ニューイングランドで過ごした数年の経験から、穏やかな雪にはなりそうにもないことがわかった。北から北極の空気が吹きこんでくると、破壊的とまでは言わなくても情け容赦のない雪の降り方になるだろう。ありがたいことに彼女のアパートのストーブはガスだった。村じゅうが停電しても、ラッキーは暖かくしていられる。

〈スプーンフル〉に到着したときには、太陽は山の向こうに沈み、残照はもくもくわきでてきた黒雲に消されていた。数人の客がまだ残っていた。男性の一人客とカップルだ。地元の人間全員と観光客の大半はすでに家にこもっていた。こういう嵐を喜ぶのは命知らずのスキーヤーだけだ。

「ジャック。かまわなければ、早目に店仕舞いしましょう」

「もちろんだよ、おまえ。そろそろ嵐に備えなくてはね」

「ジェニーとメグは家に帰すわ。嵐が早めに来たときに二人が外にいるのは心配だから」つい最近、似たような嵐のときに道のわきに突っ込んで亡くなった両親のことが頭をよぎった。

「甲板には明日の朝モップをかければいい。今夜やらなくちゃならない理由もないからな」

ラッキーはジャックの言葉遣いににやっとした。床はいつも甲板で、壁は隔壁だった。

ラッキーはハッチからのぞいた。「ねえ、セージ。そろそろ店を閉めるわ。お客さまが帰ったらすぐに戸締まりをするつもりよ」

「了解」彼は叫び返してきた。「今夜は開けていても意味ないですよ。ぼくが全部片付けておきます」

ジェニーとメグは早めに帰れることで見るからにほっとしていた。「二人とも先に帰ってちょうだい。ご家族が心配するわ」

「ありがとう、ラッキー」二人はほっとして笑顔になった。「必要なら残って片付けを手伝いますよ」

「大丈夫よ。先に帰ってちょうだい。ジャックとわたしでできるから。明日の朝、食器洗い機を回せばいいわ」それ以上は言わずに、二人の女の子はスイングドアを開けて廊下に出るとコートクロゼットに向かった。

十分後、セージは厨房を片付け、食器洗い機に皿を入れた。「こっちはもう終わりだ。そろそろ帰ります」

「おやすみなさい」ラッキーは彼の背中に叫んだ。

奥のテーブルのカップルが勘定をすませて出ていった。一人客が椅子から立ち上がり、レジで支払いをした。「おやすみ。運転は気をつけて」ジャックがそう言って送り出した。

ラッキーは正面ドアに鍵をかけ、ネオンライトを消した。「ジャック、帰る前にちょっと話したいことがあるの」ラッキーがカウンターのスツールを引くと、ジャックは隣にすわった。

「どうしたんだ、ラッキー？　心配そうだね」

「ちょっとね……今はいろんなことがあって。ねえ、お勘定を払っていない人たちについて、何か知っているんじゃない？」

ジャックはうなずいた。「ああ、そのことなら知っている」

「知っていたの？　ひとことも言わなかったのね！　ジャック——大金の話をしているのよ。預金口座にはあまり残金がないの——緊急事態を切り抜けられるだけのお金がないのよ」

「ラッキー、おまえのお父さんとお母さんは……どう言ったらいいのか……運が悪かった隣人や友人のことをとても気にかけていたんだよ。自分たちの利益をあげることよりもね。この土地の多くの人間が職や家を失った。家族を養うことができない人すらいる。お父さんとお母さんは、彼らにいつでもここに来てくれと言ったんだ。支払えないときは、あとで返してくれればいい、新しい仕事についたりお金が入ったりしたときにと」

「ジャック、ツケのレシートは——合計すると数千ドル分よ」

「知っている。でも、わしたちに何ができる？」

「支払ってくれるように頼むべきじゃない？」

「頼むことはできるが、全員とは言わないもののほとんどが支払えんだろう。すると、もうここに来ようとは思わなくなる。それから、覚えておくがいい。長い目で見たら、つらいときに示した寛大さは将来、必ず大きな実りとなるものなんだ」

「それはすばらしい意見だわ、ジャック。その考えに異論はないの。ただ経営を続けていくなら、誰にでもただで食べさせるわけにはいかないのよ。自分たちか他人かを選ばなくてはならないわ」ラッキーはすでにレストランを続けていく決意をしたかのような口ぶりになっていることに気づき、はっとした。

「ラッキー、おまえのことは心の底から愛しているよ。しかし、こうした人々にお金を要求するつもりはない。全員が知り合いだから、みんないずれ返してくれるはずだ。保証する。おまえを止めることはできないが、わしのアドバイスを聞いて後悔はしないだろう」ジャックはスツールから立ち上がり、上着に袖を通した。「今夜はわしのところに泊まったらどうだね？　この嵐で電気が止まっても、火をたけるぞ」

ラッキーは祖父を見上げた。「ありがとう。うれしいけど、大丈夫よ。それに、家に持ち帰る荷物が車に積んであるの」

「手伝おう」言葉どおりジャックはラッキーのあとからアパートにやって来て、トラックを建物の前に停めた。二人はいっしょに箱をすべて階段の上に運びあげ、廊下のクロゼットに積み上げた。

ジャックはがっしりした胸に孫娘をハグした。「心配いらないよ、おまえ。万事うまくいくさ。見ててごらん」ラッキーはどうにかにやっと笑い返した。祖父の言うとおりだという望みは捨てたくなかった。

ジャックが帰ってしまうと、コートとブーツと手袋を脱ぎ、Kと書いた箱を持ってキッチンに行った。その午後、エリザベスがていねいに梱包してくれた母の皿がその中に入っていた。箱から皿をとりだし包み紙をはがして、キッチンカウンターに積んでいった。長年母が使っていた手作りの焼き物はとても気に入っていた。キッチンのパンプキン色の壁にその色合いが美しく映えた。あとはカーテンがあれば完璧だ。家にいた頃、母に裁縫を習うようにと強く勧められた。ぜひとも裁縫の技術を身につけるようにと。今になって、店で売っているものに頼らず自分で作れるのはいかにありがたいことかと、改めて実感させられた。ぴったりの布地を見つければ、母のミシンでカーテンを縫えそうだ。このアパートを自分らしくするために、個性的な布を選ぼう。

キッチンの照明を消して寝室で服を脱ぐと、いちばん暖かいフランネルのパジャマを着た。風が建物を激しくたたき、嵐が威力を増すにつれ窓枠のガラスがガタガタ揺れ、風が金切り声をあげた。ベッドの隣にキャンドルをともし上掛けの下にもぐりこんだとき、本格的な嵐が襲ってきた。

9

レミー・デュボイスが隅のテーブルの椅子でくつろいでいた。ふだんはハンク・ノースクロスとバリー・サンダーズがすわっている場所だ。二人の常連さんはこれからやって来るようだ。車や玄関までの道に積もった雪をどけるので、午前中いっぱい忙しいにちがいない。レミーは肘のあたりにコーヒーカップを置き、注目を浴びようとして精一杯がんばっていた。ジェニーがテーブルからテーブルへと移動する通り道にブーツを突きだしている。ジェニーと何度か会話をしようと試みていたが、彼女の方はさほど礼儀正しくしようともせず、何度かそっけなくうなずくだけだった。レミーがスキー場での自分の腕前を吹聴しているのが聞こえてきた。ジェニーを感心させようとして滑り方を教えようと申し出ている。その会話を小耳にはさんだセージは厨房のハッチからのぞいて、じろっと弟をにらみつけた。ジェニーはたいして心を動かされた様子もなく、カウンターに戻ってナプキンを折りたたみはじめた。

やっと最初のお客がやって来た。冬の観光客で、まだ除雪されていない通りと歩道をどうにか進んできた勇敢な連中だ。ジェニーは厨房のハッチのクリップに彼らの注文伝票を留め、ラッキーはカウンターとレジを担当した。ジャックは窓辺のテーブルにすわり、読みそこな

った先週の日曜の新聞を読んでいる。のんびりした朝だった。

セージが叫んだ。「ボス、すぐに戻ってきます。このゴミを捨ててこないと」

セージは大型ゴミ容器のところに出ていき、裏口ドアがバタンと閉まる音が聞こえた。最初のお客が食事代を支払って帰っていき、入れ違いに二人が店に入ってきた。「今日のお勧め」は新作の人参とほうれん草入りのトマト味のスープで、大きなシェル形のパスタの上に注ぎ、バジル、オレガノ、粉チーズをかけて供された。新しい客はぜひともそれを試したいと言った。レミーがのろのろと椅子から体を起こし、コーヒーカップとソーサーをカウンターに返しながら、ジェニーの視線をとらえようとしている。

「じゃ」彼は言った。「またね」

「ありがとう、レミー」ラッキーは使った食器をカウンターの下のプラスチック容器の水に浸けながらあいさつした。「またどうぞ」

レミーはちらっとジェニーをうかがったが、彼女は塗ったばかりの緑のマニキュアを調べるのに余念がなかった。

メグはもう一人の客から注文をとると、キッチンのハッチの上に伝票を留めた。彼女はちょっとためらってから向きを変え、つま先立ちになってセージを探した。彼はまだ戻っていなかった。「ねえ、ラッキー、セージはどこに行ったんですか?」

ラッキーはハッチからのぞいた。「まだ裏にいるんじゃないかな。わたしが注文の品を作るわ」彼女は厨房に入っていき手早くパンをスライスし、新しく入った注文の品ふたつをトレイにのせると、メグのところに運んでいった。もう一度厨房をのぞいた。どうしてこんなに時間がかかっているんだろう？　ジェニーにレジのところにいて、と身振りで伝え、廊下を進んでいった。セージは壁に寄りかかり、荒い息をつきながらドアのわきにしゃがみこんでいた。

「セージ！」ラッキーはあわてて走り寄った。「具合が悪いの？」

セージは首を振った。無言のまま裏口を指さした。

「何なの？」

彼は立ち上がってラッキーの手をとると、ドアを出て建物の裏にある大型ゴミ容器の方に連れていった。彼はゴミ容器の隣に積もった雪と氷の山を指さした。何があるのかよくわからず、ラッキーは目を凝らした。積もった雪のあいだから、場違いにもブロンドの髪がはみだしている。背筋を寒気が走った。今目にしているのはデスマスクだ——氷のデスマスク。レストランの客、長身でエレガントなブロンド女性の顔だった。黒く固まった血が頭のわきで凍りついている。片方の耳からぶらさがるひとつ石のイヤリングが冬の弱々しい光にきらめいた。彼女の他の部分は一メートルの雪の山に埋もれていた。

10

ラッキーが顔を上げると、戸口にジャックが立っていた。「どうしたんだね?」彼は叫び、二人の方に近づいてきた。二人はジャックを無言で見つめた。言葉が出てこなかったのだ。ようやくラッキーが雪から突きだしている凍りついた顔を指さした。

「ジャック、警察に電話してもらえる?」ラッキーが頼んだ。ジャックは一度だけうなずくと小走りに戻っていった。

ラッキーはガタガタ震えていたが、それが恐怖のせいなのか寒さのせいなのか、よくわからなかった。もう少し嵐が続いていたら、死体は完全に埋もれていただろう。発見されるまで何日も何週間もかかった可能性もある。「セージ、わたしのコートをとってきてもらえる? 警察が来るまでここに残っているわ」

「とってくるけど、ぼくもボスといっしょにいます。一人でいちゃいけないよ」

「これ、事故の可能性はあると思う?」

セージは凍ったデスマスクをじっと見つめていた。「それはないな」

十分後、警察署長のネイト・エジャートンがスノーフレークのパトカー二台のうちの一台をエルム通りの路地の反対側に乗りつけた。彼は駐車して路地をふさぐと、雪をかきわけて二人のところまで歩いてきた。すでに野次馬がパトカーの周囲に集まりはじめていた。

ネイトはもはや絶命した凍りついた頭部をじっと見つめてから、ラッキーとセージの方に向き直った。「まったく、まいったね」彼は皮肉っぽくつぶやいた。「彼女が誰なのか、知っているか?」

「観光客だってことは知っています」ラッキーが口を開いた。「名前は忘れてしまったけど――パトリシアなんとか。今は頭が働かなくて。ほぼ毎日店に来ていました」

ネイトは首を振った。「まずいな。実にまずい。彼女はロッジに泊まっていたのかな?」

ラッキーはちょっと考えこんだ。「リゾートのホテルですか? いいえ、誰かから聞いたけど、ええと、マージョリーかな。たしか熊の小道通りの家に滞在していたと思います」

ネイトはセージに話しかけた。「彼女を知っているかい?」

セージはかぶりを振った。「いいえ。でもラッキーが言ったように、うちにはしょっちゅう来ていました。いつもまったく同じものを注文していた」セージがレストランでブロンド女性を初めて見たときに立ちすくんだことが思い出された。まじまじと彼を見つめた。嘘をついているの? もっと知っているけど話したくないの?

ジェニーとメグが何の騒ぎかとレストランの裏口から飛びだしてきた。ジェニーは目を大きく見開き、片手を口にあてると店内にドタバタと戻っていった。メグは死体から目をそむけた。ネイトが彼女の方を向いた。「ここに出てきちゃいけないよ、お嬢さん。中に入っていてくれ。あとで話を聞くから」メグはうなずき、ジェニーを追って戻っていった。

ネイトは頭をかいた。「エリノア・ジェンセンに電話してみるよ。この女性に家を貸したなら、近親者を知っているだろう」路地に停めたパトカーの方をちらっと見て、無線まで雪をかきわけて戻るか、〈スプーンフル〉の電話を使うか、天秤にかけているようだった。「お二人さんはちょっとここにいてもらえるかな？　かまわなければ電話を借りたいんだが」

「どうぞ使ってください。オフィスにありますから」ラッキーは答えた。

ネイトはまもなく戻ってきて、保安官助手とバンが到着するまで死体を見張ることになった。「彼女がどういう車を運転していたか知らないかな？」

ラッキーは途方に暮れた。「いえ——全然」

「そうか、熊の小道通りに住んでいてリゾートまで行っていたなら、車を持っていたにちがいない。じきにわかるだろう。きみたち二人は中に入ってくれ。全員そろって凍えている必要はないよ」

ラッキーとセージは喜んで暖かい〈スプーンフル〉の店内に戻っていった。ジャックがドアのサインをひっくり返して「閉店」にしていた。だが、彼の姿はどこにも見当たらなかった。セージは厨房に戻り、コンロで温めている鍋をじっと見つめている。ついにコンロの火を消して、カウンターをふきはじめた。「閉店ですよね、ボス？」

「そうね」ラッキーは答えた。「今のところそれがいちばんよさそう」

ジャックは食品貯蔵室の小さなステップスツールにすわり、両腕で守るようにして頭を抱えていた。背中は丸まり、目はきつく閉じられている。男たちの悲鳴と、何が起きたかを明瞭に物語る波の下の赤い筋。仲間をすばやく引き揚げられなかった。魚雷にやられなくても、すでにサメが泳ぎ回っているので、じきに手足を食いちぎられ命を奪われるだろう。国のために命を危険にさらすことは覚悟していたが、こんな死に方は――深海の原始的な生き物にばらばらにされて死ぬとは、誰も予想していなかった。彼だって、めちゃくちゃになった遺体を海から引き揚げるために従軍したのではなかったが、それはやらねばならない仕事だった。

ジャックはすすり泣き、深呼吸した。今、自分に何が起きているのかはわかっていた。今では人食いザメにしゃれた名前がついている――ジョーズだとかなんとか――でも、当時はそんな呼び方なんてなかった。入隊したときは、みんなまだ少年と言える年頃だった。戦後は全員が故郷に帰り、できるだけ傷を癒やそうとした。ジャックはもう一度深呼吸して、意志の力だけであの悲鳴を脳裏から締めだそうとした。前へ進まなくてはならない――ラッキーのために。自分が参ってしまっては、あの子も耐えられまい――それにかわいそうなあの子には、この店しか残っていないのだ。家族もいない――わし一人だけ。しかも、家族というには頼りにならない老いぼれだ。年老いたやもめで、おんぼろのコテージに一人で暮らしている。あの女のせいだ――彼女と雪についていた血を見たせいだ――海に流れていた血みたいだった。ここにも海にも、血があったらおかしいんだ。

ラッキーはジャックの名前を呼びながら廊下を歩いていき、オフィスをのぞいた。ジャックは何も言わずにどこかに行ってしまった。レストランにもいなかったし、他に隠れる場所もない。廊下の先まで行き、消耗品や腐らない食品を保管している食品貯蔵室のドアを開けた。ジャックが全身を震わせながらスツールにすわっていた。

「ジャック！」ラッキーはゆっくりと彼に近づいていった。「ジャック、どうしたの？」

「サメだ」彼はつぶやいた。「くそったれのサメめ——海が血だらけだ。やつらをどうしても追っ払えない」

ラッキーは祖父の腕をそっとなでた。祖父はこれまでに太平洋でのできごとを一度しか口にしたことがない。そのことでいまだに悪夢を見ることや、海を泳ぎ回っているサメに襲われた男たちの悲鳴についてつらそうに話していた。ラッキーの目に涙があふれた。「大丈夫よ、ジャック。もう終わったの。心配する必要なんてないのよ。サメはいなくなったわ」ジャックの呼吸が落ち着いてきた。しばらくして彼はラッキーの方を向いた。

「ラッキー。すまない」これはいい兆候よね、そうでしょ？　ラッキーは思った。少なくともジャックは自分が置かれている現実を認識している。

「謝ることなんて何もないわ。ここから出ましょう、さあ」ラッキーは祖父を店内に連れていくと、椅子にすわらせた。

「ときどき……」小さな声でジャックがつぶやいた。ラッキーは祖父の口元に耳を近づけた。

「ときどき、すべてがまざまざと甦ってくるんだ」労働で荒れた手で顔をこすった。

「ここにいて。コーヒーを持ってくるわ」

ラッキーは淹れ立てのコーヒーのカップをふたつ手にして戻ってくると、テーブルに置いた。ジェニーとメグはこれからどうしたらいいかわからず、カウンターのスツールに腰をおろしている。

入り口のドアがドンドンとノックされた。マージョリーとセシリーがいつもの朝のお茶とクロワッサンにありつこうとしてやって来て、恐ろしいことが起きたらしいと気づいたのだ。二人とも何があったのか知りたくてうずうずしているようだ。窓の外に心配そうに立って、ラッキーに向かって手を振っている。ラッキーはため息をついてドアを開けた。

「どうぞ中に入ってください。外じゃ寒いでしょう」

「何が起きているの？」マージョリーがたずねた。「パトカーに乗っているネイトがいたし、バンも来ていたわ。だけど、あの生意気な保安官助手、なんて名前だったかしら――そうそうブラッドリー、彼が路地に入れてくれないのよ。ねえ、何があったの？」

セシリーが口をはさんだ。「どうして閉店しているの？　何が起きているの？」

ラッキーが口を開いた。「わたしたち……見つけて……」最後まで言わないうちに、またも乱暴にドアがたたかれた。ハンクとバリーが連れだってやって来たのだ。二人を入れてやり、全員にぞっとするニュースを伝えた方がよさそうだ。そうすれば一度だけ話せばすむ。どっちみち数分後には、村じゅうに噂が広まっているだろう。

犠牲者が誰かを知ると、マージョリーは息をのみ、セシリーは片手を口にあてがって悲鳴をこらえた。ハンクとバリーは黙りこんだ。

「お店を閉めることになって残念です。でも、こういう状況だとそれがいちばんいいかと思って。セージはすべて片付けちゃったけど、コーヒーなら出せますよ」

「コーヒーをもらえるとありがたい」ハンクが首からマフラーをとり、温めようとして両手をこすりあわせた。ハンクは長身でカカシのようにやせていて、頭頂部ははげているが、グレーの髪の毛が後光のようにぐるっと残っていた。長い鼻のとても下の位置に鼻眼鏡をかけていたので、話している相手を見るためにはあごを突き上げなくてはならなかった。

「あなた、すわったら」マージョリーがラッキーに言った。「さぞショックだったでしょう。セシリーとわたしですべて用意するわ」彼女がきびきびと厨房に入っていくと、セシリーもあわててついていった。

ラッキーはカウンターにいるジェニーとメグに呼びかけた。「コーヒーを持ってきて、こっちにすわらない？　少ししたらネイトがあなたたちに話を聞きたがると思うし」女の子たちはスツールから下りて、大きな丸テーブルに椅子をひきずってきた。

裏口のドアがバタンと閉まり、重い足音が廊下に響いた。ネイトが店内に入ってきたのだ。彼は集まっている地元の人間たちをじろっと見た。

「みなさんのうち、何人かに話を聞きたいと思っている。ラッキー、きみのオフィスを使ってもいいかな？」

「もちろんどうぞ、ネイト」

ネイトは厨房のハッチをのぞいてセージを手招きした。セージはネイトについて廊下を進んでいきオフィスに入っていった。

マージョリーがカップ、ソーサー、コーヒーを入れたポットをのせたトレイを運んできた。

「スザンナがいっしょにいなくてよかった。彼女がここにいたら、ご主人、心臓発作を起こしかねなかったわよ」

「彼はとても石頭だから、警察の捜査妨害だと言って自分の奥さんまで逮捕しかねないわ」セシリーが相づちを打った。

バリーが立ち上がった。「ご婦人方、おれがやりましょう」バリーは背が低く小太りだった。チェックのシャツのおなかの部分ははちきれんばかりだ。でも、足取りは軽く、テーブルを回ってカップとソーサーを配り、コーヒーを注いでいった。ラッキーは自分の両手を見つめた。まだ震えている。今日は給仕してもらえるのがとてもありがたかった。

マージョリーがテーブル越しに身をのりだしてささやいた。「なんてショックなのかしら！こんなこと、スノーフレークでは一度も起きたことがないのよ。だけど、正直なところ意外じゃないわね」ハンクはマージョリーに死者の悪口を言うな、と警告するような鋭い視線を投げつけた。

セシリーが深くうなずき姉に同調した。「ついこのあいだもマージョリーに言ったばかりなの――あの女性はトラブルを求めているんだって。会う男性すべてに色目を使ってるのよ。

結婚しているかどうかもおかまいなし！　彼女は正真正銘のあばずれで、いまやわたしたちの村にトラブルを連れてきたのよ。殺人犯が逮捕されるまで、よそ者全員を疑いの目で見ることになるでしょうね」

ハンクが口を開いた。「じゃあ、犯人がよそ者じゃなかったら？」

マージョリーが憤然と言い返した。「何を言いたいの、ハンク？　もちろん、わたしたちの仲間じゃないわ。スノーフレークの人間はこういうことをしないわよ」

バリーとハンクはそれは疑わしいと言いたげな視線をこっそりと交わしあった。

セシリーがたずねた。「彼女はきのう来た？　覚えてる？　いつも火曜日に来るのよね。必ず二人分の食べ物を買っていくわ」

「たしか来たけれど、きのうは月曜よ。ねえ、ジャック、彼女の注文に気づいた？」

ジャックはあごをこすった。「何だったかは覚えてないな。女の子たちは覚えてるだろう。たしかジェニーが包んだと思うが」

セージがコートを肩にかけてオフィスから出てきた。「次にジェニーとメグに話を聞きたいって――いっしょに」女の子たちは椅子から立ち上がったが、見るからに不安そうだった。

「ボス、閉店しても、ぼくがいた方がいいですか？」

ラッキーは椅子を押しやって立ち上がると、セージに近づいていった。「いいえ。わたしは大丈夫。ありがとう、セージ」

「ありがとうって何が？」

「あそこで付き添ってくれて。感謝しているわ。明日はいつもどおりにお店を開けましょう。そして、何もかもが通常に戻るように祈りましょう」

セージはうなずくとそれ以上何も言わずに正面ドアから出ていった。いつも使っている裏口を避けたことにラッキーは気づいた。彼女はテーブルのグループのところに戻った。

「あの女性はロッジで若いスキーインストラクターと会っていたっていう噂だ」バリーがコーヒーに入れたクリームをゆっくりとかき回しながら言った。

「そんなこと、どこで聞いたんだ？」ハンクが追及した。

「おれの隣人があそこで働いているんだよ――バーテンダーとして。だから、おもしろい話をいろいろ教えてくれるのさ」

「くだらん」ハンクが鼻を鳴らした。「他人のことに首を突っ込むよりも、もっとましなことができないのかね」

バリーが気色ばんだ。「まあ、見てるがいい。署長はあれこれ質問するだろう。まさにこういうことを聞きたがっているんだ」

ジェニーとメグがせかせかと廊下を歩いてきて、スイングドアから入ってきた。「あたしたちはもう帰っていいってネイトに言われました。かまいませんか、ラッキー？」

「ええ、どうぞ。家に帰って。今日はここにいてもたいしてすることはないわ。明日の朝、来てちょうだい、お願いね？」

二人はうなずくと、それ以上の指示が出されないうちに正面ドアから出ていった。仕事に戻ることを家族に反対されないといいけど、とラッキーは思った。二人がいなくては、満席のレストランはとうていさばけないだろう。

ネイトが店内に戻ってきて、客たちをにらみつけた。マージョリーとセシリーは急いでコートを着て帽子をかぶった。今は歓迎されていないという雰囲気を察したのだ。マージョリーがラッキーに言った。「早目に店に寄ってね。いいものはすぐ売れちゃうから」

ネイトはあごでぐいっと出口を指し示し、そろそろ帰ってくれと、バリーに伝えた。彼とハンクはテーブルから立ち上がった。全員がさよならとあいさつして出ていくと、ネイトはマグをとって自分でコーヒーを注ぎ、ハンクがさっきまですわっていた椅子にドシンと腰をおろした。

「さて、この女性について知っていることを話してくれ」

ジャックがまず口を開いた。「たいして知らんよ。ほぼ毎日ランチを食べるか、持ち帰りの品をとりにやって来るってことぐらいしか。話したこともほとんどないね。彼女が店に入ってくると、ちょっとしたざわめきが起きるが、名前以外ほとんど知らん」

「リゾートで見かけたことはあるかい？」

「リゾートには一度も行ったことがないんだ、ネイト、そのことは知っておるだろう」

「うーん。どうやら彼女は村の複数の男性とかなり親密だったようだ」

ラッキーは肩をすくめた。「本当のことを言うと、彼女が誰かといっしょのところは一度も見かけていません。よそ者だからって悪い噂を流されることもありますよ。ご存じでしょうけど」

「どうして〈スプーンフル〉の裏に来たのか思いつくかね？」

「いいえ」ラッキーは答えた。「ゆうべは嵐のせいで早く店仕舞いしたんです。最後のお客さまは五時ぐらいに帰りました。あの天候では他に誰も来そうになかったので、みんなを家に帰したんです」

「じゃあ、店を閉めたときには誰も裏口から出ていかなかった？」

「いえ、たぶん全員が裏から出たと思います。ジャック、わたし、セージ」

「それで、そのときは異常にはまったく気づかなかったんだね？」

「ええ。でも暗かったし、何かを探していたわけじゃありませんから。ふだんは店を閉める前にセージがゴミを捨ててくれるんですけど、ゆうべは捨てなかったんじゃないかと思います。それで今朝、外に出ていったんです。わたしたちが〈スプーンフル〉を出たときには、すでに彼女があそこにいた、とおっしゃりたいんですか？」

「死亡時刻がわかるほど、はっきりしたことはまだ判明していない。風で証拠が吹き飛ばされてしまったが、検死後にはいろいろわかるだろう。今朝、全員が到着したときの話を聞こう。そのときに誰かが死体に気づいたのか？」

「いいえ。わたしは表から入りました。路地はまだ雪かきされていなかったので。表のドアを使う方が楽だったからです——たぶん全員がそうしたと思います。ネイト、この事件はわたしたちとは関係がないわ。ここにいる人間は誰も彼女に危害を加えたいなんて思っていないもの。それに、そもそも彼女が路地で何をしていたのかまるっきり見当がつきません」

「きのう彼女は〈スプーンフル〉に来たかね？」

「さっきそのことを話していたんです。彼女は来ました――で、お持ち帰りの品を受けとっていきました」

ジャックもうなずいた。「そのとおりだ。今思い出したよ。彼女は釣りを受けとらなかった」

「じゃ、そろそろ」ネイトは立ち上がった。「あそこを早急に片付ける必要があるな」ネイトはジャックとラッキーの顔を交互に眺めた。「何か思いついたら、電話をくれ、いいね？」

ラッキーはうなずいた。「そうします、ネイト。この事件のせいでお客さんが怯えて足が遠のかなければいいんですけど」

「たしかに、ここで発見されなかった方が商売にとってはずっとよかったな」ネイトはきびすを返し、路地の現場に戻っていった。

彼が声の聞こえない場所まで行ってしまうと、ラッキーはジャックを振り返った。

「まったく迷惑よね」

「たしかにそうだ。しかし、今さらどうすることもできんよ、そうだろう？　今日は店を閉めて一日休みをとり、明日の朝、新たな気分で始めないか？」

ラッキーはため息をついた。「それしかないわね、たぶん」彼女は表側のドアに鍵がかかっているのを改めて確認すると、明かりを消し、キッチンのコンロを点検した。それからジャックに続いて裏口から外に出ると鍵をかけた。

ネイト、保安官助手、もう一人の警官がパトリシア・ハニウェルの死体の周囲に集まっていた。ラッキーは彼らといっしょにイライアスがいるのを見て驚いた。彼は顔を上げ、ラッキーの方に近づいてきた。

「ラッキー、こういうものを見る羽目になってかわいそうだったね」

「どうしてあなたが呼ばれたの？」

「移動する前に調べてほしいって言われたんだ」

「まあ」ラッキーはしぶしぶ振り返った。新しく積もった雪はすでに死体からとり除かれていた。残りの雪が慎重に払われると、大型ゴミ容器にもたれたブロンド女性が現れた。顔の片側と首で血が黒く凍りつき、両足を体の前に広げてすわっている。黒ずくめで短い毛皮のコートをはおっていた。〈スプーンフル〉で見かけた高級なスキーウェアではなかった。

ネイトが保安官助手につぶやいた。「よく見ておけ……」

イライアスが立つ場所を変えて、おぞましい光景をラッキーの目からさえぎろうとした。

「ラッキー、帰った方がいい。このあとの作業は絶対に見たくないと思うよ」

11

ラッキーはカウンターの前に立ち、空っぽのレストランを落ち着かない気持ちで眺めた。その朝、ジェニーの母親が電話してきて、娘を仕事に戻らせるつもりはないと言ってきた——少なくとも当分のあいだは。メグは家族の反対を押し切って来てくれた。セージに対する恋心が後押ししたのだろう。

今朝はお客が詰めかけてこないようだとすぐに悟ったセージは、三つの鍋にいつもより少量のスープを用意しただけだった。ベーカリーのパンは一斤だけオーブンで温められていた。ひと晩のうちに歩道に氷が張った。ジャックは念入りにそれをこそげ落としてから、暖かいレストランで新聞を読もうと戻ってきた。

一人も客がやって来ないのでラッキーは困惑していた。あきらかにパトリシア・ハニウェルの死体が発見されたことが村じゅうの噂になり、それが冬の観光客の耳にも届いたようだ。観光客が足を向けないのは理解できたが、バリーとハンクやマージョリーとセシリーはどうしたのだろう?

曇った窓を透かして、ラッキーは長い赤いマフラーを巻いた人物がドアに近づいてくるのを見つけた。気分が高揚した――もしかしたら、悪い呪縛を断ち切ってくれるお客かもしれない。勢いよく正面のドアが開き、ジェニーが走りこんできた。

「ああ、ラッキー、本当にごめんなさい。今は仕事ができないんです。母がショックを受けたものだから。でも、ちょっと様子を見に寄りました」

ラッキーは肩をすくめた。「理解できるわ。お母さんを責められないわよ。きっとすっかり震え上がったんでしょう。わたしがお母さんだったら同じように感じるかもしれない」

「母はとても頑固なの」ジェニーがぼやいた。「あたしの話をまったく聞こうとしないんです。〈スプーンフル〉とはまったく関係がないのにね」

「そのとおりよ。わたしたちに関係があるはずないわ。不運にも、うちの店の裏口に死体がころがっていたってだけ。言い方は悪いけど」

「しばらくここにいてメグとおしゃべりしてもいいですか？」

「どうぞ。閑古鳥が鳴いている状態だから」

女の子たちはいつもハンクとバリーがすわっている隅のテーブルに行き、低い声でおしゃべりを始めた。

ラッキーはカウンターの後ろの作業スペースを磨くことにした。おろそかになっていた作業を片付けるにはいい機会かもしれない。目の隅で何かがちらっと見えた。ネイトのパトカーが〈スプーンフル〉の真ん前で停まった。ネイトとブラッドリーがコーヒーや朝食をほしいなら断るつもりはなかったが、できたらもっと別の場所にパトカーを駐車してほしかった。

正面にパトカーが停まっていては、店のイメージは悪くなるばかりだ。ネイトが助手席から降りてきて、表側のドアに歩いてくるのが見えた。ブラッドリーはその後ろをついてくる。二人が入ってくると、ドアの上のベルがチリンチリンと鳴った。

ネイトはカウンターに近づいてきた。「やあ、ラッキー」

「ネイト。何かニュースでも？」

「残念ながらそうだ。セージは今ここにいるかい？」

「セージ？　ええ、厨房にいますよ」

「ラッキー、言っておきたいんだが、今回の件では心から残念に思っているよ」ネイトは背を向けると、ブラッドリーを後ろに従えて厨房に歩いていった。セージは厨房でやっていた作業を中断し、戸口に立ちはだかっているネイトを見た。

ネイトは咳払いした。「ミスター・デュボイス、パトリシア・ハニウェル殺害の容疑で逮捕する。きみには黙秘権がある。きみの供述は法廷できみに不利な証拠として使われる可能性がある……」

ラッキーは手にしていたカトラリーをとり落とした。ナイフやフォークがカウンターにガチャンと音を立てて落ち、半分が床にばらまかれた。自分の耳が信じられず、仰天してジャックを見た。ジャックは椅子から飛び上がると、厨房に駆けこんでいった。

「ネイト、そんなことはありえない。まちがいだよ」

ジェニーとメグは衝撃を受けて黙りこみ、ただ目を見開いていた。メグの顔は蒼白になっている。ジェニーはさっと立ち上がるとジャックのあとを追おうとした。ラッキーはそれを押しとどめ、ハッチから厨房をのぞいた。セージは肩を落としていた。持っていた調理器具を落とし、両手をわきに垂らして無表情な顔で立っている。反論はしなかった。驚いている様子もなかった。セージはこの瞬間を待っていたのだという奇妙な印象をラッキーは受けた。無言のまま、セージは振り向いて壁のフックにかかっていたコートをとると、袖を通した。ブラッドリーが先頭に立ち、セージの後ろをネイトが固めて三人はレストランの店内を歩いていった。セージはずっと視線を下に向けていて、誰とも目をあわせようとしなかった。

ジャックが三人の前に回りこんで立ちふさがった。「ネイト、どういうことなんだ?」

「ジャック、すまない。どうか通してくれ。現時点では何も話せないんだよ」説明しようともせず、三人は〈スプーンフル〉の表側のドアから出ていった。外に出るとブラッドリーがパトカーの後部ドアを開け、セージが乗りこむのを待った。ネイトは助手席に戻り、ブラッドリーがハンドルの前にすわった。

ジェニーとメグは曇った窓ガラスに顔を押しつけて、パトカーが走り去るのを見送っていた。ラッキーはジャックの方に手を伸ばした。彼はそれに気づいてぎゅっと手を握ってくれた。誰もひとことも発しなかった。女の子たちはたった今起きたことを説明してもらおうとしてラッキーを見た。しかし、ラッキーも彼女たちに劣らず呆然としていた。

「ああ、神さま、あたしがいけないんだわ」メグが叫んでわっと泣きだした。

「いったいどういうことなの?」ラッキーはたずねた。ジャックは若い娘を困惑して見つめている。

「あたしがいけなかったの！」メグがまた叫んだ。

「こっちに来てすわって、何を言っているのか説明してちょうだい」ラッキーはジャックの視線をとらえ、これはガールズトークなので、姿を消した方がいいと目顔で伝えた。ジェニーはメグの体に腕を回すと、カウンターの方に連れていった。ジェニーはやさしくメグをスツールにすわらせ、自分も隣にすわった。ジャックは隅のテーブルで新聞を読むのに戻り、彼女たちの会話に関心がないふりをした。

ラッキーは二人の女の子の話を聞くことに全神経を集中した。ジェニーが最初に口を開いた。「このあいだの夜……あたしたち、セージといっしょに店を出たんです」

「ええ、覚えてるわ」とラッキー。

ジェニーは手を伸ばすと、励ますようにメグの手に自分の手を重ねた。メグは必死に落ち着こうとしていた。「……セージが言ったの、〈スプーンフル〉に戻らなくちゃならないって。鍵を忘れてきたから」

メグは深呼吸すると、またすすり泣きをこらえた。「彼は気づかなかったけど、あたしたち、つけていったんです」ラッキーは同情をこめてうなずき、メグが洗いざらいしゃべるのを待った。メグは涙に濡れた顔をラッキーに向けた。「ラッキー、彼は嘘をついていたのよ。だって〈スプーンフル〉には入っていかなかったから。外でうろうろしていたんです、誰かを待っているみたいに」

「それはいつのこと？　嵐の夜？」

「いいえ。その何日か前です。はっきりわかりません。あなたがオフィスで仕事をしていた夜です」

「彼が誰かと会うのを見たの？」

「いいえ。あたしたちはかなり長く待っていました。つけてきたことを知られたくなかったけど、誰も現れませんでした」

「それだけでは証拠にならないわ。ネイトはその話に基づいて結論に飛びついたりしないでしょう」

「それだけじゃないんです」ジェニーが口をはさんだ。「早く店を閉めた夜――嵐の夜です――いつもはメグを家に送るんですけど、通りに車を停めて、セージが出て来るのを待っていたんです」

ラッキーは若い恋の抜け目なさに舌を巻いた。「彼を誘って、どこかに出かけようと思ったのね？」メグはおどおどとうなずいた。その顔は真っ赤だった。「それから何があったの？」

「彼がブロードウェイに出てくるのが見えました。わたしたちから遠ざかってメイプル通りの方に歩いていきました」ジェニーが答えた。

「たんに家まで歩いて帰ろうとしていたのよ。数ブロック先に住んでいるから」

「かもしれません。だけど、そのとき赤いジープが通りかかって、彼の隣で停まったんです。

セージは足を止めて車を見ました。最初は道を訊かれているのかと思いました。だけど、セージは車に背中を向けてもっと速く歩きだしたんです」

動揺というより興奮してきたメグは言った。「すっごく妙でした。赤い車はまた走りだし、彼を通り過ぎると道の先で停まった。すると、あの女性が降りてきたんです。彼女は車にエンジンをかけたまま、彼の真ん前に立ちました」

「それがパトリシア・ハニウェルだったのね？」

「ええ」

「なるほど！」ラッキーはセージとブロンド女性にどういうつながりがあるのだろうと考えた。過去に何かあったにちがいない。「セージはそれからどうしたの？」

「そのときにはかなり離れていました。あたしたちは車を発進させて、のろのろ運転で近づいていきました。何が起きているのか知りたかったけど、つけていたことはばれたくなかったので。セージは彼女に何か言いました――聞きとれませんでしたけど――すると、彼女が手を上げたように見えました。相手に手を伸ばそうとしたみたいに。セージはすばやく後ろにさがると、両手を掲げました。まるで『ぼくに触らないでくれ』と言うみたいに。たぶん、そんなことを言いたかったんじゃないかな。少なくともそう見えました。それから彼は大急ぎで立ち去ったんです」

「そのあと何があったの？」ラッキーは質問した。

「何も。あの女性は車に戻り、走り去りました」ジェニーが言った。

ラッキーは首を振った。その対決の裏に何があるにしろ、ブロンド女性と出くわすのを避けるためならセージは何だってしそうに思えた。

「まだあるんです、ラッキー」メグが低い声で言った。「セージがあの亡くなった女性といっしょのところを見たんです――ロッジで。あたしたち、ときどきあそこでも手伝っているんです。彼女はスキーのインストラクターの一人といっしょにバーにいました――たぶんジョシュだと思います。不愉快な光景でした。彼はうっとりと彼女を見つめていたんです……ジョシュがです。すると彼女はセージを見つけ、ジョシュに帰ってちょうだいって言ったんです。あの女性はまるで前から知っている相手みたいにまっすぐセージに近づいていきました」

「セージはロッジで何をしていたの？」ラッキーはたずねた。

ジェニーはバッグを探してティッシュをメグに渡した。メグは眼鏡をはずし、ていねいにふいた。彼女の丸い顔はぼんやりして、寂しそうに見えた。

「わかりません。もしかしたらあのソフィーと会うために来ていたのかも――彼女、ひどい女ですよね！　それとも弟と会う予定だったのかもしれません。レミーはときどきあそこで半端仕事をしているんです」

「ジェニー……メグ……彼があの女性を――パトリシア・ハニウェルを知っていても、裏には何か事情があったにしても、それに意味はないわ」

カウンターにブロンド女性がいるのを見つけたときのセージの反応が思い出された。二人はまちがいなく知り合いのように見えた。少なくともセージは彼女に気づいたにちがいない。ただし、これ以上の情報は女の子たちに伝えない方がいいだろう。

メグの顔は赤くまだらになっていた。「警察にそんなことを言うべきじゃなかった。ネイトが質問を始めたとき怖くなって、つい口から出ちゃったんです。口を閉じていれば、彼が逮捕されることなんてなかったんだわ」

ジェニーがメグの肩に腕を回し、慰めようとした。「ラッキー、メグはもう帰ってもいいですか？　ここにいても何もできそうにないし」

「もちろん。帰ってちょうだい——二人とも。今日は閉めた方がよさそうだわ。それに、誰もお客が来なくて、セージもいないんじゃ、今はどうすることもできない。でも、どうしてネイトが彼を逮捕したのか探りだすつもりよ」

12

ラッキーはいらいらと足を踏み換えながら受付カウンターの前で待っていた。ブラッドリーはファイルの引き出しをひっかき回している。

「その用紙はこのフォルダーのどこかに入っているんだ。すぐに見つけるよ、ミズ・ジェイミソン」

ラッキーは大きなため息をついた。「ブラッドリー、このわたしなのよ。ラッキーって呼んで、いいわね？　あなたはわたしを知ってるじゃないの。どうして収監者を訪ねるのに用紙に記入しなくちゃならないの？」

「そういう決まりだからね、ミズ・ジェイミソン……いや、ラッキー。刑務所規定三百二十七条と行政手続法、通常ＡＰＡ法と呼ばれているが、その七十九条二十六項に定められているんだ。『入所にあたってはどの訪問者も名前、住所、収監者との関係を記入すること』所持品検査をすることを承服させる権利もあるが、相手がきみだから強くは言わないよ」

ラッキーは舌を噛んだ。「それはありがたいわ、ブラッドリー」彼に体に触れられたら、殴りつけていただろう。「セージと話す機会がほしいだけなの。うちで働いているのよ。彼

のことが心配なの」

「見つかった」ブラッドリーは意気揚々と端が少ししわになっている用紙を掲げると、長いカウンターまで持ってきた。「そう、長いあいだ収監者がいなかったからね。実際のところ、最後にいつ収監したか思い出せないな……アーニー・ヒックスじいさんは別だけど。一年に一度、誕生日に酔っ払って手に負えなくなるんだ。それにここに閉じ込めるのも、自分を傷つけないようにするためだけでね。翌朝にはしらふに戻ってるよ」

ラッキーは用紙に手を伸ばし、ブラッドリーの指からそれをひったくった。留置場に本物の被疑者が収監されているので、ブラッドリーはいたく満足そうだった。

「どこにサインするの？」ラッキーは用紙を眺めた。

「身分証明書を拝見しなくてはならない」ブラッドリーは百六十七センチの背丈を精一杯伸ばした。「すべての訪問者は身分を明らかにし、収監者との関係を述べなくてはならないんだ」

「ブラッドリー！　そんなの馬鹿げてるわ」

「すみませんが、ＡＰＡの七十九条二十六項にあるんだ」

「三百二十七条かと思ってた」

「三百二十七条は刑務所規定の方だ。七十九条二十六項はＡＰＡだよ」

ラッキーはゆっくりとまばたきすると、カウンター越しに手を伸ばして、保安官助手の首を絞めてやろうとしたが思い直した。逮捕されるかもしれない。警官に暴力を働くことに対する刑法が存在するにちがいなく、絶対にブラッドリーはその章と条文を引用できるだろう。いらだちを鎮めるために大きく息を吸ってから、冷静に答えた。「運転免許証でもいい？」

「けっこう。財布から出してください。コピーをとります」

「わかった」ブラッドリーの前を通過してセージと話すには、あらゆるＡＰＡの条項に従うのがいちばん手っ取り早そうだった。急いで用紙に記入してサインしていると、ブラッドリーが運転免許証を返してくれた。

「ではついてきてください」ブラッドリーが重いドアを開け、彼女を廊下に案内していった。

「質問する決まりになってるんだが、何か武器を携帯していますか？」

「いいえ、今日は持ってないわ、ブラッドリー」でも次にあんたに会うときは……短い廊下を進んでいき、彼が保安ドアを解錠するあいだ待っていた。このエリアの突き当たりにはふたつの独房があり、それぞれに寝台、固い木製ベンチが備えつけられている。セージはベンチにすわって目を閉じ、コンクリートブロックの壁に寄りかかっていた。ラッキーはスツールが並んでいるのを見つけて、ひとつを鍵のかかった独房の方にひきずっていった。

「ミズ・ジェイミソン……ラッキー……それ以上独房に近づかないでください。それから収監者に触ったり何かを渡したりしないように。理解していただけましたね？」

「ええ、ありがとう、ブラッドリー。わたしはセージと話がしたいだけなの」ラッキーは待っていたが、ブラッドリーは彼女のわきに立ったままだった。「二人だけで話したいの、お願い」

ブラッドリーは体をこわばらせたが、しぶしぶ受付カウンターに通じる廊下を戻っていった。ラッキーはドアの閉まる音が聞こえるまで待った。ラッキーはセージの精神状態をはかろうとして注意深く観察した。

両腕を胸の前で組んでいる。片目を開けると、彼女をじっと見つめた。「ここに来ちゃだめですよ、ボス」

「そんなこと言いださないで。ブラッドリーにさんざん手こずったところなんだから」

「ぼくのために時間をむだにしないでください。できることは何もないんだから」彼のあごの筋肉はひくひく震えていた。

「どうして?」ラッキーの鼓動が乱れた。「自分に非があると言っているの?」

セージは首を振って否定した。「そんなことは言ってません」

「じゃあ、わたしに話してちょうだい。助けてくれる弁護士を見つけられるかもしれない。あなたと、このハニウェルっていう女性のあいだには何があったの?」

セージはコンクリートブロックの壁に寄りかかるとまたもや目を閉じた。「帰ってください、ボス。話したいことなんて何もない――とりわけあなたには」苦々しい口調だった。

ラッキーは平手打ちを食らったような気分になった。彼の苦々しさは彼女に向けられており、どうしてそうなるのか、どうやったら彼の心を和らげることができるのか、さっぱりわからなかった。辛抱強くさらに数分待ってセージに口を開かせようとした。でも彼はラッキーを見ようとも、説明をしようともしなかった。

「わかったわ」とうとうラッキーは言った。「好きにして――とりあえずは。でも、また来るから。あなたには助けてくれる人が必要よ、セージ」ラッキーはスツールを壁際に戻すと、受付カウンターに戻っていった。そこではブラッドリーが事務仕事に没頭しているふりをしていた。ラッキーが近づいていくと彼は顔を上げた。

「ブラッドリー、ネイトはいる？」

「いや。あの家に行っていて……」ブラッドリーははっと口を閉じた。うっかり余分なことをしゃべりそうになり、ネイトに怒られかねないと気づいたのだ。彼のハイスクール時代からのニキビはついにきれいに治らなかったことにラッキーは気づいた。青白い肌のせいでニキビが目立っている。とりわけ恥じ入って顔を赤くしているときは。

「熊の小道通りの家？」

ブラッドリーは背筋をピンと伸ばして立った。「そんなことは言ってないぞ」

「気にしないで、ブラッドリー」ラッキーは猫なで声で言った。「あなたが教えてくれたってネイトには言わないから」

ブラッドリーはあせってまくしたてた。「何も言わなかったよ、ラッキー。知ってるだろ」

「もちろん、言ってませんとも」感情のこもらない声で答えながら、彼をからかうのをおおいに楽しんでいた。

ブラッドリーは目の前の書類をきれいに積み上げながら落ち着きをとり戻そうとした。ラッキーの方に向き直ると、いきなりたずねた。「セージは何か話したかい？」ラッキーは彼の目が狡猾そうに光るのを見てとった。ここで打ち明けるほどわたしがまぬけだと本気で思っているのだろうか？

「いえ、あまり。あなたには何か話した？」

「ひとことも口をきこうとしないんだ」ブラッドリーは口を滑らせた。「彼は……」そこでまた口を閉じた。立場が逆転し、ラッキーが情報を引き出そうとしていることに気づいたのだ。

「明日また彼に会いに来るわ。だけど、立ち寄ったことをネイトに伝えてもらえない？　時間があるときにネイトとちょっと話をしたいの」

「言っておくよ。ところで、罪状認否手続きまで収監者に食事をさせなくちゃならないんだ。ここでは食べ物を何も用意できないんだよ。朝食ぐらいは差し入れられるけど、ランチとかディナーは無理だ。〈スプーンフル〉で何か用意してもらえないかな、郡が金を払うから」

「問題ないわ。冷蔵庫と電子レンジはある？」

ブラッドリーはうなずいた。「もちろん。ランチルームにね」

「じゃあ、こちらで用意する。ジャックかわたしがあとで運んでくるわね」ラッキーは正面ドアを押し開けながら言った。ブラッドリーの前では強気の姿勢をくずさなかったが、気分は落ちこんでいた。胸の中の恐怖をブラッドリーに打ち明けるわけにはいかなかった。彼に知られたら、あっという間に村じゅうに広まるだろう。いくら気持ちを抑えようとしても、ブラッドリーといると、どうしても嫌みのひとつも言いたくなる。だから口を滑らせないように必死に努力しなくてはならなかった。彼の尊大さをぺしゃんこにするのはとても簡単だろう。ふくらみすぎた風船にピンを刺すみたいに。そんなことをしたら自分は意地悪な人間というレッテルを貼られるのだろうか。でも、ブラッドリーを前にすると、いつも、そういう衝動がこみあげてくるのだった。

ラッキーが〈スプーンフル〉に戻ってくると、窓のネオンサインが寒さと恐怖を締めだしてくれるかがり火のように輝いていた。レストランには誰もいなかった。ラッキーは表側のドアから入っていき、コートを椅子にかけると、ジャックを呼んだ。

「ここだよ、おまえ」彼の声がした。

カウンターの後ろに回って厨房のハッチをのぞいた。ジャックがコンロでセージのスープの容器を温めていた。四角く切られたコーンブレッドの焼き皿がすでにカウンターに置かれている。

「おなかがすいてるだろう?」ジャックが顔を上げて微笑んだ。

「ぺこぺこ。おいしそうな匂いだわ」

「ズッキーニとパルメザンのスープだよ。それにコーンブレッドを添えて食べよう。セージの料理には及ばないが、わしにもせめてランチぐらいは作れると思ったんだ。冷凍庫にはまだいくつか容器が入っている。セージが釈放されるまでやっていけるよ」

ラッキーは大きなため息をついた。「それほど楽天的になれるといいけど」ラッキーはのろのろとレストランを見回した。この店が大好きだった——大きな窓辺には黄色のチェックのカフェカーテン。ヴァーモントの史跡の額入り写真と、スキー場にいるスキーヤーや常連客のスナップ写真が壁の上部を埋め尽くしている。羽目板は光沢のある黒い木材で、床は古い幅広の松材。ここのありとあらゆるものが両親の存在を物語っていた。視野の隅に両親がいるかのように、二人の存在を感じることができた。まだここにいて、ラッキーとジャックを見守ってくれているのだ。すばやく振り向けば、また二人の姿を見ることができるかもしれない。

自己憐憫に浸っているとわかっていたが、自分の力ではどうしようもなかったつらいできごとを思い出さずにはいられなかった。中学のときは、口頭で競うスペリングコンテストがあった。賞品に新しいチェリーレッドの自転車がもらえるので、三晩必死に勉強した。でも、当日の朝起きたら喉頭炎になって声が出せなくなっていた。さらに木から落ちて卒業ダンスパーティの前日に足首を折ったこともあった。もしかしたら自分は不運を招く人間なのかもしれない——ジャックは孫に「アンラッキー」と名づけるべきだったのかも。レストランを続けることを迷っていた時期もあったが、いまや選択肢はなくなったように思えた。しかし何よりも大切なのは、セージが無実で、殺人は〈スプーンフル〉とは何の関係もないとネイトに信じてもらうことだ。

ラッキーは二枚のプレースマットとカトラリーとナプキンを手にすると、窓辺のテーブルにセットした。ジャックが厨房からスープのボウルとコーンブレッドをトレイにのせて運んできた。「窓辺にすわるのかい？」

「ええ。通りがかりの人がわたしたちをお客と勘違いして、入ってくるかもしれない」

ジャックはにやっとした。「お食べ。シェフからは何が聞きだせたんだい？」

「ほとんど何も」ラッキーはテーブルの向かいのジャックを見た。彼の顔色は灰色で、顔に刻まれたしわが深くなっている。「事情をまったく話そうとしないの。来るべきじゃなかったって言われたわ。ああ、忘れないうちに言っておくけど、わたしたち、彼の食事の担当になったの——少なくとも罪状認否手続きまでは。ランチとディナーを留置場に運ぶことになってるわ」

「よかった。今夜はステーキとベイクトポテトを用意して、スープの容器といっしょに運んでいこう。おまえがステーキ以外のものを作れるといいんだが。わしに料理できるのはそれだけなんだ」

ラッキーはにっこりした。「わたしはシェフじゃないけど、彼を飢えさせることはないわ。チキン料理ならいくつか作れるし、わたしのマッシュポテトはほっぺたが落ちそうになるわよ。あとで相談しましょう。かわりばんこに作ってもいいわね。あなたが今日食事を運ぶなら、明日はわたしが担当するわ」

ラッキーはコーンブレッドをちぎると、スープに浸した。「もしかしたらあなたならセージの口を開かせることができるかもしれない。実はこのあいだちょっと気づいたことがあって、どうしたらいいか悩んでいるの」レストランでブロンド女性に気づいたときのセージの反応について、ラッキーは語った。「ジャック、セージとあの女性のあいだには何かがあったにちがいないわ」

スープをかき回していたジャックは顔を上げた。「わしは気づかなかったな。だが、考えてみると、彼女が入ってきたときにセージがフロアにいるのを見かけた記憶がないんだ。たぶんおまえの言うとおりなんだろう」

「あの場面を見ていればよかったわね。まるで雷に打たれたみたいだった。ぴたっと黙りこんで、あわてて厨房に戻っていったわ。とても変だった」

「他の土地で知り合いだったけど、ここでまた会うとは思っていなかったのかな?」

「まさにそんな感じね。彼とあの女性のあいだには何かがあった。でもそれを話したくないのよ、少なくとも今は。あなたが聞きだせるといいんだけど」

「そうだなあ」ジャックはあごをナプキンでていねいにふいた。「ちょっと探りを入れてみるよ。それがなんであれ、いずれわかるだろう」

「いずれ、なんて悠長に構えていられないのよ。事件が起きたのは最悪のタイミングだった。今じゃ〈スプーンフル〉は誰の頭の中でも殺人と結びつけられてしまっている。考えれば考えるほど、腹が立つわ。こんな目にあわされるような悪いことなんて何もしていないのに」

「行いとはまったく関係ないことなんだ、お嬢さん。ちゃんと切り抜けられるさ。それに万一だめでも、いっしょに別の手を考えればいい。なんたって、おまえには学位があるからね。いろいろなことができるはずだ」

ラッキーは苦々しげな笑い声をあげた。「と言ってもねえ——舞台芸術の学位よ。スノーフレークではさぞ役立つでしょうよ」

ジャックはテーブル越しに手を伸ばしてラッキーの手を握った。「何があるかわからんぞ。さあ、笑っておくれ」

ラッキーはジャックを見つめた。涙がどっとあふれた。

「どうしたんだ？　涙かい？　涙なんてだめだよ、今は。泣くようなこともないだろう」

「今だけ泣かせて。苦労のない人生が送れればいいのにと思って」

ジャックはラッキーの手を握りしめた。「いずれそうなるさ。過去を未来までひきずっちゃいかんよ。そのことを覚えておきなさい」

彼女はみじめな様子でうなずいた。「留守にしていたあいだにお客さんは来た？」

「ハンクとバリーだけだ。どんな様子か見に立ち寄ってくれたんだが、お客はそれだけだ。みんなこの店に近づくのを怖がっているんだろう」ジャックは窓の外に視線を向けた。「まさか……」

ラッキーは祖父の視線を追った。衛星テレビ受信用アンテナのような装置をつけた白いバンが速度を落とし〈スプーンフル〉の正面で停まった。バンの側面には赤とブルーの大きな文字でWVMTとテレビ局の名前が書かれている。バンの後部から二人の男性が飛び降り、続いて長い黒髪の赤いコートを着た長身の女性が降りてきた。女性はブルーと黄色のネオンサインの真ん前の歩道に立ち、パーカー姿の男性は肩にカメラをかつぎあげた。もう一人の女性がバンの後部から現れた。ジーンズとコート姿で、外側に小さなポケットがたくさんついたバッグを持っている。大きなメイクブラシをとりだすと、赤いコートの女性の顔にすばやくブラシを走らせた。

ラッキーは息をのみ、スプーンをスープの中に落とした。「ジャック、あの連中、もしかしてまさかと思うことをやっているの?」

二番目の男はカメラマンの隣に立ち、三本の指を突きだし、無言で数えはじめた。三……二……一……黒髪の女性は体の前でマイクを持ち、カメラを熱心にのぞきこみながら唇を動かしている。

ジャックは椅子から勢いよく立ち上がった。「見ているがいい」彼は大股に厨房に入っていくと、ほうきを手に戻ってきた。たちまちドアから歩道に出ていき、ほうきでカメラマンに突きかかっていった。ラッキーはあわてて外に飛びだしていった。カメラマンのアシスタントはジャックとボスのあいだに割って入ろうとして必死になっており、黒髪の女性は目に恐怖を浮かべていた。ラッキーはジャックがまさにほうきをカメラマンの頭に振り下ろそうとしたとき、その腕をつかんだ。

「ジャック、お願い、やめて」ラッキーは必死に頼んだ。「事態がいっそう悪くなるだけよ」

ジャックは顔を紅潮させてラッキーを見た。「このろくでなしどもが事態をいっそう悪くさせようとしているんだ。こんなふうに店を宣伝してもらいたくない」

黒髪の女性はこれを好機ととらえた。すばやく近づいてくると、ジャックの手からほうきをとりあげようとしているラッキーの隣に立った。カメラはキャスターの女性の動きを追いかけていき、彼女はまたカメラに向き直った。

「今、〈スプーンフル〉のオーナーたちといっしょにいます。繁盛しているスノーフレークのレストランですが、繁盛していたのも、ボストンの社交界の淑女パトリシア・ハニウェルの死体が発見されるまでのことです。彼女はまさにこのレストランでむごたらしく殺されたのです」

黒髪の女性はラッキーの顔の前にマイクを突きだした。「付け加えたいことはありますか、ミス・ジョンソン？　おたくのシェフがこの殺人事件の犯人として逮捕されているんですよね？」

ラッキーは寒さでガタガタ震えていたが、それでも言葉は出てきた。「誰も――誰一人として、うちのレストランで殺されていません。この件では全員がショックを受けていますが、うちのシェフは無実だと確信しています。この事件は〈スプーンフル〉とは一切関係がないんです」怒りがぐんぐんふくらんでいき、こうつけ加えた。「それからジェイミソンです――J―A―M―I―E―S―O―Nで、ジョンソンではありません」

黒髪の女性はラッキーの最後の言葉は無視した。微笑を浮かべながらカメラに向かって言った。「さて、ごらんになったように、〈スプーンフル〉の経営者たちは殺人事件の容疑者の無実を信じています。彼らの信頼がまちがっていないことを祈りましょう」

カメラマンが叫んだ。「カット！」すると赤いコートの女性はラッキーに背中を向けると、マイクをアシスタントに放り投げた。彼女はバンのドアハンドルをつかんで前部座席に乗りこみ、ドアをロックした。カメラマンとメイク係はあわててバンの後部座席に乗りこんだ。すべてのドアがバタンと閉まるやいなや、アシスタントはエンジンをふかし、バンは猛スピードで走り去った。

ラッキーとジャックは歩道に呆然と立ち、バンがブロードウェイを疾走し、村の外に通じる幹線道路に向かうのを見送っていた。ジャックはなにやらつぶやくと、ほうきを手に持ったまま暖かいレストランに戻っていった。ラッキーはそのあとに続いた。

ジャックはほうきを店の隅に放りだした。「すまなかった、あんなふうにカッとなって。だが、セージが犯人で、わしたちが殺人工場でもやっているみたいなことを言われたもんでね」ジャックの頰は怒りのためにまだ赤かった。彼はバランスをくずしたかのようによろめいた。椅子にもたれて、片手を胸にあてがった。

ラッキーはたちまち不安に駆られた。あわてて祖父のそばに行った。「ジャック、どうしたの？」

彼は大きく息を吸いこんだ。「何でもないよ、お嬢さん。大丈夫だ」弱々しい笑みを向けた。

ラッキーは祖父の腕をとると、さっきすわっていた椅子に連れていった。腰をおろすと、彼女はたずねた。「胸が痛いの？」

「いや、そうじゃない」ジャックは答えた。「ただたまに……たまに、なんだか……ドキドキするんだ」

「動悸が激しくなるの？」

ジャックは肩をすくめた。ラッキーは彼の手をぎゅっと握った。「すっかり冷めてしまう前にランチを食べてしまいましょう」

13

「さて、これで終わりよ」エリノアは言いながら、デスクの上の書類をラッキーの方に押しやった。「そこにサインして。そうすればあなたの売却申請は正式なものになるわ。いい、わかってるでしょうけど、気に入らない申し込みは受けなくていいのよ。だけど、いったん受けたら取り消せない。もっとも買い手の方は申し込みをひっこめることができるけど」

ラッキーはうなずいた。「わかっています」彼女は書類を引き寄せサインすると、エリノアが印をつけておいてくれた箇所すべてに頭文字を書き入れていった。

「それからあなたが決心を変えても、わたしはまったく動じないわ。率直に言って、この家を手放さないでいてくれた方がうれしいから」

「決心を変えることは不可能だと思います。たとえそうしたくてもね。とりわけ今はレストランの経営がうまくいってなくて」

エリノアは苦々しく笑った。「よくわかるわ」彼女は壁の大きな掲示板を片手で示した。そこには売却や賃貸の物件のフライヤーがびっしり貼られていた。「今朝までに三件キャンセルが入ったわ。リゾートは痛手を受けなかったかもしれないけど、この恐ろしい殺人事件

が起きてから、誰もこの村には近づきたがらないのよ」

ラッキーは考えこみながらエリノアを見つめた。「教えてほしいことがあるんです。あなたは熊の小道通りのキャビンをパトリシア・ハニウェルに貸しましたか？」

「ええ、貸したわ」

「彼女について教えていただけませんか？」

「実はたいして知らないの。今年も去年の冬も同じキャビンを借りた。どちらも休暇のあとで、二、三カ月だったかしら。そのときによるけど」

「どうしてロッジに泊まらないんでしょうね？」

「わたしも訊いてみたの。人混みから離れたいし、プライバシーがほしいからって言ってたわ」

「家にずっと一人でいたんですか？」

エリノアは軽やかな笑い声をあげた。「うーん、そうとは言えないわね。噂によると、いろいろなお相手がいたみたい」

「特別な人は？」

エリノアは肩をすくめた。「知っている限りではいないし、別に知りたくもないわ。いい店子だったの。期限前に家賃を払ってくれたし、家を傷めることもなかった。その点ではまったくトラブルはなかったわ」

「家の中をちょっと見てもかまいませんか？」

「何のために？　借りたいと思っているの？」

「いいえ。ただ、誰が彼女を殺したのか、わたしたちに手がかりを与えてくれるようなものが何か残っているんじゃないかと思って」

「わたしたちですって？　いったい誰のこと？」エリノアが鋭くたずねた。

ラッキーは口ごもった。「全員っていうつもりだったんです。この事件は〈スプーンフル〉にとっては打撃なんです。それにみんな怖がって村に来ないなら、他のビジネスも損害を受けるでしょう。死体が発見されてから一人もお客さんが来ないんですよ——一人も。まあ、ハンクとバリーは来ているけれど、いつも店にいるから勘定に入りません。それにセージが留置場にいるせいで、これからどうやってお店をやっていったらいいか途方に暮れているんです」

「同情するわ。だけど、あなたが関わるようなことじゃない。これはネイトの仕事よ。それに彼はもうキャビンを捜索したはずよ」

「彼女の荷物はまだキャビンに？」

「今のところは。ネイトは調べ終えたけど、もうじきわたしが荷造りの手配をすることになっているの」

「彼女にはご家族がいたんですか？」

エリノアは首を振った。「お兄さんだけで、しかも、どこか西の方に住んでいるの。だからスノーフレークにある荷物はすべて彼に送ることになるでしょうね」

「じゃあ、わたしが見て回っても問題ないですよね？」

「ラッキー、そんなことを許可するわけにはいかないわ。所有者にとっては賃貸料を失うだけでも最悪なのに、捜査があるからまだ貸せないって知らせなくてはならなかったの。おまけに、このシーズンはもう借り手がつかないでしょうね」

「あのキャビンは誰が所有しているんですか？」

「ニューヨークの引退したカップルよ。いい人たち。昔はしょっちゅうスキーをしていたけど、最近はもうほとんどこっちに来なくなったので貸し出しているの」

「鍵を貸していただけますか？」

エリノアはうめいた。「ラッキー、正直に言わせて。あなたがこの事件に首を突っ込むのはいいこととは思えない」

ラッキーはエリノアをじっと見つめたまま返事をしなかった。最初にまばたきしたのはエリノアの方だった。「ふう、わかったわよ。いいわ。今日だけ鍵を貸してあげる。それから何をするつもりにしろ、物の位置を動かしたり、持っていったりはしないでね。こんな真似をしたと知られたら、ネイトになんて言われることか」

「誓うわ。絶対に誰にも言わない。わたしがキャビンにいたことは誰にも知られずにすみますよ」

「今日じゅうに鍵を返してちょうだい。留守だったら、郵便受けから放りこんでおいてくればいいから。でも、鍵を渡したことは絶対に誰にもしゃべらないでよ」

「誰にもしゃべりません。神にかけて誓うわ」ラッキーはすばやく胸元で十字を切った。一瞬、笑いそうになった。おごそかな誓いとともに交わされた学生時代の約束を思いだしたのだ。「それにたぶん真相に導いてくれそうな何かを見つけられるかもしれない。何者かが彼女を殺したのは確かだけど、それがセージだとは絶対に信じられないんです」

エリノアは肩をすくめた。

シャベルで雪が片付けられ、私道には玄関までの通り道ができていた。ラッキーはガレージに車をつけ、エンジンを切った。ネイトは殺された女性のレンタカーを発見しただろうか——ジェニーとメグの話だと赤いジープ。その家は丘のてっぺん近くに建ち、他の家までは徒歩ですぐだったが、ここの玄関ドアや私道が見えるほど近くにある家は一軒もなかった。パトリシア・ハニウェルはよほどプライバシーを守りたかったようだ。

ラッキーは車から降りるとゆっくりと玄関に向かった。もともとの家は丸太で建てられたキャビンだったが、長年のあいだに改造や改装がほどこされていた。鍵を開けて中に入り、呼びかけたい衝動をこらえた——もはや誰も応える人はいないのだ。通りからだとそれほど大きく見えなかったが、中に入ってみると山並みが一望できる床から天井までの大きな窓が奥にあり、広々としていた。地階に通じる階段がある。エリノアは地階に寝室があとふたつとバスルームと洗濯室があると言っていた。女性一人には大きな家だった。ふかふかのクッションが石造りの暖炉の前に置かれ、アンティークの時計がマントルピースの上で静かに時を刻んでいる。

ラッキーは全身の神経をとがらせながら廊下をゆっくりと進んでいった。家の雰囲気を感じ、パトリシア・ハニウェルとは何者で、なぜ彼女に死んでもらいたがる人物がいたのかを理解できたらと願いながら。廊下にはかすかな香水の残り香が漂っていた。一階には寝室はひとつだけ。そこでは香水の香りがぐんと濃厚になっている。あきらかに彼女が使っていた部屋だ。淡いグリーンのシルクのガウンがベッドの端に放りだされている。上掛けはくしゃくしゃで、半分床にずり落ちていた。ここでは一人以上の人間が最後に寝たようだった。スキーウェアが数着、ウールのスラックスが二着、黒のパンツスーツとカクテルドレス二着がウォークインクロゼットにかかっていた。ごついブーツともっとほっそりした黒のレザーブーツが、ハイヒール三足といっしょにクロゼットの床に並んでいる。上の棚にはブルーやグリーンのさまざまな色合いのセーターがきちんとたたまれてしまってあった。棚の残りの部分は厚手の赤いケーブルネットのセーターが占領している。ラッキーは手を伸ばしてセーターの材質を確かめた。いくつかのセーターはまちがいなくカシミアだった。ちょっと目を閉じて、死体が発見された日のパトリシアの服装を思い描こうとした。上から下まで黒ずくめだった。パンツ、セーター、黒い毛皮のコート。

ネイトは携帯電話を見つけたんだろうか？　バッグを見た記憶はなかったが、確かではなかった。もしかしたら雪に埋もれてしまったのかも。それにレンタカーはどこにあったのだろう？　パトリシアが車内で殺されて、レストランのゴミ容器の陰に捨てられたことが、いずれわかるかもしれない。だとしたら、時間はかかるが〈スプーンフル〉の評判もいずれ持ち直すだろう。だが、そんなふうに考えたことで、すぐに罪悪感を覚えた。一人の女性が殺されたというのに、〈スプーンフル〉の評判のことを心配しているなんて——殺人者がまだ野放しになっていることは言うまでもない。

ラッキーはデスクの上に薄いノートパソコンのケースを見つけた。中は空だった。中身を調べるためにネイトがノートパソコンを持っていったのかもしれない。警察がメールを調べてくれるといいけど。それによって彼女を殺す動機のある人物にたどり着くかもしれない。黒革のスケジュール帳がノートパソコンケースのサイドポケットに入っていた。ラッキーはそれをとりだし、ぱらぱらとめくってみた。一月のところに、家を借り始める日とこの家の住所が書き込まれている。その隣の余白には、太いのたくった文字でエリノア・ジェンセンの住所とオフィスの電話番号。スケジュール帳の内ポケットには数枚のレシート。ラッキーはそれをひっぱりだして、デスクに並べてみた。すべて地元のレシートだった——服やスノーフレーク・リゾートのレストラン。

メモが途切れている最後のページから逆にスケジュール帳を調べていった。最後のページに別のスノーフレークの住所が書かれていた。名前はない。レキシントン・ハイツ地区の通りだった。デスクの引き出しからメモ用紙をとりだし、住所を書き留めた——ブルースター二〇一番地。村にいる友人か知り合いの住所だろうか？

パトリシア・ハニウェルがとうとう出席することのなかったディナーの約束、バレエ、パーティーの予定を書き込んだこの先数カ月のページにすばやく目を通していった。殺人事件のあった日まで戻ってくると、ラッキーはさらに時間軸をさかのぼっていった。賃貸開始のメモ以外、どのページも空白だった。

ふいに家に誰もいないことが意識されて、体が震えた。誰かに見張られているという気がしてならなかった。わたしったら幽霊を想像しているんだわ。

慎重に引き出しを開けていった。露出の多いランジェリー、手袋、帽子、マフラーがぎっしり詰まっている。誰かの下着の引き出しをのぞくことほど、その人についての情報を手に入れられることはない、とラッキーは思った。いちばん上の引き出しにはアクセサリー類が入っていた。ゴールドのイヤリング、ダイヤをちりばめたブレスレット、ゴールドの腕時計、ネックレースがいくつか。どの品もさりげないエレガンスを漂わせていて、高級な服やディナーのお金をどうやって捻出したらいいか心配したことのない女性にふさわしいものだった。

デスクの引き出しにはチケットの半券、ロッジのパンフレット、〈スノーフレーク・メディカル・クリニック〉のパンフレットが入っていた。彼女はあそこの患者だったのだろうか？　インフルエンザの予防注射を打ってもらった？　イライアスに訊いてみよう。いくつものサイドポケットがついた大きくてやわらかな革バッグが床の隅に無造作に放りだされている。中には注文の品を受けとりに〈スプーンフル〉に来たときに目にした薄手の財布があった。開いてみた——写真はなく数枚のクレジットカードが仕切りに入っていたが、運転免許証はなかった。殺された夜、彼女は免許証を持っていたのだろうか？　ジッパーがついた絨毯生地の小さなポーチにはクシと口紅が入っていた。あの夜、運転免許証と鍵と携帯電話だけを美しい毛皮のコートのポケットに入れて出かけた？　ネイトは死体からそれらを発見したのだろうか？　それとも行方不明の車に入れたまま？

　バスルームには化粧水やクリーム、マニキュア、口紅などの容器がカウンターに散らばっていた。ラッキーはいくつかの高級ブランドに目を留めた。ゴミ箱には数枚のティッシュとブラシからとったもつれたブロンドの髪の毛。マージョリーとセシリーが正しいなら、ハニウェルには秘密の愛人がいて、おそらく何度も関係を持っていたにちがいない。彼女と他の男とを結びつけるＤＮＡの証拠が家にはあるだろうか？　ネイトはそんなハイテク捜査ができるのだろうか？　セージを逮捕したので、そもそも調べることすらしないのでは？　動機のある別の人間を示唆するものがここにあれば、ネイトは耳を貸し、セージの逮捕を考え直すかもしれない。

　ラッキーはバスルームのすべての引き出しと戸棚を開けていったが、歯ブラシ、ティッシュ、トイレットペーパーしか見つけられなかった。パトリシア・ハニウェルは誰と会っていたのか、毎週火曜日に誰と食事をしていたのか、ひとつも手がかりを残していないのだろうか？　それとも殺したあとに犯人が戻ってきて、几帳面に自分の存在の証拠を持ち去った？　もしかしたらキッチンには証拠があるかもしれない。ラッキーはバスルームを出て廊下を進んでいった。階下の寝室に通じる階段をちらっと見た。鍵を持っているあいだに、徹底的に調べておいた方がいいだろう。明かりのスイッチを手探りした。埋め込み型の照明で階段がいきなり照らしだされた。手すりをつかんで一歩踏みだした。そのとき何か固いものに背中をぐいっと押された。息をのみ、振り向こうとしたが、もはや手遅れで、もんどり打って階段をころげ落ちていき、横向きに床に倒れこんだ。そしてすべてが真っ暗になった。

14

どこか遠くで誰かが泣いている――女性だ。目が開いているはずなのに、すべてが灰色の霧におおわれ、あいまいな輪郭しか見えない。ラッキーは自分がどこにいるのか思い出せなかったし、女性の泣き声が耳に痛かった。照明に焦点があった。シャンデリアだが、あんなふうに壁にぶらさがっているなんてずいぶん奇妙だ。いや、あれは壁じゃない。天井だ。照明は天井からぶらさがっていて、自分は床に仰向けになっているのだ。熊の小道通り。わたしはそこにいるんだわ。階段の下に。それにしても、この女性が泣き止んでくれるといいのに。

ようやく目の焦点があった。誰かがラッキーの頭を持ち上げ、冷たいものをこめかみに押し当てている。ラッキーは激しく体を震わせ、起き上がろうとしたが、脚が言うことを聞かなかった。ふいに泣き声が止み、派手な後光みたいなオレンジ色のふわふわした髪をした顔が目の前に現れた。その顔には見覚えがあったが、誰なのかすぐにわからなかった。

「ああ、神さま、死んだのかと思った」その女性は泣きながら言った。「長く生きてるけど、こんなにぞっとしたことはなかったわ」

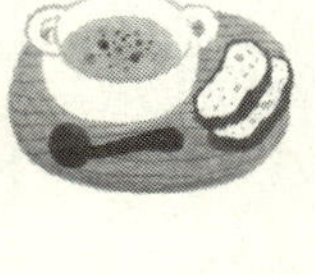

ラッキーはしゃべろうとしたが、うめき声がもれるだけだった。女性の声には聞き覚えがあった――フロ。フロ・サリヴァンだ。「フロ？　何があったの？」

「まったくもう、ラッキー、あなただと知ったとき――誰かに殺されたんだと思った――あのかわいそうな女性みたいに。ここで何をしていたの？」

フロ・サリヴァンは未亡人になってから、数年ほど両親の店で不定期に働いていた。ラッキーがまだ小学生のときだから、もう何年も前のことだ。今はときどきあちこちの冬の貸家で簡単な掃除をしている。エリノアはフロが今日家に来ることを忘れていたにちがいない。いや、もしかしたらフロは、自分の都合でスケジュールを組んで掃除に来ているのかもしれなかった。

ラッキーはどうにか口を開いた。「階段を下りようとしたら……」背中を誰かに押されたことが実感できなかった。あわてて振り向いたが、何も見えなかった。背後にいた人間は音もなく忍び寄ってきたのだろう。「誰かがここにいたの。誰かに押されたのよ」

「ああ、神さま」フロはすばやく胸で十字を切った。「もう、これっきりにする。この場所は他の人に掃除してもらうわ。例の殺人のことを聞いたときにきっぱりやめればよかった」

ラッキーはのろのろと体を起こした。「どのぐらい……」言葉を正確に口にできなかった。どのぐらい意識を失っていたのか見当もつかない。何者かはわたしを殺そうとしたの、それとも、たんにしばらく手出しをさせたくなかっただけ？　ここに来たとき、すでに誰かが家の中にいたにちがいない。あるいはデスクや寝室を調べるのに夢中になっているあいだに鍵で入ってきたのだろう。「フロ、いつここに来たの？」

「数分前よ。週に二度掃除に来ているの。二階の寝室はめちゃくちゃになっているわ――すっかりひっくり返されて。誰かが押し入ったんだと思って、とっても怖くなった。なにしろミセス・ハニウェルにあんなことが起きたあとだったでしょ。それに、よく見るまであなただって気づかなかったの」

「立ち上がるのに手を貸してもらえる？」立ち上がると頭に鋭い痛みが走り、ラッキーは顔をゆがめた。

「あなただってわかって、自分の目が信じられなかった。ずっと会っていなかったものね……五年ぐらい？　いったいこの家で何をしていたの？」

「嗅ぎ回ってたの。あなたならそう言うと思うわ」

「まあ、あなたに会えたのはうれしいけれど――こんな形でもね。ご両親のことは聞いたわ。本当にお気の毒だったわね。あんなにいい方たちだったのに」

「フロ、エリノア・ジェンセンが鍵を貸してくれたのよ。ちょっと室内を見たかっただけ。でも、そのことは誰にも言わないでね、お願い。エリノアがネイトとトラブルになると困るから」

「言わないわよ、あなたがそうしてほしいなら。だけど、お茶を淹れましょう。飲みながら、近況を聞かせて。さあ、これを頭にあてがっておいて」

フロはゆっくりとラッキーを階段の上まで連れていった。ラッキーはめまいをこらえようとして、手すりにしがみついた。フロはラッキーを暖炉の前のソファにすわらせると、くつろげるようにあれこれ気を遣ってくれた。

「ここにいてね。まず家じゅうを調べてくるわ。誰かが潜んでいるといやだから。それからお茶を淹れるわね」ラッキーが時計のチクタクいう音に耳を澄ませているあいだに、フロは部屋から部屋へと歩き回り、ベッドの下をのぞき、クロゼットのドアを開けたり閉めたりし、シャワーの仕切りを調べた。最後に玄関のドアとキッチンのドアに鍵をかけると、数分後、蜂蜜を垂らした熱いお茶のカップをふたつ運んできた。

ラッキーは片方のカップに手を伸ばした。「ありがとう、フロ。これを飲めば気分もよくなりそう」

「ねえ、教えて。何を探していたの？」

「セージが逮捕されたことは知っている？」

「まさか！」フロは叫んだ。「冗談でしょ！　あの感じのいい青年が？　いったい何の罪で？」

「そこが問題なの。わたしたち――ジャックとわたしはさっぱりわからずにいる。ネイトからまったく何も知らされていないのよ。それにセージに会いに留置場に行ったんだけど、何も話してくれなかった」

「ところで、おじいさんは最近どうしていらっしゃるの？」フロはさりげなくたずねた。

「ああ、元気よ」何年も前、フロがジャックの気を引こうとしてしつこく誘いをかけていた時期が思い出された。ジャックにはまったくその気はなく、フロが別の働き口を見つけると心からほっとしたようだった。フロがいまだにジャックのことを気にかけていると知ったら、げんなりするだろう。

「レストランの青年が無実だってことはまちがいないの？」

「ただの勘よ、フロ。だけど、とうてい想像できないわ、セージが――彼は内気でとてもやさしい人なの――誰かを傷つけるなんて想像できない。しかも女性を。セージが殺したなんて信じられないわ。ええ、絶対にやっていない。だけど、みんな一斉に距離を置いているし、レストランはシェフがいなくなった。パトリシア・ハニウェルの人生にどういう人がかかわっていたのか、ここで手がかりが見つけられるんじゃないかと期待していたの。彼女を殺す動機を持つ人物についてね」

「そうねえ」フロはゴシップを口にする勇気を奮い起こそうとするかのように、深呼吸した。「実のところ、彼女は村じゅうの噂になっていたわ。はべらせている男性が数人いたの。騒いでいるだけの男性はもっとたくさんいたけど、誰なのかは残念だけどわからない。昼間来るだけだし、あの女性は――ミセス・ハニウェルはいつも出かけていた――たぶんスキーだと思うけど、よく知らないわ。だけど、これだけは言える。彼女はほとんど毎晩、男性とベッドを共にしていたのよ。一人なのか複数なのかはわからないけど。ほっそりしたブロンド女性一人であんなにベッドをくしゃくしゃにできないもの。お相手がいた、それは確実よ！」

「それが村のみんなの意見みたいね。だけど、誰なの？　誰と会っていたの？　何者かが彼女を葬りたかったんだし、それだけの理由があったのよ」

「わからないわ。ここに来ていっしょに夜を過ごしていたのが誰にしろ――実際、そうだとしてだけど――見たことがないから。わたしは午前中遅くに来て一時間ぐらいで帰るから、全然わからない。ここには電話が引かれているけど、彼女は使ったことがないんじゃないかしら。携帯電話を持っていたから」

「携帯と言えば、ありとあらゆるところを探したけど見つからなかった。殺されたときに持っていたにちがいないわ」

「わたしが犯人なら、携帯電話はばらばらにして絶対に見つからないようにするわね」

ラッキーはうなずいた。「そのとおりだわ。だけど、ネイトが犯人はセージだと確信しているなら、本気で捜査をしないんじゃないかと不安なの――彼女の携帯電話を見つけて、通話記録を調べるとか。どういう理由からか、ネイトはセージに誰よりも動機があると考えているのよ。わたしはセージのことをあまりよく知らない。でも、彼はレストランで数年前から働いていて、両親は彼をとても高く評価していたの」

「じゃあ、いい人間にちがいないわ。ずっとご両親の目をだますことはできなかったでしょう」

「フロ、何か思いついたら――動機を持つ人間につながることを何でもいいから思いついたら、どうか知らせてちょうだい」

「ちょっと奇妙なことがあるの……」フロはもうひと口お茶を飲むとカップをソーサーに置

いた。「決定的なことじゃないけれど、彼女はこの数日ちょっと変だった。何かのせいでとてもイライラしていたわ」

「理由に心当たりがある？」

「わからないの、申し訳ないけど。もしかしたら誰かに脅されていたのかもしれない。この何週間か、わたしがここにいるときに何度か電話が鳴ったの。ふだんは電話に出ないんだけど、不動産会社がわたしに連絡してきたのかと思って出たのよ」

「誰がかけてきたの？」

「わからない。一度目は男性の声で『村から出ていけ、二度と戻ってくるな』と言った。鳥肌が立ったわ、はっきり言って」

「それでどうしたの？」

「彼に怒鳴り返してやったわ。『誰だか知らないけど、この家に電話をかけてこないでちょうだい』電話してきた相手は彼女を怖がらせるつもりだったんでしょうけど、電話に出たのが彼女じゃないと気づいたみたい。それから二、三回電話があったけど、いつも無言だった。ただ荒い息遣いだけが聞こえて、切られたわ」フロはティーカップを両手で包みこむと、体を近づけてささやいた。「それに彼女は銃を持っていたのよ」

「銃ですって？　何のために？」

「実はね、彼女は誰かを怖がっていたのよ。あるとき夕方に掃除に来たことがあったの。彼女はわたしだとわかってほっとしていたけど、それでもびくついていたわ」

「電話の件は彼女に話した？」

「もちろん話したわ」

「で、彼女の反応は？」

「ちょっと変だったわ。唇の周囲が少し白くなって。言いたいことがわかるかしら？　最初は何も言わずに、死んだ魚みたいなどんよりした目でわたしを見つめていた。それから、笑いだしたの。楽しそうな笑いじゃなくて、『いずれわかるわよ』みたいな感じの笑い方。それから何か言ったわ」

「なんて言ったか覚えてる？」

フロは首を振り、遠くに視線をさまよわせながらちょっと考えこんだ。「正確に覚えていないけど、『どっちが先に村を出ていくか、まあ見てればいいわ』とかなんとか。その言葉に背筋がぞくっとしたわ、それにあの目つき」

やっとラッキーは頭がはっきりしてきた。「フロ、さっき寝室が荒らされているって言ってたけど、どういうこと？」

「めちゃくちゃになっているの。きちんと片付けなくちゃならないんでしょうけど、二度とここには戻ってきたくないわ――絶対に！　ちょっと来て、見てちょうだい」

ラッキーはフロのあとから廊下を歩いていき、部屋を目にしたとたんショックで棒立ちになった。ありとあらゆる衣類がクロゼットからひきずりだされ、引き出しが開いている。箱という箱とその中身が床にばらまかれ、じゅうたんにめりこんだダイヤのアクセサリーが天井の照明にキラキラ輝いている。寝具はマットレスからひきずりおろされ、マットレスとボックススプリングは斜めに傾いていた。

「フロ、ここに来たときは全然こんなふうじゃなかった。あちこち調べたけど、何ひとつ散らかしたりしなかったわ」

「信じるわ。何者かがあなたを階段から突き落とし、その何者かが彼女の持っていた何かを探そうと必死になった」

ラッキーは信じられないと言わんばかりに首を振った。「だけどどうして？　高価なアクセサリーと服以外には何もないわよ。ネイトは彼女のノートパソコンや書類をすでに押収したにちがいないもの。探しているものはたぶん警察署にあるはずだわ」

ラッキーはかがみこんで、踏みつぶさないうちにちらばったアクセサリーを拾い上げた。「ねえ、フロ、手を貸すわ。これは一人で動かすには重すぎるわよ」彼女はベッドの反対側に回り、フロといっしょにボックススプリングをベッドフレームに戻し、最後にマットレスをのせた。

「リネンはすべて廊下に放りだしておいて。次の借り手がいつ来てもいいように、洗濯して片付けておかなくちゃ」

「わかったわ。服はクロゼットに戻しておくわね。エリノアは誰かにこれを荷造りさせて、お兄さんに送る予定になっているから」

「それはけっこうね。でもわたしはお断りよ。これはコインランドリーに持っていくわ。この家にはあと一分だっていたくないの」

「男性が彼女といっしょにいるのは見たことがないんでしょ？」

「全然。誰もお相手を見たことがないわ、ここに来て夜を過ごしていったことはわかっているけど——意味はわかるわね？」

フロは大量のベッドリネンを抱えて、ラッキーを陰気な目つきで見た。

「用心してね、ラッキー。ことによると、あとちょっとで命を落とすところだったのかもしれないわよ。彼女を殺した犯人は二度目の殺人を犯すことを躊躇《ちゅうちょ》しないでしょうからね」

15

翌朝ラッキーが目覚めたとき、頭痛はおさまっていたが、後頭部には小さな卵ぐらいのコブができていた。顔をしかめながら手を上げて、そっと触ってみた。肩にはあざができ、こわばっている。バスルームまで足をひきずりながら行ってアスピリンを二錠水で飲むと、濃いコーヒーを淹れた。コーヒーが効いてくると、熱いシャワーを出し、筋肉がほぐれるまでお湯を全身に浴び続けた。

体にタオルを巻きつけたままクロゼットのドアを開け、滅入った気分でワードローブを眺めた。服はごくわずかしかなかった。仕事の面接に着た上等なスーツ。ドレッシーな黒いドレスは気楽なディナーには不向きだ。実用的な黒いウールのスカート、スラックス、少しすり減った革のブーツ。残りの服はどちらかと言えば大学の社交クラブのパーティー向けだった。早急に仕事用の服を手に入れなくては。でも、まず、イライアスとの今夜のディナーに何を着ていくか考えなくてはならなかった。あらゆることが収拾がつかなくなり、一人の女性が〈スプーンフル〉の裏で殺されて発見されたというのに、服のことで悩んでいるなんて虚栄心が強すぎるだろうか？　実を言うと、彼といっしょに過ごすことがとてつもなく不安

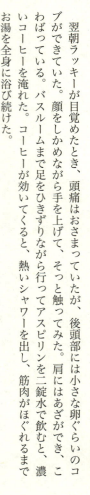

になっていた。こんなに長いあいだ会わなかったのに、いまだにラッキーは彼の存在を無視できず、強い影響を受けている。

ガウンを脱ぐと、濡れた髪をピンでまとめた。クロゼットから何着かとりだして着てみた。どうやら新しい服を買うしかなさそうだった。マージョリーとセシリーが〈オフ・ブロードウェイ〉に寄ってね、と言っていたっけ。ディナーに招待されたから少しすてきな服を着たいというのは絶好の口実だ。クロゼットのフックにガウンをかけると、ソックスと下着をつけ、暖かいスラックスとセーターを着た。それからすべての服をクロゼットにしまい、残りはたたんで引き出しにしまった。今夜のディナーデートについて心配している場合ではなく、すぐにやらねばならないことがたくさんあった。

両親の家から運んできた箱をしまってある廊下のクロゼットを開けた。最初の箱にはとっておくことにした本がぎっしり入っていた。まだ書棚がなかったので、整理は後回しにするしかないだろう。その箱をわきにどけ、次の箱を開いた。そこには額入りの家族写真が入っていた。慎重に包みをはがし、いちばんお気に入りの二枚を寝室に持っていってたんすの上に飾った。一枚は森の池でアイススケートをしている両親のスナップ写真。二人ともカメラに向かって大きな笑みを浮かべている。父の足首はスケートの上でわずかに曲がっていた。母親の肩に守るように腕を回してはいるものの、実は氷の上で父を支えているのは母の方だった。二人の死に向き合うのはとてもつらかったが、片方だけ取り残されるところを想像するよりはましだった。父は母を失ったことを絶対に乗り越えられないにちがいない。そして母の方が強い人間だったとはいえ、母の目の楽しげなきらめきは永遠に消えてしまっただろう。ラッキーはその写真にそっとキスして、たんすの上に置いた。もう一枚は大学の卒業式で互いの体に腕を回したラッキーと母親の写真だ。ラッキーはカメラにまばゆいほどの笑みを向けている。ほんの六年前なのに、こんなに若かったのだ。かたや母親はラッキーの頬にそっと顔を押し当てていた。両親がいるのは当然だった歳月のことを思って、嗚咽《おえつ》がもれそうになった。再びあふれそうになった悲嘆を鎮めようとして、大きく息を吸った。

次の箱から古いCDプレイヤーをとりだした。ハイスクール時代にずっと自分の部屋でかけていたもので、その後も実家に帰ってくるたびに使っていた。そのわきには大切にしていたCDが何枚か入れてあった。たぶんジャックの好みではないだろうが、またそうしたCDを聴いてみたかった。あとで〈スプーンフル〉に行くときに持っていくように、プレイヤーとCDを廊下の床に置いた。音楽を聴くのはいいことかもしれない――お客がいてもいなくても。なにより気分が少しは晴れるだろう。隣の箱には母のミシンと大量の布地が入っていた。ミシンはキッチンのテーブルに運んでいった。母にはいろいろ計画があったにちがいないが、とうとうとりかかることがなかった。でも、少なくとものこの布地でアパートのカーテンを作ることができそうだ。頭の中で母親の言葉を思い返して微笑を浮かべた。「これがいつか役に立つってわかってたわ」

たたまれたさまざまな布地をとりだすと、ベッドに持っていった。ひとつは白地に細い濃いブルーの格子柄が入っている。キッチンの窓のカーテンにおあつらえ向きだ。腕を伸ばし布の端を胸にあてがって、長さを測った。およそ四メートル。カフェカーテンにぴったりだわ。もうひとつはバラ色の色調の控えめな花模様で、東洋の布地を思わせるシノワズリーの趣があった。これは寝室ね。すばやく長さを測って、またたたみ直した。寝室のカーテンと枕カバーを作っても充分だ。家に帰ってきて初めて、この村に住むのだと実感させてくれるような新しいものを作れることがうれしかった。しかも母が選んであった布地を使えるなんて最高だ。

時計をちらっと見た。姉妹の店で何か買ってから〈スプーンフル〉に行くなら急がなくては。すべての布地をたたみ直すと、リネンクロゼットにしまった。布地に手を滑らせてから顔に近づけ、その匂いを楽しみながら、布地を選ぶときに母がそれをやさしくなでている様子を思い浮かべた。

ラッキーが店に着いたとき、姉妹はガラスのショーウィンドウの向こうでスツールにすわっていた。セシリーが手を振った。「あら、ラッキー！　どうぞ入ってちょうだい。ちょうどあなたの噂をしていたところなの」

「いい噂であるように祈るわ」

「何言ってるの。そうに決まってるでしょ」セシリーは少しおどおどと答えた。「最近お店に行かなくてごめんなさい」

「気づいてました。またあなたたちが来て、悪霊を追いだしてくれればいいなって思っていたんです。殺人事件後も毎日お店を開けているけど、誰もわたしたちに近づきたくないみたいで。それにもちろん、今はセージがいなくなって……」

「ああ、聞いたわ。本当にひどい話よね。あなたはどう思う……？」

ラッキーは言葉にされなかった質問が何なのかまちがいなくわかったので、力をこめて言った。「いいえ。わたしはセージが犯人だとは思っていません。それどころか、この状況から彼を救いだし〈スプーンフル〉に戻ってもらうために、できる限りのことをするつもりでいます。彼がいなくては、お店をやっていけないわ」

マージョリーが眼鏡の縁越しにラッキーを見た。「ずいぶん自信があるのね」

「ええ、あります。本当です。ネイトは早とちりをしたんだと思います。だから殺人者はまだそこらをうろついているんですよ」

「そうねえ、本当にあなたが正しいといいわね——つまり彼が無実だってことだけど」マージョリーの口調は疑わしげだった。「でも、殺人者がわたしたちの一人だというのは気に入らないわね。セージが無実だとしても、いったい誰があの不愉快な女性を殺したのかしら？」

「このあたりの人たちはみんな、彼女にとても関心があったみたいですね。ジェニーとメグは、彼女がロッジでスキーのインストラクターといっしょのところを見かけたって言ってます」

「ええ、そうでしょうとも」セシリーが言った。姉妹は同時にうなずいた。「そのとおりよ。それに彼女は好意をけちけちせずに振りまいていたわ。その意味、わかるでしょ」

「まさにそこが問題なんですよ。他に誰と会っていたんでしょう？」

「そうそう」セシリーが意気込んだ。「火曜日の二人前の注文のことは誰もが知っていたわね」

「火曜日にどういう意味があるんでしょう、わかります？」

「週に一晩しか会えない相手？　言い訳を作らなくてはならない相手。たぶん既婚者じゃない？」マージョリーがフンと鼻を鳴らした。

セシリーが答えた。「それが表沙汰になったらすごいスキャンダルよね」

マージョリーは妹にうんざりしたような視線を向けた。「そのぞっとする話題はもうたくさん。誰も彼も、口を開けばその話ばかり」彼女は表情を変えると、ラッキーに笑いかけた。「寄ってくれてとてもうれしいわ。奥からセーターを持ってくるわね——きっと気に入るものがいくつかあると思うわ」マージョリーは店と倉庫を仕切っているカーテンの陰に消えた。

姉が声の届かないところまで行ってしまうと、セシリーはカウンター越しに体をのりだしてささやいた。「お店に行かなくて本当にごめんなさい。マージョリーが怖がっているみたいなの」

ラッキーも体を近づけた。「怖がるって何を？」

「殺人と結びつけられることをよ——うちの商売に影響が出るんじゃないかって心配しているの。だけど、ほんとのところ、ひとこと言ってやろうと思っていたところ。こんなの正しくないわよ。友人の味方にならないなんて」セシリーは手を伸ばしてラッキーの手をぎゅっと握りしめた。その仕草にラッキーは涙があふれそうになった。

「ありがとう、セシリー。本当に——心の底から感謝しているわ。セージのことがとても心配なの、それにジャックのこと、それにレストランのことも。本物の殺人者が見つからなくてセージが疑いをかけられたままだったら、レストランはつぶれちゃうわ。観光客が来ないだけでもつらいけど、常連さんにも応援してもらわないと行き詰まってしまう」

「わかってるわ、あなた。マージョリーが距離を置くなら、それはそれでけっこう。わたしはいつもの朝のお茶とクロワッサンをいただきに行くわ」

マージョリーがカーテンから出てきて、きれいにたたんだセーターの山をディスプレイケースの上に置いた。そのうちの一枚にラッキーは目を引かれた。ツルニチニチソウを思わせる淡いブルーの色合いをしたスクープネックの長袖のセーター。CDプレイヤーが入っている旅行かばんを床に置くと、そのセーターを手にとった。等身大の鏡の前に移動して、体にあてがってみた。

「ちょうどいいサイズね。よく似合うわ——あなたの目をひきたてている」セシリーがにっこりした。「イライアスとのデートの服を探しているの？」

ラッキーは頬がカッと熱くなるのを感じた。「いえ、ちがいます。本当に。それに、デートじゃありませんから」

姉妹はよくわかっている、と言わんばかりにそろってうなずいた。「もちろん、デートじゃないわよね」

セシリーは正しかった。その色はラッキーの濃いブルーの目をいっそう印象的に見せた。

「これをいただきます」

「いい選択だわ。お包みするわね。それから二十パーセント引きにするわ――とてもリーズナブルでしょ。あの感じのいいドクターも気に入ると思うわ」

イライアスへの関心はたんにプラトニックなものだと他人に言い訳するのはもううんざりだった。だいたい、イライアスの関心がたんにプラトニックだとわかったら、自分の本当の気持ちをあらわにしてしまいそうだ。そこでただにっこりして、こう答えた。「ありがとう」

「他にも新しい商品がいろいろあるから、見ていかない？」

「ぜひそうしたいところだけど、〈スプーンフル〉に行かなくちゃならないから。ジャックが一人で店番をしているんです。お客さまは一人も来ないかもしれないけど、お店にはいるべきだと思うので」

マージョリーはうなずいた。「そうよね。またすぐ来てね」

「それから、明日お茶とクロワッサンをいただきに行くわね」セシリーが口をはさみ、意味ありげな目つきで姉をちらっと見た。

「うれしいです――ではそのときに」ラッキーはにっこりしてドアから出ると、〈スプーンフル〉めざして、ブロードウェイを急ぎ足で歩きはじめた。今夜のイライアスとのディナーのことで頭がいっぱいだった。そのとき悲しいほど化粧品を持っていないことに気づいた。シャンプーと乳液、それに透明なマニキュアぐらいは買った方がよさそうだ。手袋を脱いでじっくり手を眺めた――赤くてささくれができていて、爪は手入れをする必要がありそうだ。「女らしい」ことはラッキーの性にあわなかった。メイクをしたり、人形と遊んだりする能力は遺伝的形質なのだろうか？　だとしたら、神さまがその贈り物をとりだしたとき、彼女はドアの向こうに取り残されていたのだ。大学時代のルームメイトは気の毒がって、メイクの仕方を教え、髪をアップにしてくれた。いっしょに買い物に行こうと誘い、ファッション誌を貸してくれたので、ラッキーはあくびが出るほど退屈したものだ。今ではペンシルスカートとドルマンスリーブのちがいを知っている――これまで役に立ったのはそれぐらいだった。途中に〈フラッグ・ドラッグストア〉がある。いくつか化粧品を買うには、うってつけの機会だ。

ラッキーはジェロルド・フラッグに手を振って店に入った。ジェロルドは薬局カウンターのところにあるガラス仕切りの向こうに立っていた。彼はにっこりすると、うなずいてあいさつを返した。ラッキーはプラスチックのかごをとると、ヘアケアとスキンケア用品の通路を歩いていった。小さな乳液の容器とシャンプーをかごに放りこみ、唇が冬の空気にひび割れを起こさないようにリップクリームも入れた。通路の端にはCDの回転ラックがあった。一枚のCDが目を引いた――ジャックが気に入りそうだ――四〇年代の有名バンドのコンピレーションアルバムだ。そのCDもかごに入れた。

マニキュアは店の反対側の壁際にあった。近づいていくと二人の女性がおしゃべりをしていた。二人を迂回して、爪が割れるのを防ぐと保証している製品の陳列棚を見つけた。うたい文句が本当ならいいんだけど。二人の女性は観光客に見えなかったが、顔見知りの地元の人間でもなかった。ラッキーは立ち聞きするつもりはなかったが、すぐそばにいたのでどうしても会話が耳に入ってきた。

「信じられないわ——ああいうことがここで起きるなんて……」

「まったく恐ろしいことよね」もう一人の女性が叫んだ。「こういうことがあるから都会を離れたのに、今度はこっちでも物騒なことが起きるなんて。まるで犯罪に追いかけられているみたい」

「しかもあのレストラン……」その言葉は心からの嫌悪をこめて口にされた。「ある晩、もう少しであそこで食事するところだったのよ」

もう一人の女性が軽蔑したように言った。「しなくてよかったわよ。殺人シェフの店なんて」

ラッキーは顔がほてってきた。煮えたぎる怒りが胸でふくらんだ。〈スプーンフル〉とセージのことをこれほど見下して話しているこの女性たちは何様のつもりなの？　二人とも何も知らないくせに、勝手に決めつけている。みんなが店を敬遠しているのは、手っ取り早く言えば、こういうことが理由なのだ。

我慢しきれなくなり、ラッキーは怒りに顔を赤くしながら振り向いた。「失礼ですけど」

二人の女性は話をぴたっと止め、にこやかにラッキーの方を向いた。

「つい耳に入ったんです」二人とも自分たちの意見に賛同してくれる他人に会ったと思った

らしく、笑みを浮かべ続けている。

「知っておいていただきたいんですが、今とても批判的に話していたレストランは、たまたまわたしのレストランなんです。それからまだご存じじゃないかもしれませんが、家族が何年もかけて築き上げたすばらしい店です。もっと大切なことは、わたしたちのシェフはご意見とはまったくちがい、殺人者じゃありません」ラッキーはジェロルドがこちらに注意を向けていることを見るというよりも感じとった。彼には会話は聞こえないはずだが、あきらかに様子がおかしいのに気づいたにちがいない。

「ですから」ラッキーは深呼吸して気持ちを落ち着けた。「意見やゴシップを口にするときには、もっと慎重になっていただけるとありがたいです」

「おやまあ……」一人の女性がつぶやいた。二人とももう笑顔は消えていた。

「おやまあ、では困ります」ラッキーは言葉を続けた。「まだ誰も犯罪を告発されていないことをどうか覚えておいてください――わたしたちのレストランの誰も。あなたたちの無思慮な話が人を傷つけることもあるんです」ラッキーはきびすを返すとジェロルドが待っているカウンターに向かった。かごを置き、財布に手を伸ばす。まちがいなく顔が赤くなっているにちがいない。ジェロルドは購入した品を打ちこみながら何も言わなかった。ラッキーは数枚の紙幣を渡しながら言った。「ごめんなさい。お客さんを追い払ったんじゃなければいいけど。でも、無責任な噂話にはうんざりしちゃって」

「いや、全然かまわないよ、ラッキー。誰よりもきみには思っていることを語る権利があるんだ」彼はにっこりしてウィンクした。ラッキーはまっすぐドアに向かった。二人の女性の方を見る勇気はなかったが、二人とも黙りこくってこちらをじっと見つめているのは感じられた。

16

ラッキーは髪をブラッシングして肩に垂らし、口紅を塗り、少し頬紅をつけた。このディナーのことを心配しすぎているわ。事実を正しくとらえなくては。イライアスはたんにわたしに親切にしてくれ、友だちになろうとしているだけ。たぶんエリザベスとジャックをのぞいたら、村で唯一の友人だわ。それに、今のわたしにはまちがいなく友人が必要だもの。

もしかしたらイライアスの人生にはすでに誰か大切な人がいるかもしれない。この数年間、きっとたくさんの女性とデートをしたはずよ――わたしよりもずっと洗練された女性たちと。だとしたら、うまくやっていたんだわ。村に戻ってきてから、彼の女性関係の噂はまったく耳にしていないから。

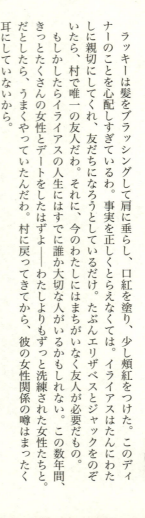

長い冬用コートをはおり、首にマフラーを巻きつけた。彼の家はほんの数ブロック先だ。車を使うまでもない。バッグを手にすると、階段を下りて歩道に出た。気温が下がり、空気が乾燥していて静電気が起きた。首元のマフラーをさらにきつく巻くと、ハムステッド通りめざして北に歩きはじめた。ブーツで凍りかけた雪を踏むと、バリバリと音がした。

イライアスが教えてくれた家に着くと、立ち止まって建物を眺めた。雪かきがされた古いレンガ敷きの小道が、玄関までカーブしながら続いている。ラッキーの大好きなライラックのやぶが敷地を縁どっていたが、今はマシュマロのように融けかけた雪の山に覆われていた。雪の下から裸の枝が突きだし、こびりついた氷が月光にきらめいている。五月のライラックを想像した。空気にはうっとりするような芳香が漂い、官能的な紫色の花が咲き乱れることだろう。

建物の壁は白く、ドアやシャッターはやわらかなグレーがかったラベンダー色に塗られている。その色は満開のライラックにあわせて選んだのだろうか、とラッキーは思った。家は三階建てで、とんがり屋根がついていた。玄関の細長い両開きドアには長いエッチングガラスがはめこまれている。どの窓も四角形だったが、屋根の下の窓だけは半月形だった。その下の二階にはステンドグラスの丸窓が階段を見下ろす位置にあった。横手のポーチは家の建築様式にあわせて、大きな窓がついている。全体的にラッキーの記憶よりもずっと愛らしく美しい家だった。

急いで小道を進んで玄関に向かい、冷たい夜の外気から守ってくれるポーチに入った。それからベルを鳴らした。ドアのエッチングガラスに近づいてくる人影が映った。イライアスが大きな笑みを浮かべながら、片方のドアを開けた。

「無事到着してよかった。迎えに行かなかったんで、紳士らしくなかったなと反省していたところなんだ」

おいしそうな料理の匂いが廊下に漂っていた。ラッキーは微笑んだ。ああ、どうして彼といっしょだと、こんなに温かい気持ちになれるんだろう？　「いえ、全然かまいません。わたしはもう大人ですから」本当はこう言いそうになった。いえ、そんなことはしない方がいいですよ。村じゅうの噂になるし、わたしはとうてい澄ました顔ではいられないでしょうから。

「さあさあ、入って。コートを預かろう」イライアスはコートを脱がせると、玄関わきの鏡つきのコートラックにかけた。ラッキーは玄関に立って見回した。右手には古めかしい客間、左手には堅苦しいダイニングルーム。「すべてが焦げてしまう前にキッチンに戻ろう。さもないと〈スプーンフル〉に食事に行かなくちゃならなくなる」

ラッキーはイライアスのあとをついてスイングドアからキッチンに入り、驚きに目を丸くした。「なんて大きなキッチンなの。家でいちばん広い部屋にちがいないわ」

「これを見たら食事相手を必要としている理由がわかっただろう。一人では広すぎるんだ。部分的に最新式に改装したんだが、元からあるオークのキャビネットや設備はできるだけそのまま残したんだよ」

「とてもすてきね」

「ワインを持ってこよう」イライアスは冷蔵庫を開けて、冷やしたピノ・グリージョのボトルをとりだし、クリスタルのワイングラスに少量だけ注いだ。

「今夜のメニューは天然のサケにグリルしたレッドポテトを添えたものと、ルッコラのサラダだよ、マドモワゼル。料理が気に入ってもらえるといいんだが」

「ものすごくおいしそうだわ。最後にちゃんとした家庭料理を食べたのがいつだったのか、思い出せないぐらいです」

「今夜は時間がとれてよかったよ。ぼくのオンコールのスケジュールは毎週変わるんだ。でも、今夜は完全にフリーにしてもらった」すでにサーモンはふたつの皿に盛りつけられ、オーブンで温められていた。イライアスは料理をキッチンのテーブルに運んでいった。サラダはドレッシングであえて冷やされており、深い鉢の中には熱々のポテトが入っていた。「どうぞすわって」

「月曜から金曜まで仕事をしているんですか？」

「それと土曜日は半日――いろいろだけどね。日曜は休診だけど、交互に休みをとっている。今週は金曜がぼくの休みなんだ。でも、きみのスケジュールよりはずっと楽だよ。レストランの仕事じゃ休みはないだろう？」

ラッキーは笑った。「そのとおりですね」彼女は丸いキッチンテーブルにつくと、リネンのナプキンを膝にかけた。イライアスは頭上の照明を消し、マッチをすってテーブルのホルダーに立ててあった二本のキャンドルに火をつけた。

「イライアス、これ、とってもすてきですね。あなたにこんな才能があるなんて知らなかったわ」

「ラボでぼくがやっていることを見せたいよ！　でもそんなことをしたら、きみは食欲がなくなりそうだ」

ラッキーはその冗談ににっこりして、料理を食べはじめた。気恥ずかしくなるほど、おなかがぺこぺこだった。

「ずっと訊きたいことがあったんだ」

ラッキーは驚いて顔を上げた。「何ですか？」

「本名だよ。ラッキーはニックネームだろう？」

ラッキーは困ったように笑った。「ニックネームじゃないんです。ジャックが名付けてくれたんですよ。本名なんです」

「嘘だろ。教えてくれよ」

ラッキーはふきだし、もう少しでポテトを膝に落としそうになった。「いやです！」彼女はどうしてこういう名前になったのか、絶対にイライアスに話すつもりはなかった。

「どうして？　教えられないほどひどい名前ってことはないだろう！」

ラッキーは首を振った。

「いいじゃないか。何なんだい？　笑わないって約束するよ」

「絶対だめ」小学校時代のジミー・プラットの記憶が頭をよぎった。片っ端から同級生たちをいじめていたガキ大将だ。丸一年、本名のことでラッキーを容赦なくからかい、笑いながら名前を連呼して学校から家までついてきて、いやがらせをしたのだった。冗談で加わった生徒も含め、大勢の生徒がぞろぞろついてきたこともあった。彼女の名前は古めかしかったが、ジミー・プラットが冗談のネタにするほどおかしな名前ではなかった。

何カ月もジミーのことは無視していたが、その日は彼女の中で何かがプツンと切れた。ラッキーは振り向くと、彼を強力な右フックで殴りつけた。彼の鼻から血が噴きだし、シャツに飛び散った。みんなしんと黙りこんだ。もう一度彼を殴りつけると、胸の悪くなるような音が聞こえた。鼻を折ってしまったのだ。ジミーの鼻はとうとうちゃんと治らなかった。少しゆがんだままで、ジミーは二度とラッキーをからかわなかった。それどころか、二度と彼女と口をきかなかった。ラッキーの方はそれで別にかまわなかった。ラッキーの両親は衝撃を受けたが、ジャックは事情を聞くと親指を上げて、その子は当然の報いを受けたんだ、と言った。尊敬する海軍出身のボクサーにちなんで、その後ジャックは孫娘をラッキーと呼ぶようになった。その話は絶対にイライアスに打ち明けるつもりはなかった。絶対に。

「わかった。わかった。休戦だ。しつこくするつもりはないよ」イライアスにしつこくされるのも悪くないかもしれない、と一瞬ラッキーは思った。

彼の表情はもっと真剣になった。「少しは気持ちが落ち着いてきたかい?」イライアスはじっとラッキーを見つめた。

ラッキーの笑みは消えた。ちょっと考えてから答えた。「何もかもが前とまったく同じようでいて、同じじゃないんです。わたしはドロシーみたいな気分です。まるで竜巻に飛ばされて、まったく知らない国に落ちたみたい。いちばんつらいのは、両親がもういないという事実と向き合う部分です。いまだに……毎日その気持ちと闘わなくちゃならない。あんな人生の終わり方をするなんて不公平だわ。両親にとっても、わたしにとっても不公平です」

「そう感じるのはきわめて当然のことだと思うよ」

「振り返ってみるとマディソンでの暮らしは想像でしかなくて、ここでの暮らしも夢の中みたいに感じることもあります。たぶん、心の傷はじょじょに治っていくと思います。少なくとも、そう自分に言い聞かせているところです」

「そうなるよ。昔のことわざは真実だよ。個人的に信じていることわざだけどね——竜巻に襲われても、その原因が何であれ、本来いるべき道に落とされるものだ」

「それが正しいことを祈ってます」ラッキーは考えこみながらポテトを噛んだ。「あなたも竜巻に何度かあったみたいな言い方ですね」

イライアスはにっこりした。ラッキーはえくぼから視線をそらすのに苦労した。「そうとも言えるかな。もちろん、タフツメディカルセンターとかニューイングランドのもっと大きな病院で専門医になることだってできたんだ」

「魅力を感じなかった？」

「うーん、そういうわけじゃないよ。もともとはそういう計画だったんだが、地域社会ともっと強いつながりを与えてくれるような仕事をしたいと気づいたんだ。それに初めてスノーフレークを見たとき、この土地と恋に落ちたんだよ。ドクター・スティーヴンズが引退したときに開業の機会を得られたのは、まったく幸運だった。そのうち忙しくなってきたので、ジョンにも加わってもらったんだよ」

「たぶん彼とは会ったことがないです。いつからここに住んでいるんですか？」

「ええと、ドクター・スティーヴンズが引退したのが——彼のことはもちろん覚えているよね——八年前で、ジョンはその一年半後にこっちに引っ越してきたんだ」

「どこから？」

「ボストンで仕事をしていたんだ——家庭医として。彼と奥さんのアビゲイルは仕事のペースを変えなくてはと、切実に考えていたんだと思う。それにこの土地がとても気に入ったから、医師の募集を聞きつけると喜んで応募してきた。正直なところ、彼は退屈するんじゃないかと心配していたんだが、ここの仕事にとても満足しているようだ」

「いわばご夫婦にとっては引退の準備みたいなもの？」

「いや、とんでもない。彼はまだ五十代半ばだし、引退する気はまったくないよ。都会と大病院のせわしなさに疲れたんじゃないかな。年をとる前にもっと人生を楽しみたかったのかもしれない。クリニックじゃ彼は人気者だ。きみもじきに会うことがあるよ」イライアスはポテトのボウルを差しだした。「お代わりは？」

「いいえ」ラッキーは首を振った。「あなたが全部食べてしまって」

イライアスは最後のポテト数個を皿にすくいとった。「というわけで、現在はぼくたち二人と、医療助手が一人、看護師一人、受付係二人と事務係一人でやっている。ああ、あとは必要があるときに整形外科の専門医に来てもらっている。リゾートでの事故に備えてね」

「リゾートには専任の医師がいないんですか？」

「いるよ。とても優秀な医師が——整形外科医が二人と外科医一人だ。残念ながらスキーリゾートで必要なのはその分野なんだ」イライアスは顔をしかめた。「それにぼくには他にも仕事があるんだ。正式な……」言いかけてはっと言葉をのみこんだ。顔をわずかに赤らめて、ポテトをひと切れ口に放りこむ。

「正式な何？」ラッキーはたずねた。

「たいしたことじゃない。また別のときに話すよ。サラダをもっとどう？」彼はボウルの方に手を伸ばした。

ラッキーのフォークが宙で停止した。ふいに理解したのだ。彼女の顔は青ざめていた。

「郡の検死官なのね」

イライアスは返事の代わりにうなずいた。「すまない。配慮がなかったよ」

ラッキーはため息をついた。「どっちがつらいかよくわからないんです。あの晩、車の中で両親に起きたことを正確に知ることと、あったかもしれないことを想像することと」

「ラッキー、本当にすまなかった。きみを元気づけ、あのできごとを少しでも忘れさせたいと思っていたのに。さらにほじくり返すんじゃなくて」

「あなたが悪いんじゃないわ。どっちみち頭から離れることはないんですもの」

「この件について話したいという決心がついたら知らせて。ひとつだけ言っておこう——少しは気が楽になるかもしれない——すべては一瞬のうちに起きた。ご両親は苦しまなかったよ」

ラッキーは肩から力が抜けるのを感じた。震えながら息を吐いた。受け入れられるかどうかわからないような詳細を聞かされるのではないかと、ずっと身構えていたのだ。安堵の吐息をもらした。「ええ、とてもほっとしたわ。ありがとう」

イライアスはうなずいた。「この二日ほど〈スプーンフル〉に行けなくてすまなかった。スケジュールがぎっしりだったんだ。お客が寄りつかなくなってるのかい？」

「セージのことを聞いたんですね、きっと」

「ああ。だけど、どうして彼が逮捕されたのか知ってる？」

「まだネイトと話をするチャンスがなくて。彼は何も教えてくれないでしょうけど、ともかく訊くだけ訊いてみようと思っています。それに留置場のセージと話をしてみようとしました」

「彼はどう言っていた？」

「何も。完全に心を閉ざしていました。会いに行ったことで腹を立ててもいたわ、とっても。ただ……」ラッキーは口ごもった。「ただ、もっとこの女性について――パトリシア・ハニウェルについて知ることができればって思うんです。何者かが彼女を殺す動機を持っていた。でも、それがセージだとは信じられないんです」

「どうしてそんなに自信があるんだい？」

ラッキーはサーモンの最後のひと切れをフォークで突き刺した。ちょっと黙りこんでから口を開いた。「死体を発見した直後の彼を見たんです。しゃべることすらできませんでした。とても動揺していて。それにその直前までまったくいつもと変わらなかったんです。上機嫌でした」

「こんなことを言うのはいやだが、とても演技がうまい人間という可能性はあるかもしれないだろう？」

ラッキーは肩をすくめた。「たしかに。でも、わたしは自分の直感を信じたいんです。彼についてのジャックの意見も。わたしがいないあいだジャックは彼と数年間いっしょに過ごしてきました。ジャックには人を見る目があるんですよ」

ラッキーは殺された女性の寝室でクリニックのパンフレットを見たことを思いだした。

「イライアス――ひとつ質問したいんですけど。彼女がクリニックの患者だったかどうか知ってますか？」

「誰？　あの犠牲者？」イライアスは宙を見つめて考えこんだ。「ノーと言おうとしたんだが、もしかしたらその可能性はあるね。受付係に確認してみるよ。実を言うと、彼女は観光客だから来ていないだろうと推測しただけで、何かの理由でクリニックにかかったのかもしれない。たんにぼくが知らなかっただけで」

「死因は何だったんですか？」

イライアスはフォークを置いた。「ここを殴られたんだ」そう言いながら左のこめかみのすぐ上を指さした。「その殴打によって骨折し、内出血が起きた。おっと、きみに意地悪するつもりはないんだが、こういうことは口外してはいけないことになっている」

「お願い、イライアス」ラッキーはせがんだ。「何で殴られたんですか？」

イライアスはため息をついた。「ここだけの話にしてくれるね？　はっきりわからないが、おそらく先端が丸くなった重い物じゃないかと思う。その凶器が発見されない限り確実なことは言えない」

「じゃあ——これが事故だという可能性はまったくないんですね？」

「ないよ」彼は首を振った。「彼女はものすごい力で殴られていた」

「どうして〈スプーンフル〉の裏で発見されることになったのか知りたいだけなんです。あそこで殺されたんじゃないのかもしれないと、ちょっと思ったものだから。もっと悪いのは、もしかしたらまだ生きているのにあそこに放置されて、吹雪で凍死したんじゃないかって」

思わずぶるっと身震いした。「ネイトは鑑識の人たちといっしょに現場にいました。何かを探していたんじゃないかと思ったんです……殺人事件が起きたのがあそこかどうか示すものを」

「そのうちわかるよ。それに、彼女の状態だと——」イライアスははっと口をつぐんだ。

ラッキーは食事から視線を上げた。「どういうことですか？　状態って？」

「何でもない。すまない。話題を変えよう——これはディナー向けの会話じゃないよ」

「いいえ、イライアス。本気です。わたし、知りたいの。どういう意味だったんですか？」

彼はため息をついた。「きみの胸だけにおさめておいてもらえるかな？　いずれ公になるだろうけど、ぼくの口から出たと知られたくないんだ。ぼくは検死官だが、病理医じゃないから、リンカーン・フォールズから専門家を呼び、立ち会ったんだ。このことはまだ誰にも言わないでくれよ」

ラッキーはうなずいた。「もちろんです」

「彼女は妊娠していたんだ」

「まあ」ラッキーは息を呑んだ。「まあ」それが示唆することを考えて、またつぶやいた。

「じゃあ、誰が父親だったの？」

「永遠にわからないかもしれない。それに、そのことは彼女の死と必ずしも関係があるとは限らないからね」

ラッキーは熊の小道通りの家について考えた。くしゃくしゃのベッドとシルクのガウンと香水の残り香。家を捜索したことと襲われたことをイライアスに話そうかと迷った。でもやめておくことにした。鍵を渡したことを他言しないようにとエリノアに釘を刺されていたし、その情報を伝えたときのイライアスの反応が予測できたからだ。

「あなたの意見ももっともだけど、彼女が殺された理由とすべてが関係しているのかもしれないですよ」ラッキーは皿の上の最後のポテトをすくいあげた。ポテトは口の中でとろけた。

「ところで、これ、とってもおいしかったです。ごちそうさま」

「まだお礼には早いよ。食器洗い機に食器を入れるのを手伝わせるつもりなんだから」イライアスはにやっとした。「ねえ、薪を暖炉に放りこんで火をどんどん燃やしておこう。それに家を案内するって約束したよね」

イライアスがすでに燃えている火にさらに薪をくべているあいだ、ラッキーは階段の下で待っていた。イライアスは火かき棒でつつき、小さな布で手をふくと、ラッキーに笑いかけた。一瞬心臓が止まった。彼に猛烈に惹かれていた。そして、その気持ちが顔に出ているのではないかと恥ずかしかった。感情をあらわにしない超然としたタイプの女性だったらよかったのに。

イライアスはラッキーをダイニングルームにつれていき、つまみを回してきらめくクリスタルのシャンデリアをつけた。まばゆい光が部屋じゅうにあふれた。「窓のところの座席は自分でとりつけたんだ。そしてシートクッションは特注で作ってもらったんだよ」

「すごいですね。いつどこでそんな時間を見つけるんですか?」

彼は声をあげて笑った。「手に入るときはどこででも。ガレージのひとつに大工仕事をする作業場をもうけたんだよ。何かを手で作るのは気分がいい。職人の技にはいつも感嘆させられるよ」彼はつまみを回し、シャンデリアを消した。「さて、二階に案内しよう」

「購入したとき、この家はかなり手を入れる必要があった。漆喰《しっくい》の大部分は古くなりひび割れていて、塗り直さなくてはならなかった。やっかいな作業だったが、ついに終わったんだ。屋根からとりかかって、二階の部屋の漆喰を塗り直し、床を新しくした。何年にも思えたけど——いや、実際それぐらいかかっているね——そんなこんなで、やっと一階までたどり着いたんだ。できることはすべて自分でやったが、配管と電気関係はさっぱりわからなかったので、人を雇わなくてはならなかったよ」

ラッキーはひとつひとつ部屋をのぞいていった。ひとつはあきらかにイライアスの部屋で、もうひとつはオフィスとして使われているらしく、小さなソファ、デスク、ファイルキャビネットが置かれていた。残りの二部屋にはベッドとたんすといった最低限のものだけが置かれており、おそらく客用の寝室なのだろう。「あなたの選んだ色、とってもすてきですね。微妙な色合いだけど、温かい感じがします」ラッキーは彼に向き直った。「この家を心から愛しているんですね」

イライアスは自分の手仕事を誇らしく感じているようで、にっこりした。「たしかに。ぼくは都会で育ったので、ずっと一軒家を持つことが夢だったんだ。これまでの住まいは狭苦しい寮やアパートだったからね。これほど作業が必要な古家を買うなんて夢にも思わなかったんだが、骨組みはとてもしっかりしていたんだ。今では見つけることもできないし、たとえ見つけてもとうてい買うことができないような材木や材料で造られている。だから改装するのがとても楽しかった。この五年ほど打ち込んだ趣味はこれだったんじゃないかな――仕事からの逃避だ。誤解しないでほしいけど、仕事は大好きだが、人生には変化が必要だよ」

二人は階段を下りて客間に戻った。「すわって。もう少しワインをどうかな?」

ラッキーはうなずいた。「ほんの少しだけ」

イライアスはキッチンからグラスをふたつと、さっき開けたボトルを手に戻ってきた。ラッキーに少量を注ぎ、ソファにすわった。こんなにときめく夜を過ごすのは本当にしばらくぶりだわ、とラッキーは思った。最初は不安でたまらなかったが、今では年上の男性と未熟な生徒ではなく、対等の友人のように感じられた。ただし、今過ごしている夜をどうとらえたらいいのか、まだはっきりわからないままだったが。ロマンチックで親密な夜になる要素はたっぷりあった――すばらしいディナー、ワイン、盛大に火が燃えている暖炉。しかしイライアスはソファの反対側にすわり、それ以上近づいてくる気配は見せなかった。二人は居心地のいい沈黙に浸りながら、暖炉の火を見つめていた。

「〈スプーンフル〉をどうするか、もう心は決まった?」

ラッキーはイライアスの方を見た。「最近、考える時間もなかったんです。セージが逮捕されたこともあって。何週間もジャックにお店を任せていることで負担をかけて申し訳ないんですけど、レストランもこんな調子だし、売ることなんて考えられませんよね? どうしたらいいか途方に暮れています」

「ご両親がまだ生きていたら、こっちに戻ることを考えた?」

ラッキーは微笑んだ。「そうだったらいいんですけど。正直なところ、わかりません。悲しい知らせがある前から、自分の人生の進んでいく方向がわからなくなっていたんです。わたしの専攻は舞台美術でした――修士の学位をとっていないので、何にしろたいした資格じゃありません。いくつかの仕事につきました――おもしろいものもあったけど、お給料はとても安かった。マディソンはとてもいい町です、大学もあるし。でも大学を卒業した当時とは変わってしまった。他にすることがなかったので、教員免許をとろうかと考えていたときに、こういうことが起きたんです」

イライアスはうなずいた。「ぼくの場合は幸運だったと思うよ。常に何をしたいかがわかっていたんだ、とても若い頃から。それについて疑いを抱いたことはない。ただそこに行き着くまでが苦労の連続だった。でも、やり遂げて、今ここにいる。スノーフレークでとても幸せに暮らしているよ」

「退屈したことはないんですか？」

「まったく。この大きな家で過ごしていると、ときどき寂しくなるが、今の人生を他のものと交換するつもりはないな」

ラッキーはあくびを嚙み殺した。

「眠くなった？」

「ええ。すみません。お行儀が悪いわね。とても長い一日だったので。もう失礼します」

「家まで送っていこう」イライアスはソファから立ち上がった。

「その必要はありませんよ。大丈夫です」

「冗談じゃない。すてきなレディをディナーに招待しておいて、暗くて寒い中を一人で帰すなんて。そんなろくでなしじゃないよ」

イライアスは部屋を出ていくと、彼女と自分のコートを手に戻ってきた。彼はコートを広げ、彼女に着せかけてくれた。玄関のドアを開けると、凍てつくような風が顔に吹きつけてきた。ラッキーは曲がりくねったレンガ敷きの小道をたどっていった。歩道に出ると、イライアスはラッキーの腕をとった。歩いていくとブーツの下で氷の結晶がバリバリ割れた。ふと、彼の腕にぎゅっと抱きしめられたらどんな感じがするだろう、と思った。イライアスに引き寄せられ、情熱的にキスされる光景が一瞬だけ頭をよぎった。あわてて、その想像を押しやった。彼の行動は完全に紳士的で友人としてのものだ――それ以上ではない。ロマンチックな想像は彼女の側だけの空想なのだ。

しかしアパートの建物の入り口まで来ると、イライアスは顔を近づけてきた。ラッキーは息を止めた。彼の思いが伝わってきた。まちがいない――イライアスはわたしに惹かれている。ラッキーはそう確信した。ほんの一瞬のことだった。温もりがラッキーの体を包みこんだ。通りが暗くてありがたかった。絶対に頬が赤くなっているから、胸の内を見透かされてしまう。イライアスはやさしくラッキーの額にキスした。「きみが退屈しなかったのだといいけど」

「いいえ、全然――眠くなってしまって恥ずかしいわ。でもとってもくつろげました」

「ぼくのことは高齢でよろよろしている未婚の伯母だと思ってくれればいいから」

「まさか!」ラッキーはふきだした。

「またこんなふうに会えるかな?」イライアスがたずねた。

ラッキーはにっこりした。「ぜひ」イライアスは背を向けると、手を振って通りを歩きだした。ラッキーは階段の下に立ち、イライアスがポケットに手を突っ込んで歩いていき、ついに角を曲がるまで見送っていた。階段を上がって玄関に通じるドアを開けた。イライアスの表面的な行動があくまで友好的で、あいまいだったことで、心のどこかでほっとしていた。わたしの気持ちがあからさまになって、恥をかくことがなかったのもよかった。でも、あの慎み深いキスには情熱が秘められていた。心のどこかではっきりとそれが感じられたわ。いいえ、正直に言うと、彼との関係がもっと深まることを願っていたのはわたしよ――あまりにも長いあいだ孤独だったから。

ラッキーはアパートの建物の玄関の鍵を開けた。廊下は壁にとりつけられた小さな照明でぼんやり照らしだされている。背後でドアを閉めると、しっかり鍵をかけ、階段を見上げた。人影が動いた。力強い指に腕をつかまれた。悲鳴が唇からもれ、全身の血管にアドレナリンがどっとあふれた。

17

「どこに行ってたの？」暗闇で誰かがささやいた。

ラッキーの心臓は早鐘のように打っていた。「ソフィーなの？　心臓が止まるかと思った！　ここで何をしているの？」

「あなたを待っていたの。お隣さんが入れてくれたのよ。あなたと話したいことがあって」

「声を低くして。住人全員を起こしたくないから。わたしの部屋は二階なの。上に行きましょう」

「上がりたくないわ。ただ、あなたが何を警察にしゃべったせいでセージが逮捕されることになったか知りたいだけ」彼女は責めるような口調だった。

ラッキーは唖然として彼女を見つめた。「何を言ってるの？　わたしたちは警察に何も話してないわよ。ネイトがいきなり店に来て、残念だがセージを逮捕するって言ったの。そんなことが起きるなんて、まったく知らされていなかった。それにどうしてそうなったのかも、さっぱりわからないの。あなたは？」

ソフィーはがっくりとうなだれた。首を振った。「いいえ。わからないの。それにネイト

は今日彼に会わせてくれなかった」

ラッキーはセージとソフィーがやりとりしていた会話のことを思いだした。〈スプーンフル〉に現金袋をとりに戻った夜のことだ。二人の話し声は冷たい夜の空気で明瞭に聞こえてきた。「ソフィー、ちょっと教えてほしいことがあるの。このあいだの夜、セージと何のことで口論していたの？　あのハニウェルという女性のこと？」

ソフィーは唇をゆがめた。「彼女はわたしを操ろうとしたの。セージのことは数年前から知っているって言った——わたしは知らないだろうけど、二人のあいだにはいろいろあったって。そしていまだに連絡をとりあっているってほのめかしたのよ——二人のあいだで何かが進行中みたいな口ぶりで。ものすごく腹が立った。セージを問い詰めたけど、彼は完全に否定した。でもやっぱり……」ソフィーはためらった。薄暗い照明のせいで、ソフィーの顔は影に包まれ、目だけが見てとれた。「何かがあったのよ……はっきりわからないけど、彼が話してくれないことが何かあるって感じたの」

二階のドアが開いて閉まる音がした。ラッキーはささやいた。「ねえ、二階に来たくないなら、声を低くしてちょうだい」

「わかった、わかった。そうするわよ」

「あなたの言うとおりだと思うわ。セージはどこか別の場所でパトリシア・ハニウェルと知り合いだったのよ。ある日彼女は〈スプーンフル〉にやって来た。セージはちょうど厨房から出てきたところだったけど、相手を見るなり、すばやく厨房に戻っていった。顔見知りだったのよ。でもわたしはそれしか知らない、本当に」

ソフィーは険しい目つきになった。「二人のあいだで何かが起きていた、と言ってるの？」

「いいえ。そんなふうにはまったく思わない。もっとなんというか……セージは彼女を怖がっていたわ」

「わたしの質問に答えてないわ。留置場で何をしていたの？　警察署から出てくるのを見かけたのよ」

「セージに会いに行ったのよ。彼のために連絡をとれる人がいないか、必要なものはないか知りたかったの」

「どうしてそんなことをしたの？」

「ソフィー……まさかあなた……」ラッキーはソフィーの詰問にショックを受け、根深い嫉妬に気づいた。「セージはうちで働いているのよ。〈スプーンフル〉が続いているのも彼のおかげだわ。シェフを簡単に交代させられないことぐらい、わかってるでしょ。それに殺人事件があったせいで、お客が来なくなった——誰も店に近づこうとしないの。もう最悪だわ」

「じゃあ、それだけが理由だったの？　〈スプーンフル〉のことが心配だったのね？」ソフィーは皮肉たっぷりにたずねた。

「いいえ、そうじゃない。もういい加減にして、ソフィー。わたしたちはセージのことを心配している。たしかに、わたしは彼のことをよく知らないけど、両親は彼を評価していた。あなたのこともとても気にかけていたのよ。母はあなたと偶然会ったり消息を聞いたりするたびに、わたしに知らせてきたわ」
ソフィーの目は丸くなった。「まあ」彼女は震える息を吐きだした。「レストランで言った
ことは本心よ。ご両親のニュースを聞いたとき、本当に打ちのめされた」
ラッキーは黙りこんでいた。いったん気をゆるめたら、涙があふれてきてしまいそうだっ
たからだ。「逮捕のことを知らせなくてはならない家族がいるかどうか知ってる？——レミ
ー以外に」
ソフィーは首を振った。「これまで何も話してくれなかったの。そういうことを聞きだそ
うとしたんだけど、いつも話をそらされちゃって」
「ジャックとわたしは署に食事を運んでいるの。少なくとも罪状認否手続きまでは。よかっ
たらあなたに様子を報告するし、あなたが心配しているって伝えておくわ。きっとネイトも
彼に会わせてくれるわよ」
ソフィーは無理やり笑顔をこしらえた。「ありがとう、ラッキー。心から感謝するわ」
「だけど、ソフィー、聞いて。あのハニウェルっていう女性はいろいろと噂があるみたいな
の。あなた、リゾートで少し聞きこんで、何か見つけられない？何者かが彼女を殺す動機
を持っていたわけだし、何か情報をつかめればネイトに報告して、セージ以外の人間に目を
向けさせることができるかもしれない」
「わたしたちのためにやってくれるの？」
「もちろんそのつもりよ。彼は犯人じゃないし、まちがって逮捕されたと思っているから」

「わたしもそう思う。本当にそうしてくれるなら、また電話するわ」ソフィーは口ごもってから言った。「彼女がリゾートで二人の男性といちゃついていたのを知ってるわ。スキーのインストラクターともう一人の男性。どのぐらいの仲だったのかも、真剣だったのかも知らないけど。なんとなく真剣じゃない気がするわ――少なくとも彼女の側は。だけど、聞きこみをしてみて、何か探りだしてみるわね」ソフィーは玄関ドアを押し開けてから振り返った。

「ラッキー、ごめんなさい」

「どうして謝るの？」

「こんなに長く恨んでいて」

「もう昔のことよ、忘れましょ」

「いいえ、本気で言ってるのよ」ソフィーは両手を握りしめながらささやいた。「わたし、嫉妬していただけなの」

「わたしのことを？」

ソフィーはコクンとうなずいた。「あなたはわたしのほしいものをすべて手にしていた――愛してくれる家族。大学に行くチャンス――何もかも……セージと出会ったのは人生最高のできごとだった。彼はわたしの希望だから、誰にも奪われたくないのよ」

「ソフィー……」ラッキーはこれほど赤裸々な告白に、返す言葉を思いつけなかった。「すべてもう過去のことだわ。本当に。できるだけ探ってみて、あとで連絡をちょうだい」

セシリーが村じゅうに話を広めてくれたので、土曜日の朝、殺人の犠牲者が発見されて以来、初めて〈スプーンフル〉にお客がやって来た。セシリーもマージョリーも朝のお茶とクロワッサンのためにやって来た。〈ベティ・ベイカリー〉のペストリー担当のジュリーはランチに寄り、今週はハードブレッドやロールパンはいらないかと訊いてくれた。今週は間に合っていると答えなくてはならなかったが、じきに経営が元通りになることを祈った。実際、お客が来なければ、大変なことになりそうだった——それでも請求書は支払わねばならないからだ。セージがいなくて、どうやって経営を続けたらいいのかわからなかった。とりあえず彼女とジャックと数少ないお客たちの分は、セージが前もって作って冷凍しておいたスープで間に合っていた。それがなくなってしまったら、ラッキー自身が調理をしなくてはならず、それを考えただけで体が震えた。薬局のジェロルド・フラッグまでがランチに来て、セージのダンプリング入りのハンガリー風シチューを食べていった。おかげ、どうにか請求書を払えるかもしれないというかすかな希望を抱いた——少なくとも今月は。

ジャックはカウンターのテーブルにすわり、ハンクとバリーを眺めていた。二人はチェスのゲームで互角に戦っていた。ジャックがゲームを教わりたがったので、ハンクがコマを動かしながら詳細な説明や助言を与えた。お客が帰ってしまうと、ラッキーはコーヒーを淹れて、彼らの仲間入りをした。

「いいか、ジャック」バリーが言った。「これを見ろ。ルークはボードのどっちの方向にでも動ける。ただし、直線にしか動けない。こんなふうにね」彼はにやっとした。「で、ハンクのビショップをとるわけだ」バリーは満足そうに椅子にもたれた。

ハンクはうめいた。「おい、このずるがしこいやつめ、そいつが来るのすら見てなかったぞ」

「ぼんやりしてたんだろ、この老いぼれ野郎。徹底的にたたきのめしてやる」

ジャックは笑ったが、ハンクに不機嫌な目つきでにらまれてあわてて口を閉じた。ハンクはバリーに向かって言った。「それならいいさ、おまえは歩いて帰れよ」

「何を言ってるんだ？　もちろん、おれは歩いて帰るしかないんだ。おれの家の通りはまだ除雪されてないからな」彼はぶつくさ文句を言った。「信じられるかい？」彼はラッキーとジャックに向き直った。「除雪作業の業者に文句を言ったんだが、村との契約は丘のてっぺんまでだと言うんだよ。熊の小道通りまでずっと除雪して、クレストラインの角でおしまいなんだってさ。どういうことなんだ？　村役場にかけあったんだが、何もしてくれない。おれたちはどうやって車を出したらいいんだ？」

ラッキーは唇に持っていこうとしていたカップを宙で止めた。「今何て言ったんですか？」

「おれの家の通りの除雪を断られたって話だよ。業者は村と契約していて、おれの家の通りは村の外だからって繰り返すばかりなんだよ。ハンクがおれを角で拾ってくれなければ雪に閉じこめられていたところだ。まったくいまいましい話だ！」

「いいえ、訊いたのは熊の小道通りについて話していたことです」

「そこは除雪するけど、丘のてっぺんで除雪はおしまいにするってことさ。なぜ？」

「そこって、パトリシア・ハニウェルが住んでいた通りなのよ」

「へえ、そうなのか？」バリーがたずねた。「どの家だい？」

「裏に大きな窓があるログキャビン」

ハンクはうなずいた。「そうとも。彼女が村で乗り回しているあの赤いジープが家の前に駐車しているのを見かけたことがあるよ」

ラッキーはさりげなくたずねた。「他の車がそこに停まっているのは見たことがありますか？」

バリーはせせら笑った。「絶対二、三台は停まってたな」

ハンクは彼を無視した。「はっきり言って、おれはあまり関心を払ったことはないんだ。でも言われてみると、数週間前に丘を上がって家に向かっていたとき、誰かが猛スピードで私道から出てきたっけ」バリーにたずねた。「覚えてるだろ？　翌日、そのことを話したはずだ。命が縮むかと思ったよ。こっちは急ブレーキを踏まなくちゃならなかった。彼はまっすぐ突っ込んでくるつもりかと思った」

「彼って？」

ハンクの目は大きくなった。「いや、たんに男だったから〝彼〟って言っただけだよ」

「誰が運転していたか見えなかったんですか？」

「ああ、暗かったし、ライトで目がくらんだしな。どっちも停止し、相手がバックしたんで、おれは通り過ぎた。あんたに訊かれるまで、そのできごとをすっかり忘れていたよ」

「どういう車でした？　覚えてますか？」

「うーん、ナンバープレートまでは見えなかったよ。だけど、セダンで小型車、淡い色だったな、白かシルバーか。だから暗闇で目立っていたんだろう」

ハンクはじろっとバリーを見た。「あんたが考えていることはお見通しだよ。でも、そうはさせないぞ」クイーンを守るために駒を動かした。「いいか、ジャック、おれが今みたいにしなかったら、こいつのビショップは斜めに移動できるから、おれのクイーンをとっちまう。そうしたら一巻の終わり——もうおしまいなんだ」ジャックはうなずいた。男たちがさしている駒の動きを熱心に見つめている。

オフィスで電話が鳴っているのが聞こえた。ラッキーはコーヒーカップをテーブルに置き、切れる前に受話器をとろうと急いで廊下を進んでいった。イライアスかもしれないと半ば期待していた。またデートに誘われるのではないかと。息を切らしながら、留守番電話に切り替わる直前、四度目のベルで出た。

「わたしよ」ソフィーが言った。「今夜ロッジまで来られる？　ぜひ会ってほしい人がいるの」

「いいわ」これはたんなる社交の電話ではないとわかった。セージを助けるという約束に関連したことなのだ。

「八時に。わたしたちはバーにいるわ」

げるだろう。

「間に合うと思う」今日、これ以上お客が来なければ、みんな八時よりもかなり前に引き揚

「じゃそのときに」ソフィーは電話を切った。

ラッキーは受話器を戻した。ソフィーが会ってほしいというのは誰なのだろう？　パトリシア・ハニウェルについて情報を持っている人？　そうにちがいない。これをきっかけに、もう一度ソフィーと親しい友人同士になれるかもしれないと思うと心が弾んだ。さらに重要なのは、絶望のあまりソフィーの胸が破れずにすむことだ。セージが無実であることを証明できたら、ソフィーはずっと望んでいたような人生を送るチャンスを手に入れられるだろう。

18

〈山の隠れ家〉バーでスキー後のお客たちを見回したとき、ラッキーはかすかな羨望を感じずにはいられなかった。騒々しい常連客たちは心配事もなさそうで、リラックスし、お酒を飲み、ご機嫌でしゃべっていた。全員が顔見知りのようだったが、スノーフレーク村にとってはよそ者の集団だった——山のてっぺんに存在する別世界だ。

梁《はり》がむきだしになった天井は高かったが、黒っぽい木材と薄暗い照明で温かい雰囲気をかもしだしていた。粗削りな石でできた炉床がふたつの暖炉が店の真ん中を占拠している。バーカウンターはその背後に延びていた。暖炉を回りこんでいくと、カウンターにソフィーがいた。黒い巻き毛が赤いセーターによく映えている。カクテルを飲みながら、長身でハンサムなスキー用パーカーを着た男性としゃべっていた。これがソフィーの電話の理由だろうか、と考えながらゆっくりと近づいていった。ソフィーは生き生きと身振り手振りを交じえてしゃべりながら、店内を見回している。ラッキーを見つけると手を振り、スツールをひとつ移動したので、ラッキーはソフィーとスキー用パーカーの男性のあいだにはさまれる格好になった。

ソフィーはいきなり本題に入った。「ラッキー、こちらはジョシュよ――ここでも教えているの。ジョシュ――ラッキーよ」

「どうも」いかにも作り物の微笑を浮かべながらジョシュが言った。

「今日、わたしに教えてくれたことを彼女に話してあげて」ソフィーが命じた。

ジョシュの顔はゆがみ、一瞬だけ困惑を見せたが、ふいにこのバーでの会合には考えていた以上の意味があると気づいたようだった。ソフィーにそっくり、とラッキーは思った。率直だけど、決して心を開かないのね。

「ええと、困ったなあ。これは世間に公表するようなことじゃないよ」彼はソフィーの方に警告するような視線をちらっと向けた。「口外しないでくれって頼んだだろう」ソフィーの唇がぎゅっと結ばれた。「もったいぶってないで、パトリシア・ハニウェルについて教えてくれたことをさっさと彼女に話して」

ジョシュが不機嫌な目つきになった。無言のメッセージが宙を飛び交っていたが、ソフィーにはあきらめる気持ちはさらさらなく、ついにジョシュもそれを悟ったようだった。彼はため息をつくと、ラッキーに向き直った。「ぼくはパトリシアと会っていたんだ――ときどきね。とても楽しい人だった。だけど、真剣なつきあいとかじゃ全然なかった」

「こっそり彼女と会ってたの？」ラッキーは質問した。

「いや、ちがうよ。それほど彼女は控えめじゃないから」グラスに向かって皮肉っぽい笑みを向けた。

ラッキーはソフィーをちらっと見た。彼女はカクテルに注意を向けているようだった。

「じゃあ、どうしてそれについて話すのを渋ったの？」

「たくさんの質問に答えなくちゃならないのはごめんなんだ。おまわりにあれこれ探られたくないんだよ」

ソフィーは陰気な笑い声をあげた。「おまわりは気づいてもいないわよ、言っとくけど」

「だけど彼女は他の男性とも会っていたんでしょ？」その質問に、ジョシュの顔には一瞬だけ影がよぎった。

「知らないよ」彼はつぶやき、グラスを磨かれたカウンターに置いた。「正直に言うと、彼女に捨てられたようなものなんだ。ある晩……」彼は顔をしかめた。「ある晩、ぼくはちょっと酔っ払って、彼女の家を訪ねた。たぶん酔っ払いすぎたんだろうね」

「何があったの？」

「パトリシアはドアを開けたが、入れてくれようとしなかった。すごく腹を立てていた。絶対に別の男がいっしょだったんだと思うよ」

「その男を見たの？」

ジョシュは首を振った。「いや、誰だかわからなかった。車は私道にあったけどね、彼女の車の隣に。ぼくはかなり腹を立てていた」彼はグラスから目を上げた。この人はなんて若いのだろう、とラッキーは思った。最初に思ったよりもずっと若い。さっそうとしたスキーインストラクターという肩書きをとると、若さがとても目立った。「ぼくはろくでなしだよ、それは認めるよ。ドアをドンドンたたいた――飲みすぎていたせいだと思うけど、どうしても気持ちを抑えられなかったんだ」

「あなたの見た車はどういう車種だったか覚えてる？」

ジョシュは肩をすくめた。「わからない。淡い色で――メタリックカラーみたいだったかな」

ソフィーは二人のやりとりを食い入るように見つめながら静かにすわっていた。

「その車について他に覚えていることは？」

ジョシュは唇をかすかにゆがめて、グラスの中をじっと見つめた。「ステッカーだけだな――駐車許可証みたいな。ブルーと白の。白地にブルーの大きな数字が三つか四つ書いてあった。それに名前も……ウッドなんとか、ウッド……思い出せない。ステッカーのことを覚えているのは、自分の車に戻ろうとして氷で足を滑らせ、立ち上がろうとしたときにリアバンパーをつかんだからなんだ。まったくまぬけだったよ。酔っ払って我を忘れていたんだ――じゃなかったら、絶対あんなふうに彼女の家に行ったりしなかった。歓迎されないことぐらいわかってるはずだった――あそこに別の男がいるだろうってことも。まったく頭が働いていなかったんだ」彼は肩をすくめた。「覚えているのはそれだけだよ」

ぐいっと酒を飲み干すと、ソフィーをじろっと見た。「いいか、ぼくは巻きこまれたくないし、おまわりにあれこれ訊かれるのもいやなんだ。ここではうまくやってきた。彼女が殺されたとしても、ぼくにはまるで関係のないことだ」彼は十ドル札をカウンターに置くと、ソフィーに苦々しげな笑みを向けた。「今度きみに一杯やろうと誘われたときは、忘れずにノーと言うようにするよ」

ジョシュはきびすを返すと、暖炉のそばにすわっている男性から手を振られても無視してロビーに出ていった。ラッキーはソフィーに言った。「このことで、あなたがやっかいなことにならないといいけれど」

ソフィーは大丈夫と手を左右に振った。「彼は乗り越えるでしょ。一杯飲みたいと言ったときにまちがった結論に飛びついたのは、わたしのせいじゃないわ」ソフィーはいたずらっぽい笑みを浮かべた。「わたしはただ本人の口からあなたにあの話を聞かせたかったの。ジョシュが彼女の頭を殴りつけたとは思っていないけど、彼女は誰か別の人と会っていて、それはもしかしたら真剣な関係だったのかもしれない……もしかしたら、その別の男はものすごく嫉妬深かったのかもしれないわ」

「もしかしたら、がたくさんあるわね」ラッキーは応じた。

ソフィーはバーテンダーに合図した。「何を飲む、ラッキー？」

彼女は首を振った。リラックスする気分ではなかった。「コーヒーをいただければ」バーテンダーはうなずいて歩み去った。

「彼女は火曜日ごとに〈スプーンフル〉で二人分の料理を持ち帰っていた。わたしはその注文にそれほど注目していなかったし、関心もなかったけど、マージョリーとセシリーが――二人のことは覚えてる？」

ソフィーはうなずいた。「ええ、もちろん〈オフ・ブロードウェイ〉をやっている姉妹でしょ」フンと鼻を鳴らした。「あの二人なら何ひとつ見逃さないわ」

「そうね……あの二人は……噂好き……って言えそうね」

「まったくね！」ソフィーが皮肉っぽく相づちを打った。

ラッキーはそれを無視して続けた。「二人によると、彼女はいつも火曜日に二人分の注文をしたけど、誰と会っているのか、誰といっしょに食事をするのか、みんな知らなかったんですって」

「もしかしたら大食漢なのかも」

ラッキーはふきだした。「いやだ、わたしもまさにそう言ったの」

「じゃあ、あの二人がどう答えたか想像がつくわ」

ラッキーは先を続けた。「誰といっしょにいたにしろ、村の誰にも気づかれていないなら、ずいぶん秘密めいた関係だったにちがいないわ」

「まったく」ソフィーはグラスを乱暴にカウンターに置いたので、中身が数滴跳ねた。「そこが気に入らないのよ。みんな他人のことに口をはさんでくる。信じられないわ」

ラッキーは肩をすくめた。「もっと悪いことだってあるわ。いらだたしいけれど、少なくともみんなお互いに気を遣い合っているってことよ」

「でしょうね。だけど、ハニウェルが会っていた相手に誰かしら気づいていたと思わない？」

「そう思うでしょ。それに、どうして熊の小道通りに滞在して、リゾートに泊まらなかったのか？　あきらかにプライバシーがほしかったのね。少なくとも家を借りるときにエリノア・ジェンセンに伝えた理由はそれだったみたい」

　ソフィーはうんざりしたように言った。「怪しいものよ。たぶん評判が落ちるといけない相手なんじゃない？　結婚生活が破綻しかねない相手」ソフィーは考えこみながらたずねた。「姉妹はどう言っていた？　火曜日だけだったの？　だとしたら、まちがいなく既婚者に思えるわ。奥さんには火曜の夜は男友だちとボーリングをするとかなんとか、くだらない言い訳をしていたのよ」

「どうしてハニウェルと会うことになったの？」

　ソフィーは口元をゆがめた。「パトリシア・ハニウェル――あの女は性悪女よ！　わたしのスキーテクニックはすごいとほめ、個人レッスンのコーチに雇いたいと言ってきたの――お金に糸目はつけないからって。今ではわかっているけど、最初のレッスンは罠だったの。彼女はある動作に問題があるふりをした。二度目のとき、コーチなんて必要ないことが明らかになった。すでに熟練したスキーヤーだったの。わたしを雇ったのはセージに恨みがあったから。わたしたちのあいだに波風を立てたかったのよ。何があったのかはわたしは知らないわ。彼は話そうとしないから。でも、セージにまたばったり会えてわくわくしているわって、ぬけぬけと言った――以前も起きたことが、今度も起きそうだと言わんばかりにね。腹が立ったわ。そしてわたしが怒り狂っているのを見て、彼女は楽しんでいた。この手で息の根を止めてやればよかった！」

「あなたに事情を問い詰められて、セージはどう説明したの?」

「彼女を憎んでいるときっぱりと断言して、死んでくれたらいいと言ったわ」

19

ラッキーは幼児向け育児雑誌の三年前の号をぱらぱらとめくった。子供の世話についてこれほど情報量が豊かだということは、つぶれかけた商売を維持していくことなど、育児に比べたらなんということもないのだろう。ラッキーが人形遊びを好きではなかったのも不思議ではない。隣のビニール張りの椅子で、ジャックが居心地悪そうに身じろぎした。彼はコートを着たままで、どうしても脱ごうとしなかった。

クリニックの受付係のローズマリーが電話を置くと、二人ににっこりした。「あまりお待たせしないと思います。ドクター・スコットがすぐに診察しますので」イライアスが正式な肩書きで呼ばれるのを耳にして、ラッキーはどきりとした。「ドクター・スコット」にはとても重々しい響きがある。

ジャックに健康診断についてたずねると、十年ぐらい一度も医者にかかっていないことがわかった。少しうしろめたそうにそれを認めたものの、ただちに自分は雄牛のように体が頑健だから、医者になど用はない、と反論した。少し説得しなくてはならなかったが、ラッキーに粘られて、最後には健康診断を受けることを承知した。混雑しているはずの月曜の朝い

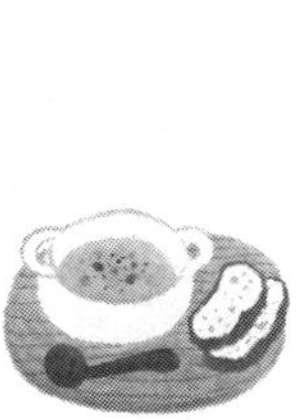

ちばんにイライアスの予約がとれて幸運だった。もっともジャックはその成り行きが気に入らない様子だったので、ラッキーは祖父がちゃんと診察を受けるように付き添ってきたのだ。ジャックは椅子にすわり直すと、体を近づけてささやいた。「ラッキー、こんなことは必要ないよ。わしは馬みたいに元気なんだから」

「雄牛かと思っていたわ」

「じゃあ雄牛でいい、ミス・お利口さん」ジャックはぶつくさ言った。ローズマリーがカウンターから顔を上げて、二人の方ににっこり笑いかけた。ジャックは彼女にうなずき返した。

「健康だってことはわかってる。ただ年に一度は健康診断を受けてもらいたいだけよ——全部調べてもらいたいの。大切なことだわ」

「わしは病気じゃない、ラッキー——ときどき混乱するだけだ。神経のせいなんだよ——それだけだ」

ラッキーは雑誌を置くと、祖父の手をぎゅっと握った。「わかってるわ、ジャック。ただ、わたしを安心させてほしいの、いいでしょ？　わたしの家族はもうあなただけなの。だから年に一度検診を受けて、かかりつけのドクターを持ってほしいのよ」

ローズマリーのデスクでブザーが鳴った。彼女は電話をとると言った。「わかりました、ありがとう」彼女はジャックの方を向いた。「看護師がお迎えにまいります」ジャックはいらだたしげに嘆息すると、椅子から立ち上がった。

ラッキーは雑誌をラックに戻した。「ここで待っているわね」

ピンクの制服に白髪交じりの茶色の髪をうしろでまとめた女性がドアを開け、ジャックに声をかけた。「ミスター・ジェイミソンですか？　こんにちは。どうぞこちらにお入りください」ジャックはラッキーを振り返った。まるで絞首台に連れていかれるかのような様子だ。ラッキーは励ますように微笑んだ。

今、待合室は空っぽだった。ローズマリーは二人のやりとりを同情のこもったまなざしで眺めていた。「おじいさまは大丈夫ですよ。体重と血圧を測って、全血球算定《CBC》のために血をとるだけ。それからドクターの診察を受けます」

ラッキーはうなずき返した。先週の金曜夜のディナー以来、イライアスと話をするチャンスがなかった。それにあえてジャックの「発作」については黙っていた。イライアスの診断に影響を与えたくなかったからだ。結果が出たときに、できたら二人だけで、自分の抱いている不安についてイライアスに相談できればと思っていた。

ローズマリーはじっとラッキーを見つめていた。「あなたはラッキー・ジェイミソンですよね？」

ラッキーはうなずき、にっこりした。

「友人のジェニーがあなたのお店で働いているんです。ハイスクールでずっといっしょで。ジェニーは親友なんですよ。あなたのことも聞いてます――大学に行ってマディソンで暮らしていたこととか。すごいですね。あたしも大学に行けるぐらいのお金を貯めたいなと思っているところなんです。ここ以外の土地で暮らすって、とても刺激的でしょうね」

ラッキーは悲しげに微笑んだ。「ときにはね。でも結局、自分自身から逃れることはできない。しばらくすると、どこにも行かなかったのと同じになるわ」

「まあ、そんなこと言わないでください！　それがあたしの夢なんですから」

ラッキーはもっと若かった頃に抱いていたあこがれを思いだした。当時はここよりもすばらしい土地が待っていると信じていた。傷つきやすい年頃のローズマリーを幻滅させたくなかったし、彼女の夢をだいなしにしたくなかった。「いったんここを離れたら、ときには故郷に帰ってくることがとてもすばらしいと感じられるようになるわよ」

ローズマリーは肩をすくめた。「でしょうね。そういう経験をしてみたいわ」

奥のドアが開いた。「立ち入り禁止」という表示が出たドアだった。毛皮のえりがついた長いベージュのコートを着たぽっちゃりした女性が待合室に入ってきた。彼女はにっこりしてローズマリーにうなずくと、クリニックから出ていった。ローズマリーは椅子の中で少し背筋を伸ばし、硬い笑みを返した。

ラッキーは眉をつりあげ、問いかけるようにローズマリーを見た。ローズマリーは彼女の方を向いた。「ミセス・スタークフィールド、ドクター・スタークフィールドの奥さまです。しょっちゅうクリニックに顔を出されるんです」

ラッキーは声を落とした。「ちょっぴり煙たく思ってたりする？」

ローズマリーはプロらしい態度をかなぐり捨て、体を乗りだした。「ああ、彼女はいい人なんです――悪気はないんです。ただ……」ローズマリーは言いよどんだ。

「ただ、どうしたの？」

「実を言うと、奥さま、少しお気の毒で。たぶん寂しいんじゃないかと思います。ドクター・スタークフィールドとのあいだにお子さんもいないし、いつも忙しくしようとされています。クリニックにも何かお手伝いをしようとして来るんです。でも――彼女はボスの奥さまですからね。彼女の前ではミスもできないし、場違いなことも口にできない気がして緊張するんですよ」

「で、他のスタッフは気にしていないの？」

「いいえ。まったく。奥さまとドクター・スタークフィールドはいっしょにいると、とてもすてきなんです。ドクターはとても背が高くて、奥さまはとても小柄で。ドクターは奥さまを大切にしているので、スタッフみんなが感心しています。セント・ジェネジアス教会でボランティアの仕事も熱心におやりになっています。婦人援助会の会長なんですよ。かなり発言権があるんじゃないかと思います――どの牧師を雇うべきかとか、結婚式のプランを立てるのは誰かとか、そういうことに。そうそう、イライアスの方が若いですけど、地位は上なんです。ドクター・スタークフィールドはとても感じのいい人ですよ。みんなにとても好かれています」ローズマリーはにっこりした。

ラッキーは心の中で微笑んだ。ここの女性たちはかつてのラッキーのように、イライアスにお熱なのだろうか。雑誌を手にとると、長い記事をふたつ読んだ。ふだんは時間がなくてめったにできないことだった。とうとう廊下を近づいてくる人声が聞こえた。ピンクの制服姿の同じ看護師がドアを開けて支えていると、ジャックが待合室に入ってきた。その後ろからイライアスが現れた。イライアスはジャックと握手した。「お会いできてうれしかったですよ、ミスター・ジェイミソン」

「ジャックと呼んでください」祖父はにこにこしていた。ラッキーはほっと胸をなでおろした。

ラッキーが立ち上がって近づいていくと、ジャックは出口に向かった。ラッキーは笑顔でイライアスに手を振った。

彼は叫んだ。「ラッキー、時間のあるときに電話してくれ。来週末のことを相談しよう」

ジャックはコートを着ようとしていて、こちらに背を向けていたので、イライアスはウィンクした。ラッキーはローズマリーが興味しんしんで見つめているのに気づき、頬がほてるのを感じた。どうにかローズマリーと目をあわせないようにした。

イライアスは背を向けて診察室に通じる廊下に消えていった。ラッキーはジャックのためにドアを支え、それが閉まるときにローズマリーに短く手を振った。クリニックの入り口から数歩歩くと、ラッキーはたずねた。「で、どうだったの？」

「問題ないと思うよ。結果に問題があれば電話すると看護師が言っていた。きっと、健康だとお墨付きをもらえるんじゃないかな」

「よかった。検診もそんなに悪いもんじゃないでしょ？」

ジャックは肩をすくめた。「医者にはいつも不安にさせられるんだ。だけど、あの若いやつは悪くなかったよ。おまえの友だちなのかい?」

「うーん、そうね。友人だと思うわ」

ジャックはまっすぐ前を見つめたまま歩いていった。「それはよかった。誰にでも友人は必要だよ」からかっているのだろうかとちらっとジャックをうかがったが、その表情には何も表れていなかった。ジャックは観察力がすごくて、何事も見逃さないのだ。

角を曲がってブロードウェイに入ると、ラッキーは言った。「ジャック、ちょっと用事があるの。三十分後に〈スプーンフル〉に行くのでもかまわない?」

「もちろんだよ。行ってきなさい。ジェニーが来ているだろう——母親も落ち着いただろから。わしたちで大丈夫だよ」

「ありがとう」ラッキーはつま先立ちになって祖父の頬にキスした。「じゃあ、あとで」

ジャックはにっこりして背を向け、ブロードウェイに出る道を歩いていった。まばゆい日差しの中でラッキーは祖父が遠ざかっていくのを見送っていた。前よりも足どりが遅くなったようだ。それに記憶のなかの祖父よりも背中が曲がっている。ふいに胸が痛くなり、祖父が奪われてしまうのではないかと恐ろしくなった。そんなことは当分起きないようにしなければならない。祖父がいなかったら、この世に血のつながった人は一人もいなくなるのでは? スノーフレークだけではなく、世界中のどこにも。

ラッキーは回れ右をして自分のアパートに戻った。そこに車を停めてあった。バッグからキーをとりだして乗りこむと、車内の方がさらに寒かった。震えながらエンジンをかけ、暖まるまでにあまり時間がかかりませんように、と祈った。バッグのサイドポケットを探ってパトリシア・ハニウェルのスケジュール帳で見つけた住所をメモした紙片をとりだした。

ブロードウェイに戻ると、村の中心部から北に向かって走りだした。ブロードウェイのはずれで左折して幹線道路に出る。モホーク・トレイルはゆるやかに丘を登っていき、頂上に近づくにつれて家々は大きくなっていった。スノーフレークのこの地区は五十年以上前にできたのだが、スノーフレークの基準だと新しい界隈ということになる。村の比較的裕福な住人の居住区で、リゾートの会社組織でトップに君臨する人々もそこの住人に含まれていた。ブルースター二〇一番地は道路から少し高くなっていて、家は二階建てのコロニアル様式、正面側はレンガ造りで破風屋根は雪で覆われている。

ラッキーはもっとよく見ようとして、助手席に体を乗りだしながら通り過ぎた。丘のてっぺんまで着くと、小さな公園で方向転換し、またゆっくりと丘を下ってきた。二〇一番地の一軒手前で、路肩に寄せて道の向かい側に駐車した。エンジンを切った。車の中はもう暖かくなっていたが、ヒーターを入れていないとじきに冷えてくるだろう。好奇心に駆られて来てみたのだが、いざ着いてみると、どうしたらいいかわからなかった。殺人の被害者のスケジュール帳にあった住所――余白に走り書きされていたもの。どうしてネイトはハニウェルのスケジュール帳を調べなかったり、この住所を見落としたりしたのだろう？　そこにはどういう意味があるのだろう？

ハニウェルはこの家の住人を知っていたのかもしれない。友人だったという可能性は？

あるいはこの地区に住んでいる友人か親戚がいたのかもしれない。それだけでも、彼女がスノーフレークに来た理由になった。床から寒気が忍びこんできた。ラッキーはイグニッションのキーを回し、ヒーターを最強にして暖かい空気が足に当たるように吹き出し口を調整した。どうしよう？　階段を上がっていって、パトリシア・ハニウェルをご存じでしたか、とたずねてみる？　この村に住んでいながら、殺人事件について聞いていない可能性があるだろうか？　まずないわね。そうしたら当然、殺人事件の捜査に巻きこまれることを恐れて、知らないと答えるにちがいない。

ベルを鳴らして誰が出てくるかを確認しようという結論に達したとき、玄関が開き、一人の女性と十歳ぐらいの女の子が出てきた。女の子はナップサックをしょっている。引き延ばした猫のように見えるピンク色のものだ。女性はスラックスと厚手のフードつきのコート。私道に停めてあったSUVに急ぎ足で近づいていき、ドアのロックを解除した。女の子は助手席に乗りこみ、女性はシートベルトがしっかり締まっているかを確認した。車はゆっくりと傾斜路をバックして通りに出ると、丘を下っていった。ラッキーは車のギアを入れ、二人を追いかけたいと思ったが、その前にガレージのドアがゆっくりと上がり、白のセダンが私道に出てきた。その車も傾斜路をバックしていき、ガレージのドアは閉まった。運転者はターンをすると、SUVのあとを追いかけるようにやはり丘を下っていった。衝動的にラッキーはギアを入れ、少し距離を置いてついていった。白い車はモホーク・トレイルを走ってふもとまで下った。SUVは幹線道路の方へ左折した。女性は曲がりながら軽くクラクションを鳴らした。男性の運転する白いセダンは反対方向に曲がり、ブロードウェイを南に走りだした。ラッキーは数台おいて尾行しながら、ブロードウェイの〈スプーンフル〉やその他の店を通り過ぎた。スプルース通りに近づくと、白いセダンは右に曲がり、リッジラインへと丘を登りはじめた。それはスノーフレーク・リゾートに通じる道だった。

運転者は急いでいないようだった。なめらかに丘を登っていき、石柱の立つ入り口を曲がりこみリゾートに入っていった。管理棟が入っているメイン駐車場のいちばん奥まで行くと、正面入り口のそばに駐車した。ラッキーはその車をゆっくりと追い越して、男性が外に出てきてリゾートのオフィスの入り口に向かうのを眺めた。小さなスイスの山小屋に似た建物にオフィスが入っており、他の建物と調和を保っている。男性はスラックスとスポーツコート、黒いシャツにノーネクタイで、長い黒のコートをはおり、首にチェックのマフラーを巻いていた。髪の毛は短いブロンドだった。四十代半ばで、手には革のブリーフケース。何か考えこんでいるいかめしい表情を浮かべていた。まるでこれから秘書か途中で会った従業員を叱り飛ばそうとするかのように。

ラッキーは男性が建物に入っていくのを見届けてから、専用の駐車スペースの表示を読んだ――トーマス・リード――専用。白のセダンの後ろでしばらく車を停めていた。トーマス・リードとは何者だろう？　レキシントン・ハイツの頂上近くの大邸宅に住んでいて、妻と少なくとも子どもが一人いる。その住所はパトリシア・ハニウェルのスケジュール帳に書かれていた。彼もまた愛人の一人？　それとも、それ以上の関係だった？　トーマス・リードについてできる限りのことを探りだす必要があった。

20

ジェニーは〈スプーンフル〉で奮闘していた。ちょうどスープとサンドウィッチをハンクとバリーに出したところで、コック兼ウェイトレスをこなしていた。ジェニーはラッキーに笑顔で手を振った。

「今日、友人のローズマリーに会ったんですってね」

ラッキーはにっこりした。「そうなの。彼女が自己紹介してくれたのよ」

「あそこの仕事が大好きなんですけど、お金を貯めて、二年間看護学校に行くつもりなんですよ」

ラッキーはセージがいつも厨房で使っていたフックにコートをかけた。加熱しすぎたり水分が蒸発したりしていないか調べるために、ふたつの鍋の蓋をとってのぞいた。ジェニーはラッキーのあとから厨房に入ってきた。

ラッキーは視線を上げた。「クリニックでミセス・スタークフィールドにも会ったわ――ドクター・スタークフィールドの奥さま」

「ああ、そうですね」ジェニーは近づいてきた。「彼女はいい人だと思うんですけど、ロー

ズマリーの話だと、いつもあれこれ質問して、何か手を出そうとするんですって。仕切りたがり屋なのか、スタッフがサボっていると考えているのかわかりませんけど。そういうタイプの女性はご存じでしょう——夫のオフィスをもっとよくできると思いこんでいるんです。どうしてしじゅう顔を出すのかわからないわ。働かなくていいなら、喜んで家にいそうなものですけど。たぶん、あまりやることがないんでしょうね」

「ドクター・スタークフィールドのことはみんなほめているようね」

「とても感じのいい人なんです。それに奥さまともとても仲がよくて。しじゅうジョークを飛ばして、みんなを笑わせています」

「で、イライアスも好かれているんでしょ」

「ええ、そうです。彼は理想の男性です……」ジェニーははっと言葉を切った。たぶんラッキーが誰よりもイライアスについて知っていると気づいたのだ。彼女はしどろもどろになった。「あ、あたし……あなたは彼と会っていると聞きました」ジェニーは顔を赤らめた。

「あら、ちがうの、そういうんじゃないのよ」ラッキーはあわてて答えた。「昔からの知り合いで——友だちなのよ」

「へええ」ジェニーはわざとらしい返事をした。

ラッキーは村の噂話の火をかきたてるつもりはなかった。たしかに、わたしはイライアスに惹かれているかもしれない。でも彼が気持ちを返してくれるとは限らない。今後二人の関係が進展するかはどうかわからないし、この思いは胸にしまっておくのがいちばんだわ。

「おなかすいてる、ジェニー？　ランチにスープとロールパンでも用意しましょうか？　あなたとわたしとジャックの分を。このショウガとローズマリー入りの人参スープは大鍋一杯あるから」

「うれしいです。ちょっとおなかもすいているし。それに、そろそろランチタイムですよね」

ラッキーは大きな器にセージのスープをたっぷり盛りつけた。ケシの実入りのロールパンを手早く温め、小さなバター皿といっしょにトレイに並べた。

ジャックはハンクとバリーのチェスボードの試合を眺めていたが、ラッキーがトレイを持ってやって来るのを見ると、彼女とジェニーといっしょにテーブルについた。ジャックはナプキンを膝にかけた。「冷凍庫にあるもののリストを作ったんだ。当分のあいだ大丈夫そうだよ」

「じきに、もっとお客さまが来るのを期待しましょう」

ジェニーはラッキーにたずねた。「セージに会いに行ったそうですね。彼があんな留置場にいると思うとぞっとします。どうしてましたか？」

「控えめに言っても、落ち込んでいるみたいだった。でも何も話してくれなかったの。ジャックになら話すんじゃないかと思うんだけど。それに、彼がちゃんとした法的援助を受けられるようにしたいの。法廷は弁護人を任命しなくてはならないけど、たぶん村には喜んで彼を助けてくれる弁護士がいるんじゃないかな。ジャックかわたしが毎日食事を運んでいくことになっているわ……彼を移すまで」

「保釈で出られないんですか？」

「罪状認否手続きは今度の月曜なの。判事は保釈を認めるかもしれないし、却下するかもしれない。そのときまでわからないわ。当分、警察の留置場に入っていることになるわね」

「かわいそうなセージ。こんなことになるなんて……メグはいまだに悔やんでいるわ。自分がおしゃべりだったせいだって」ジェニーは正面の窓に視線を向け、目を丸くした。「嘘でしょ」彼女はうめいた。

ドアが乱暴に開いた。開いた戸口にレミー・デュボイスがあきらかに酔っ払ってふらつく足で立っていた。ドアを開けっ放しにしたまま、ずかずかとレストランに入ってきた。

「兄貴に何をしたんだ？」レミーはわめいた。

ジャックが立ち上がりドアをバタンと閉め、冷たい風をさえぎった。「彼は警察の留置場にいるよ、レミー。会いに行くといい」ジャックは低い声で言った。「もっとも酔いが醒めてからな」ジャックはレミーに厳しい視線を向けた。

「あんたらはおまわりに何を言ったんだ？」彼は怒鳴った。

ジャックとラッキーはぽかんとして目を見合わせた。「何も」ラッキーが答えた。「何が起きているのかさっぱりわからないでいるの。それにネイトは何も説明してくれないのよ」

レミーはカウンターにさりげなく寄りかかろうとしたが、目測を誤り、あわや床にころがりそうになった。あわてて体を起こすと、しどろもどろで言った。「ああ、なるほど。あんたらが兄貴に罪をなすりつけたんじゃねえんだな？」ろれつがまるで回っていなかった。

ラッキーはいらだちと怒りが胸にわきあがるのを感じた。どうしてみんな、わたしとジャックがセージを無実の罪に陥れたと考えるのだろう？　まずソフィー、今度はレミー。つかつかとレミーに近づいていった。「いいえ、そんなことしてないわ、レミー。だから出ていって。酔いを醒ましてお兄さんに会ってこないといけないでしょ――セージを助けようとしている人たちを困らせに、ここに来ないでちょうだい」

レミーは一歩踏みだした。ラッキーにつかみかかろうとするかのように。思わず、ラッキーは一歩さがった。ジャックが急いでやって来ると、レミーの腕をつかみ、入り口の方に連れていった。「行儀よくして、頭を冷やしてくるんだ――まともになったらここに来てもかまわんよ」ジャックはレミーをやさしく外に押しだすと、ドアをきっちり閉めた。それから鍵をかけた。

レミーは取っ手をつかみ、怒ってドアをガチャガチャ揺すっていた。自分を入れまいと鍵をかけられたことが信じられないようだった。よろめきながら数歩さがると、しゃがんで雪の土手から氷をひと塊つかんだ。それを振りかぶってドアに思い切り投げつけた。小さなガラス窓のひとつがガシャンと割れた。

「何するの！」ジェニーが叫んだ。

「くそ……」ジャックはわめいた。「あいつは頭がいかれとるのか？」彼は鍵を開けて外に大股で出ていくと、ドアをバタンと閉めた。ラッキーとジェニーは正面の窓に駆け寄った。

ハンクとバリーはゲームを中断して、応酬を見物することにした。いまやレミーは外に出ていったので、二人も窓辺のラッキーとジェニーに加わった。

レミーは両足を広げ、まっすぐ立とうと努力していた。自分がやったことに気づき、とまどっているように見えた。ジャックは彼に近づいていった。言葉は聞きとれなかったが、説教していることはわかった。レミーは一歩後ろにさがり、いきなり土砂降りが止んだかのように表情が一変し、すべての怒りがすうっと消えた。肩を震わせていたかと思うと、わっと泣きだし、ジャックの胸に飛びこんでいった。二人はそのまま歩道で抱き合っていた。とうとうジャックはレミーを連れて戻ってくると、椅子にすわらせた。レミーは申し訳なさそうにラッキーを見た。「コーヒーをもらえますか?」ラッキーはうなずくと厨房に向かった。

「すみません。本当にすみませんでした」レミーは手の甲で鼻をふいた。ジェニーは軽蔑のまなざしを彼に向けると、ナプキンを渡した。「どうしてあんなことをしたのか。ただ……おれの兄貴だから……思ったんです……」

「どう思ったんだね?」ジャックがレミーの隣にすわりながらたずねた。

ラッキーは大きなマグに入ったブラックコーヒーをテーブルに置いた。「あなたたちが警官をけしかけて兄貴を逮捕させたかと思ったんだ。てっきり知っているのかと……」

「知っているって何を?」ラッキーはたずねた。

「兄貴と……あの女のこと……」レミーは言いよどんだ。

ラッキーとジャックは啞然として彼を見つめた。ジェニーは今度は何を言いだすんだかとばかりに鼻を鳴らすと、テーブルから皿を集めはじめた。それを厨房に運んでいき、流しの水に浸けた。ハンクとバリーはゲームに戻ったが、ひとことだって聞き逃すまいとしているのがラッキーにはわかった。

「彼女の何をだね？」ジャックはたずねたが、パトリシア・ハニウェルとセージの過去についてラッキーから聞いていることはおくびにも出さなかった。彼女の名前を口にする必要はなかった。彼女が殺されたことは誰にとってもいちばん関心のあることだった。

レミーは洟をすすると、ジェニーに渡されたナプキンでどうにか洟をかんだ。

「二人は以前、知り合いだったんだ」

「セージがスノーフレークに来る前に？」

レミーはうなずいた。「兄貴に訊いてくれ。おれは絶対に誰にも言わないって誓わされたから」レミーはもう一枚ナプキンをとると、目をふいた。「ガラス窓は直すよ。自分がとんでもないろくでなしの気がしてる」ラッキーはジェニーがハッチからのぞいているのに気づいた。ジェニーは天井を仰いだ。まるで「そのとおり、あんたはろくでなしよ」と言わんばかりに。

「じゃ、それで決まりだ」ジャックが言った。「今日は何か貼っておこう。明日酔いが醒めたら戻ってきて、直してくれ。今はこのコーヒーを飲んで頭をはっきりさせてから、兄さんに会いに行くんだな。きみに会いたがっていると思うよ」

「それはどうかな」レミーはつぶやくとコーヒーを飲み干した。立ち上がったがまだ少し足下がおぼつかなかった。彼はラッキーに言った。「すみませんでした。明日、戻ってきて窓ガラスを直します」

レミーが帰ってドアが閉まると、ハンクとバリーはジャックに近づいてきた。「もう帰るけど、明日また来るよ。何か手を貸すことがあったら言ってくれ」

ジャックは礼を言って、二人が帰っていくとドアの鍵をかけ、表示をひっくり返して「閉店」にした。ジャックの顔はやつれていた。最近はたびたび疲れた顔を見せるように思えた。

「閉めた方がいい。今日は誰も来そうにないからな」

ラッキーは言った。「疲れているなら、わたしが警察に食事を運んでいくわ」

「大丈夫だよ。あの窓ガラスに何か貼ったら、警察署に行ってくる。それにセージに会ってわしらが応援していることを示したいんだ。ただし、ひとつ確信したことがある」

「何なの？」

「ネイトはまちがった人間を逮捕したんだ」

21

「ええ、知ってるわ、トム・リードなら」

エリザベス・ダヴは村役場のオフィスにある、どっしりしたオークのデスクの向こうにすわっていた。空はどんよりした鉛色に変わりかけていた。中央の作業スペースの周囲にきちんと積み上げられた書類の山に、デスクランプがやわらかな光を投げかけている。デスクの背後の窓枠に置いた陶器の鉢からアイビーのツタが垂れ、その下では暖房用ラジエータがシュウシュウという低い音を立てていた。ラッキーがやって来たあとですぐアシスタントが入ってきて、予算報告書らしき分厚い書類をエリザベスに手渡した。エリザベスがスノーフレーク村長として担っている任務は、ラッキーには想像することしかできなかった。

「彼について何か知ってます？」ラッキーはたずねた。

「ええ、そうね。六年ほど前に奥さんといっしょにこっちに越してきたの。リゾートを所有しているLLCの設立メンバーの一人よ。もっとも、彼の正式なポジションはわからなかった。どうして気にしているの？」

ラッキーは急に自分がまぬけに感じられた。「お仕事の邪魔をして本当にごめんなさい。

月曜はとても忙しいわよね。店はランチのすぐあとで閉めたの。お邪魔したくはなかったんだけど、他に打ち明けられる人がいなくて」ラッキーは熊の小道通りの家を調べ、リードの住所がハニウェルのスケジュール帳に走り書きされているのを見つけたことをエリザベスに話した。階段から突き落とされたことはあえて黙っていた。エリザベスは恐怖におののき、すぐにネイトに報告させようとするだろう。それはラッキーの望むところではなかった。しばらく自由に調べ回ったり人と話したりしたかったし、何をやっているかネイトに見つかる前に証拠を発見したいと願っていたのだ。

「わたしたちは同じ党のメンバーなので知っているんだけど、トムは数カ月後の州議会上院の議席をめざして選挙運動を始める計画でいるわ。有力候補者だし、それを支援してくれるすばらしい家族がいる」

「だけど、個人的には彼をどう思っているの？」

「つまり、彼がパトリシア・ハニウェルと不倫をしていたか、っていう意味？」

「ええ、まあ、次に質問しようと思ってたわ」

「ラッキーったら」エリザベスはにっこりした。「わたしは他人のプライベートな生活について、あれこれ詮索《せんさく》しないようにしているの。本当に見当もつかないし、推測するのもいやだわ。彼は魅力的な男性よ。もしかしたらそうだったのかも。でも、その考えをもてあそぶのも不愉快なの。だって、もしそうだとしたらとんでもない愚か者だもの」

「妻に隠れてパトリシア・ハニウェルとつきあっていて、彼女が妊娠したのなら……」

「なんですって?」ラッキーはイライアスの情報をうっかりもらしてしまったことに気づいた。心の中で自分を蹴飛ばした。「どうしてそんなことを知っているの?」

「話せないの。ごめんなさい」

「まあ、なんてこと!」エリザベスは読書用眼鏡をはずすと、慎重にデスクの上に置いた。

「さっきも言ったようにトム・リードは魅力的だし、聡明で教養があり法律の学位を持っているし、裕福で、と何もかもそろっている。人好きもするわ。それに野心もあり……」エリザベスはちょっと口ごもった。「成功した政治家に必要とされる外面も備えている。個人的には、ここだけの話だけど、ときどきそれをうさんくさく感じるわ。たぶんわたしの先入観なんでしょうね。彼のことはとりたてて好きでも嫌いでもない。その人が作り物の風格を売りにしていると、あまり夢中になれないだけ。手短に言うと、そういうことよ。だからと言って、彼が妻に隠れて不倫していたとは思わない。心からそう願っているわ。明るみに出たら選挙にとっても幸先が悪いでしょう。それに、もし不倫していたとしても、彼が子どもの父親とは限らない。これはすべて憶測よ。ことによると、その住所がスケジュール帳に書いてあったのは、ハニウェルがあの家に惚れこんで買おうと考えていたからかもしれない。リードの住所を走り書きした理由は数え切れないぐらい存在するわ」

ラッキーはうなずいた。「そのとおりね。いろいろな考えを並べて、あなたの意見を引き出したかっただけなの」

「ネイトにこれを知らせてほしい?　どっちみち、そうするべきかもしれないわ」

「もちろん、止めることはできないわ。ただ、かまわなければ、ちょっと待っていただけない？　ネイトに知らせる前に、自分でどのぐらい探れるか試してみたいの」

「それはやめてほしいわ、ラッキー。まったく気に入らないの――あなたがこの殺人事件に首を突っ込んでいることがね」

「うちのレストランの裏で死体が発見されたせいで、いやおうなく事件に巻きこまれたのよ。いまや、一人しかいないシェフと多くのお客さんを失ってしまった。何かしないわけにはいかないのよ」ラッキーは自分の耳にもその言葉が生意気に聞こえ、いらだたしく感じた。

「ネイトはどうしてそのカレンダーだかスケジュール帳だかを家から持っていかなかったのかしらね。とんでもない手ぬかりに思えるわ」エリザベスが言った。

「ちらっと見て、重要なことを見つけられなかったのかもしれない。どっちみち、たいした記述はなかったし。それで残していったのかも。今後のイベントはいくつか書き込まれていた。とうとう参加することのできなかったイベントがね。賃貸契約の開始日とエリノア・ジエンセンのオフィスの電話番号も――だいたい、そんなことばかりだったわ」

「話はそれだけ？」

「ええ。ネイトはセージの逮捕について何か言ってた？」

「いいえ。その必要もないしね。警察署長を批判するのはうちの部署じゃないから。彼と話して、どういう証拠を握っているのかたずねることならできるわよ。内密に話してくれるかもしれない。でも、余計なことに口をはさむな、と言われる可能性もあるわね」

「ああ、報告するのを忘れていたわ……フロ・サリヴァンとあの家でばったり会ったの。彼女は不動産会社のために簡単な掃除をしているみたいで。フロの話だと、ハニウェルは誰かを怖がっていたとか」

「フロ・サリヴァン？　あらまあ、ラッキー、彼女は村いちばんのゴシップ屋なのよ。悪意はないけど、あの女の口から出たことはひとことだって信用できない。注目を集めるためなら、どんな作り話でもするわよ」

ラッキーは椅子に寄りかかって黙りこんだ。これまでの努力が水の泡になったことでがっかりしていた。

「あなたの気持ちはよくわかるわ。あなたのことは娘のように愛しているから、どうか慎重の上にも慎重に行動するって約束してちょうだい。知らないうちに、危険なスズメバチの巣をひっかき回している可能性だってあるのよ」

ラッキーは困り果てたように息を吐いた。「とても用心するって約束します。でも、好むと好まざるとにかかわらず、行動に出なくちゃならないの。パトリシア・ハニウェルは何か理由があって殺されたけど、本物の殺人者が発見されるまで、〈スプーンフル〉の経営は成り立ちそうにないから」

22

「寄ってくれてありがとう。脅かすつもりはなかったんだ。ただジャックのことで話しておきたいと思ってね」

ジャックが診察を受けた翌朝、ラッキーはイライアスのオフィスで患者用の椅子に腰をおろした。自宅にイライアスが電話をしてきて、ジャックの検診の件でちょっと話したいと言われてから不安でたまらなかった。しかも患者が来ない早朝に寄ってほしいと言われたのだ。

「ジャックの行動や記憶力で、何か最近気づいたことはある？　認識能力の問題とか？」イライアスはたずねた。

ラッキーは恐怖を鎮めようとして深呼吸した。「ええ、あります。徹底的に検査してもらうまでは言いたくなかったんです。〈スプーンフル〉の裏で死体を発見したあとに発作を起こしました。一種の心的外傷後ストレス障害《PTSD》だと思っています。従軍していたときの恐ろしい経験が甦ったようです。でも、自分に何が起きているのかは理解していました。現実と空想がごっちゃになるわけじゃないんです」

「他に気づいたことは？」イライアスはラッキーの手を見つめた。彼女は不安そうに両手の

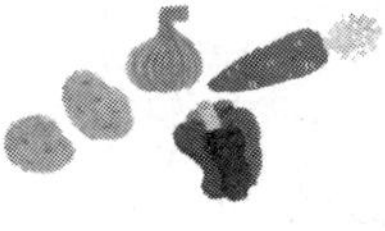

指をよじりあわせている。まちがいなくジャックのことを心から心配しているようだ。

「数日前……祖父は妻が……わたしの祖母が〈スプーンフル〉に迎えに来ると思ったんです。はっと現実に戻るまでに数秒かかりました」

イライアスはうなずいた。「腕のフラガールの入れ墨が目に留まってね――雑談としてその入れ墨についてたずねてみた」

「祖父はどう言いました？」

「とても真剣に妻だと答えた――冗談だと思ったんだが、そうではないことに気づいた」

「まあ、どうしましょう、イライアス。祖父に何が起きているんでしょう？」

「いくつか検査をしなくてはならない。リンカーン・フォールズの病院で受けられるように手配しよう。あわてる必要はないよ。できるだけ多くのことをはっきりさせておきたいだけなんだ」

「本当のことを教えてください……祖父は認知症だと思いますか？」

「その結論には飛びつきたくないな。実際、その病気には臨床検査が存在しないんだ。しかし、彼の症状の原因になっている認知症以外の問題を診断する検査ならある――ＣＴ、ＭＲＩ。多くのことが認知症の原因になっている。しかも年配の人だけではない。たしかに多くの年配の人々に認知症らしき症状が見られるものだ。物忘れとか、ある特定のことができないとかの症状だ。それらはたんに脳への血流が減ったというような単純なことで起きる可能性があるんだよ。ただし、ひとつ重要なことがある――ジャックには人との関わりが必要だ。

自分が必要とされていて求められている、毎日やるべき仕事がある、そういうことを実感するのが大切なんだ。毎日を活動的で忙しくさせるもの——仕事、社会的つながり、そうしたすべてがとても重要だ」

「〈スプーンフル〉みたいな？」

「そうだ。まさに〈スプーンフル〉だね」これで〈スプーンフル〉から手を引くという選択肢はなくなった。数日前まではジャックに結論を待たせていることでうしろめたかったが、いまや状況が一変した。ジャックが人生を意味あるものにするには〈スプーンフル〉が必要なのだ。偶然にもいろいろなことが重なり、ラッキーはスノーフレークに戻ってきて両親のビジネスを継ぎ、祖父の世話を担当することになったのだ。それが運命というものなのだろうか？　雷が落ちたようなできごとはなくても、いくつもの小さなことが積み重なって必然的な結果につながるのだろう。いつか読んだ一節を思いだした——「角を曲がったら運命と出会った」彼女も角を曲がって運命と出会ったのだ。イライアスを見て、彼の心の温かさとデスクに置かれた力強い手について考えた。幸運に恵まれれば、運命はさほど悪いものではないのかもしれない。

「イライアス、パトリシア・ハニウェルがここの患者かとたずねたことを覚えてますか？　名簿をチェックする時間はありました？」

イライアスはぽかんとしてラッキーを見た。「ごめん。頼まれたのにすっかり忘れていた。どうして彼女が患者かもしれないと思ったんだい？」

「クリニックのパンフレットを持っていたから」

「本当に？　どうして知ってるんだ？」とまどったように額に皺《しわ》を寄せてイライアスはたずねた。

ラッキーは熊の小道通りの家を調べたことを認めるのは気が進まなかった。「ええと……レストランでバッグから滑り落ちたんです。わたしはレジにいたので、たまたま気づいて」なんてうそつきなの。顔が赤くなっていないことを祈った。

「ラッキー。きみがセージのことを心配しているのはよくわかるよ。でも、きみがわたしに頼んでいることは、厳密に言うとしてはいけないことなんだ」

「話してくれたことは外にもらさないわ。それに、何か発見したら、すぐにネイトに報告するでしょう？」

「もちろんそうする」イライアスはため息をついた。「データベースを見てみるよ。アップデートされているはずだから。でも、うちの事務係がすでにチェックしているんじゃないかな。というのも検死の手配をしたからね。ちょっと待って……Hのところを見てみよう」イライアスはマウスを操作して探していたリストを呼びだすと、スクロールしながらしばらくモニターを見つめていた。「いや。うちの患者じゃない」

「インフルエンザの予防注射とか簡単なことで来院しても、患者記録に載るんですか？」

「ああ、もちろん。たとえそれっきり来なくてもね。正確な記録と病歴を保存しておかなくてはならないんだ」イライアスはモニターから視線をはずした。「すまない、あまり役に立たなかったね。何を知りたいと思っているんだい？」

「別に……わからないんです……ただ情報を集めているだけです。彼女についていろいろわかれば、セージが留置場から出られるような手がかりをつかめるかもしれないって」

イライアスは皮肉な笑みを浮かべた。「成功を祈るよ。セージが彼女を殺したとは想像ができないな。でも、たぶん二人のあいだには何か深くて暗い過去があるんだよ」

ハニウェルがセージを追っていき、呼び止めていたのを見たというジェニーとメグの話が思い出された。イライアスの言うとおりだった。その話にはラッキーの知らない事情があるのだ。

軽いノックの音がした。オフィスのドアが開き、ラッキーは白衣を着た長身の男性を見上げた。五十代半ばで、黒髪のこめかみあたりが白髪交じりになった男っぽい感じのハンサムな男性。

「ああ、すまない、イライアス。患者さんが来ているのに気づかなかった」

「いや、かまわないよ、ジョン。ラッキー・ジェイミソンを紹介しようと思ってたんだ。彼女は〈スプーンフル〉を経営しているんだ」

「へえ、本当に？　おたくのお店のいい評判は聞いてるよ。今度ぜひ行かなくてはね」ジョンはにっこりしてラッキーと握手した。「お会いできてうれしかった」この人は相手をたちまちくつろがせてしまう能力があるみたい、とラッキーは気づいた。

「寄ったのは、アビゲイルにチケットのことをたずねてほしいと言われたからなんだ」

「ああ、そうか。ありがとう。二枚注文しておいてください」

「了解」ジョンは笑顔でラッキーに手を振ると、ドアを閉めて出ていった。

「彼が寄ってくれてよかった。さて二人だけになったから訊くけど、金曜の夜にコンサートに行かないか？」

「ここで？　スノーフレークで？」

「地元に合唱団があって、ときどきハープ、チェロ、バイオリンの弦楽三重奏にあわせて歌っているんだ。ジョンの奥さんが合唱団のメンバーでね。実にすばらしいよ。ニューヨークの引退したプロも混じっている。合唱団を結成して、年に数回コンサートを開いているんだ。きっと楽しめると思うよ」

「音楽のことはまったく知らないんですけど、あなたがすばらしいと言うなら」

「よかった」イライアスは大きな笑みを浮かべた。「七時に迎えに行こう——セント・ジェネジアス教会で開かれるんだ。弦楽三重奏も見事だし、舞台も美しい」

「じゃ、そのときに」

イライアスはラッキーを出口まで送り、彼女のために鍵を開けてくれた。彼とまた夜を過ごせると思うと、胸が弾んだ。一瞬、ジャックについての心配も忘れそうになった。彼といっしょだと、どうして心配事もすっかり吹き飛ばされてしまうのだろう？

23

ブラッドリーがハッチから入れてくれた、トレイにのった朝食の残りをセージはつついた。熱いコーヒーはありがたい。でも、食欲はわかなかった。〈スプーンフル〉のコーヒーとは比べものにならないが、何もないよりもましだ――おそらく、今後かなり長期にわたって出される飲み物よりもずっとましだろう。ブラッドリーは判事が保釈を許そうとしなかったらどうなるかをとても楽しげに語った。そもそも、セージは保釈を申請できる経済状況ではなかったので、外に出ることを考えるだけむだだった。

トーストを一口噛み、無理やり飲みこんだ。振り返ってみると、こういう成り行きは避けられなかったのかもしれない。父親みたいには絶対になるまいと、ずっと心に誓っていた。それでも、こんな羽目になった。父親は酔っ払って、手当たり次第に邪魔なものを蹴飛ばし、メイン州のおんぼろの農場から逃げられなかった怒りをぶつけた。レミーは父親似だった。残酷なところではなく、無責任なところが。ときどき当時の悪夢が甦った。父親は彼とレミーを怒鳴りつけ、おまえらは役立たずだとののしった。しじゅう腹を立て暴力をふるった。レミーはまだほんの子どもだったので、弟が泣くと、セージはいつも慰めようとした。父が

かんしゃくを爆発させて暴力的になると、泣くまいとした。あのろくでなしを満足させたくなかったから。父親へのひそかな憎悪を募らせながら、セージは自分だけの考えを胸に秘めていた。

母が死んだあと、事態はさらに悪くなった。父はほぼ毎日酔っ払っていたが、人事不省になって彼とレミーを放っておくほどには酔わなかった。面白半分に二人を納屋にひきずっていき、シャツを引き裂くと、ベルトをはずし、背中にミミズ腫れが無数にできて血まみれになるまでひっぱたいた。父は体が大きく、たとえ泥酔していても刃向かえなかった。セージはレミーを守るためにできるだけのことをしたが、それは父親を激高させるだけだった。殴り終えると、二人を納屋に夜じゅう閉じこめた。セージはできるだけレミーの傷をきれいにしてやり、自分のシャツと古い毛布でくるんでやった。兄弟は干し草の山に埋もれて眠った。レミーは赤ん坊のように丸くなって彼の腕枕で眠ったものだ。ある晩、セージは決意した。ここを出ていかなくてはならない。レミーは泣いたが、必ず助けに戻ってくる、約束は決して忘れないと言いきかせた。二人が暮らしていける用意をととのえるまで、どうにか耐えてくれと。翌日セージは家を出た。道路まで歩いていき、ヒッチハイクで近くの村まで行った。そこで最初の仕事を見つけた。年配の婦人のためにやぶを刈る仕事だ。帰る家がないことを知ると、老婦人はガレージの上に寝られる部屋を与え、夫のものだった服もくれた。それが人生をやり直す旅の第一歩だった。

手当たり次第に半端仕事をこなし、やがてニューヨークに出られるぐらいのお金を貯めた。

そこでは誰もセージを知らず、どこの出身かも、何からそんなに必死に逃げているかも知らなかった。セージは師となる人を見つけた。皿洗いをしていたレストランのオーナーで、有名なシェフの学校に入るのに力を貸してくれた。教育を受けていない子どもにはあまり選択肢はなかったが、セージは料理が大好きだということを発見した。いわば彼は芸術家だった。彼がハーブを飾ったり、チョコレートで模様を描いたりすることを芸術と呼べるならだが。おも肉の塊や野菜やスパイスでこしらえるものに、人々は喜んで大金を払うようになった。おもにセージは、世界じゅうの珍しい食材を手に入れて工夫を凝らし、常に進化していくプロセスを愛していた。他の人々に食事をふるまいながら、自分にも栄養を与えていたのだ。そうして拒絶された子ども時代を取り戻した。もっと大切なのは、いつか弟のために子ども時代を取り返してあげることだった。

レストランのオーナーが亡くなると、彼はニューイングランドに戻ったが、メイン州ではなかった。絶対にメイン州には足を向けるつもりはなかった。まずボストンに行った。可能なかぎりすぐにレミーを迎えに行った。最初に家を出たときにレミーを連れていかなかったことで自分を責めていたが、あのとき連れていくことは不可能だっただろう。この歳月、一人で生き延びるだけで精一杯だったのだ。彼が家を出る前に、すでにレミーの精神は壊れていたのだろうか？　必ず迎えに来ると弟に約束した。それまで勇気を持って、できるだけうまく生き延びるようにと言い聞かせた。もしかしたら時間がかかりすぎたのかもしれない。父親は弟の自尊心をたたきつぶしてしまったのかもしれない。それ以来ずっとセージはレミーの世話をしてきたが、レミーは自分の足だけでは立てないように見えた。今回のことで、弟は完全にひとりぼっちになってしまうだろう。

ほんの数ブロック先でセント・ジェネジアス教会の鐘が鳴っていた。もしかしたら祈りは役に立つかもしれない。だが、セージは信じていなかった。鐘の音は弔鐘のように聞こえた。両手で耳を覆って、すすり泣きをこらえた。ずっととても用心してきたのに。思い返してみると、ボストンでの仕事でへまをしたのだ。あれがターニングポイントになった。あのときそれに気づいてさえいれば。人生はこういうものなのか？　自分の過去から逃げようと必死に努力して、結局、また望まない場所に戻ってしまうのか？　彼はまたここにいる、留置場に。もう一度やり直せたら、別の選択をしただろう。しかし、もはや遅すぎた。時計を巻き戻すことはできない。父親が彼にわめいた言葉がすべて真実になったのだ。

外側のドアが開き、ブラッドリーの足音が近づいてくるのが聞こえた。セージは顔を上げた。ラッキーが保安官助手のあとから蓋をした食事のトレイを手にやって来る。彼女はまたここに何をしに来たのだろう？　もう来るなと言ったのに。食事を出してくれることには感謝していたが、ジャックが運んでくればすむことだ。

ブラッドリーが格子のはまったハッチの鍵を開け、トレイをセージに渡すまで、ラッキーは後方に控えていた。「ブラッドリーにキッチンの電子レンジを使わせてもらって温めたの」

「ジャックが来るのかと思いましたよ」セージは言った。

「彼の負担を少なくしようとしているのよ。あまり具合がよくないの。今朝、イライアスと相談するためにクリニックに行ってきたところ」

セージはぎくりとしたようにたずねた。「どこが悪いんですか？」

「もっと詳しくわかったら報告するわ。今はあなたのことが心配なの。どうぞ食べて」

セージは彼女と目をあわせないようにしながらトレイを持ち上げた。

「ありがとう、ボス。そんなふうに呼ぶべきじゃないかもしれないけど。今はもう仕事についてないし。もうぼくには何もないんだ」

ラッキーがブラッドリーをじろっと見ると、彼はその意味することを悟って戻っていった。ラッキーはスツールを運んできてすわった。「知りたければ言うけど、わたしはこれを一時休暇とみなしているの。犯人が見つかるまでのね」

セージははっと顔を上げた。「もうここには来ないでくださいと言ったでしょう」

「よく聞いていなかったようね」ラッキーはブラッドリーが外側のドアを閉めて鍵をかけるまで待っていた。「まだネイトと話ができずにいるので、まったく情報が入ってこないの。それに、わたしもジャックも、あなたが誰かを殺したと納得できる理由を見つけられずにいる。だからどうしてここにいるのか説明してほしいの。わたしが知らないことがあるんじゃない？」

セージはしばらく黙りこんでいた。だが、ラッキーは沈黙を破ろうとはせずに待っていた。ついにセージは口を開いた。「とうてい信じられないでしょうね」何かが胸の中でほどけた。きつく結んだ拳が開くかのように。あまりにも長いあいだ胸に秘めてきたのだ。セージは体を乗りだした。「あの女は……」

「どこかで知り合ったんでしょ？」ラッキーはさらに待った。

「ボストンです。彼女のところで働いていた……彼女と夫の家で。住み込みのシェフだったんです。コモンウェルスに大きなタウンハウスを所有していて……」セージは追憶にふけるかのように言葉を切った。

「そして何かが起きたのね？」ラッキーが先をうながした。

セージはうなずいた。「ええ。ガーソンが——彼女のご主人がうんざりしてしまったんです。結婚生活がもう長くないことはあきらかでした。彼女はぼくに誘いをかけてきた。執拗に」

「あなたはどうしたの？」

「何も。誓います。そういうゲームに乗るつもりはなかった。仕事は必要だったが、そこまでするほど……わかるでしょう。ただ気分が悪くなっただけだった」セージはラッキーをすがるように見た。「先日の夜、ブロードウェイでばったり会ったとき、ソフィーと口論していたでしょう。彼女のことだったんです——パトリシア・ハニウェルの」

「ソフィーが嫉妬したの？」ラッキーはソフィーからすでに話を聞いていることを知られたくなかった。セージの口から直接説明を聞きたかったのだ。

「ええ、そうだと思います。それ以上かな——腹を立ててました。ソフィーはパトリシアにいちばんむずかしいスロープでプライベートレッスンをすることになった。おかしなことに、彼女には指導が必要じゃなかった。パトリシアはとても上手なスキーヤーだったとソフィーは言ってました。ともかく、パトリシアはソフィーの神経を逆なでした――ぼくのことで。過去に二人のあいだには何かあり、今も継続中だということをほのめかしたらしいんです。ソフィーはとても動揺していました。どれも真実じゃないんですが、驚きませんでした。パトリシアがどんなに悪意のこもったことをする女か知ってますから……彼女は平然とそういう真似ができるんです」

「それであなたが誘いに乗らないと、解雇されたの？」まちがいなくセージに会った人はみんな、彼をハンサムだと思うだろう。もしかしたらイケメンすぎるかもしれない、とラッキーは思った。女性たちが彼を狙う理由がはっきりわかった。不思議なことに、外見のせいで控えめな性格が隠されてしまっているのだ。

セージは首を振った。「それだったらいいんですけど。解雇はされなかった。それよりもずっと悪かった」彼は黙りこんだ。ラッキーは彼の物思いを破ることを恐れて口がきけなかった。セージは顔を上げ留置場の格子越しにラッキーを見つめた。「ウォルポールで一年おつとめをしたんです」

「なんですって？」ラッキーはさっぱりわけがわからなかった。

「前科があるんですよ」セージは重いため息をついた。「元犯罪者なんです」

ふいにすべてが腑《ふ》に落ちた。どうしてセージがずっと〈スプーンフル〉で働いていたのか、どうしてスノーフレーク・リゾートで仕事を見つけようとしなかったのか。リゾートのような会社だったら経歴を調べる。前科が報告されただろう。絶対に雇われることはない。両親はそういうことをまったく考えもしなかった。ひと目でセージを気に入り、信頼して店を任せたのだ。

「まだよくわからないわ」

「パトリシアはずっとしつこかった。ぼくはあくまで紳士としてふるまおうとして、その気はないとパトリシアを傷つけないように伝えた。でも、彼女はあきらめようとしなかった。彼とうとう彼女を力尽くで押しのけ、明確な言葉で告げたんです。それで修羅場になった。彼女は怒り狂った……手がつけられないほど。その場で彼女に、あるいは夫にクビにされると悟りました。ある意味でほっとしました。それで……ぼくは所持品をまとめ、解雇を言い渡されるのを待っていた。振り返ってみれば、すぐに出ていけばよかったんです。できるだけ早くその家を出ればよかった。明日の朝のバスに乗ろうと考えながら、その晩はベッドに入った。次に気づいたときには警官にたたき起こされて、窃盗で告発されていたんです」

セージは深呼吸してラッキーを見た。「信じてください。ぼくは何もやっていないんです。これまでの人生で、自分のものじゃないものに手を触れたことは一度もない。その晩キッチンで仕事をしているあいだに、彼女はぼくの部屋に行って、ダイヤのネックレースといくつかの高価な品を暖房ダクトカバーの裏に隠したんです。弁解する余地はありませんでした。

彼女は真実をねじ曲げて、自分がぼくの誘いをはねつけたからやったんだ、と証言しました。ここに来たとき、ようやくすべてを過去に置き去りにできるとほっとしました。冬に彼女が村に来ていると知って、どう感じたか想像がつきますか？　そのことに押しつぶされそうでした。さらにパトリシアはソフィーにちょっかいを出し、自分と過去に何かがあり、今も続いていると信じこませた。ソフィーがぼくを信じてくれるのをただ祈るばかりです」

「じゃあ、そのせいで、ネイトはあなたに殺人の動機があると考えたのね」

「たしかにそうしたいと思ったこともあったが、信じてください、この犯行はぼくじゃありません」

「彼女はどうしてそんな真似ができたの？　前科はあなたに一生ついて回るのよ」

「あの女はそういう人間なんですよ。でも、ぼくだけが彼女の敵じゃないはずです。彼女はとても悪辣《あくらつ》なんです。誰かが頭を殴りつけても意外じゃありませんよ」セージはコーヒーを飲み、トレイを押しやった。「ぼくの話は以上です。ネイトはぼくの経歴を照会した。そして、どうなったのかはご存じでしょう」

「わかったわ。つまり、あなたには動機があったかもしれない——彼女を憎む理由がね。だからと言って、彼女を殺したことにはならないわ」

「誰もそんなことを信じませんよ」

「わたしはあなたを信じる。それに、個人的な理由もあるの。あなたに〈スプーンフル〉に戻ってきてほしいのよ。つまりネイトが真犯人を発見すれば、ただちにあなたは戻れるってこと」

　セージは悲しげにラッキーを見つめた。「ありがたいです、本当に。でも、あまり希望をかきたてないでください。ネイトと鑑識がぼくのDNAをとっていきました。まずい状況かもしれない」

「彼女のそばに近づいていないなら、それで何が証明されるって言うの？」

「あの晩、パトリシアが殺された夜、彼女はぼくをつけてきたんです」ラッキーはジェニーとメグがセージを見かけたことを話してくれたのを思いだした。「向こうはどういうつもりだったのかわからないが、ぼくをひっかいたんです。さっと飛び退きましたが、かわしきれなかった」彼は首を伸ばして、えりの上あたりの半ば治りかけているひっかき傷を見せた。「爪の下に何か発見されたら……ぼくたちがけんかしていたという証拠になるでしょう。そのときはまったく考えていなかった。ただ彼女から逃げたかったので、通りを走っていった」

ラッキーは殺された女性からDNAが発見されるだけで、彼が有罪にされのに充分な証拠になると気づいた。他に証拠がなく、アリバイがあっても。「セージ、元気を出さなくちゃだめ。この事件は絶対に解決されるはずよ。とりあえず、ジャックかわたしがあなたを担当してくれる弁護士に相談してみるわ」その言葉が口から出たとたん、心の中で顔をしかめた。頭の中に銀行の入出金記録とその乏しい残金が浮かんだ。セージのために弁護士を雇えるだけのお金をどうやってかき集めたらいいんだろう？

「あの夜はどこにいたの？」

「家です。まっすぐ家に帰った。通りで彼女に会ったあとで気持ちを落ち着けたかったんです」

「ソフィーはいっしょじゃなかったの？」

「ええ。その日は筋をちがえたので、早く寝たいって言ってました」

「その夜、誰かと会わなかった？」

「誰も。そのまま家に帰った。ずっと家にいて雪を眺めていた」

ラッキーは胃がぎゅっとよじれるのを感じた。前科――それだけでもかなり不利だ。アリバイはない、目撃者もいない、おそらくDNAは一致する。セージがこれほど絶望的になっているのも無理はなかった。「正直に打ち明けてくれてありがとう、セージ」

彼は用心深くラッキーを見た。

「本気で言ってるのよ。あなたが刑務所に一年入っていても気にしない。あなたに戻ってきてほしいの――ジャックとわたしは。また会いに来るわ。それに、あとでジャックがディナーを運んでくるはずよ」

「ありがとう、ボス――いや、ラッキー」彼の口の端がかすかにひきつった。それは笑みではなかったが、少なくとも彼はしゃべってはくれた。

留置場に続くドアを閉めたとき、ブラッドリーは声をひそめて電話でしゃべっていた。ラッキーはどうしてこそこそしているのだろうと首をかしげた。ネイトはいないし、ラッキーは彼が私用電話をしていても、もちろん気にしない。ブラッドリーは彼女がカウンターに寄りかかって注意を引こうとしているのに気づき、背筋を伸ばした。

「ええと……わかってます。エジャートン署長はただいま外出していますので、帰りしだいあなたに電話するように伝えます」ブラッドリーはすばやく電話を切って立ち上がった。殺人事件に関することを詳細に友だちにしゃべっているにちがいない、とラッキーは思った。もしかしたら地元のテレビ局ＷＶＭＴがやって来たのは、ブラッドリーのせいなのかも。

「緊急事態でも？」ラッキーは水を向けた。

「あ、いや。後回しにできることだ。署長への伝言を聞いていただけだよ」

「あらそう。じゃ、ネイトと話をする機会を待っているわ。署長はもうすぐ戻ってくるの？」ラッキーはブラッドリーのすぐ後ろのカウンターを眺めた。書類が大量に入る大きなボール紙の箱がカウンターの下のデスクに置いてあった。ハニウェルという名前が外側に黒いマジックで書かれている。ブラッドリーはラッキーの注視に気づき、その視線を追った。彼は少し横に移動して、箱が彼女から見えないようにした。

「はっきりわからないんだ。きみに電話するように伝えるよ、それでいいかな？」

「それでけっこうよ、ブラッドリー、あとでジャックが来るし、明日はジャックかわたしがまた食事を運んでくるわ」

「わかった。ありがとう」

ラッキーも少し横に移動して、ボール紙の箱を指さした。「あの箱には何が入っているの、ブラッドリー？」

「証拠だよ。触らせるわけにはいかない」

「まあ」ラッキーはためらった。「熊の小道通りの家でネイトが見つけたもの？」

「ミズ・ジェイミソン……ラッキー……ぼくが何もしゃべれないのは知っているだろう。現在進行中の捜査だからね」

ラッキーは思わず大声で笑いだしそうになった。ブラッドリーはそのせりふをテレビドラマで学んだにちがいなかった。どうにか真面目な顔をとりつくろった。「あら、それならわたしが来たことをネイトに伝えてくれる？」

「そうするよ」

ラッキーは正面出口に歩いていった。ブラッドリーにじっと観察されているのが感じられた。彼は聞いてくれる人なら誰にでも彼女が来たことをしゃべるにちがいない。情報をもらしていることをネイトに見つかったら、報いを受けるはずだ。ラッキーはドアを押し開け、階段のいちばん上に立った。そこでためらった。あの箱はどこに保管されているのだろう？回れ右をして、また警察署に入っていった。ブラッドリーはカウンターの下にある低いキャビネットを開けて、大きな箱を押しこもうとしているところだった。

「ブラッドリー」ラッキーは声をかけた。「手袋を忘れたんじゃないかと思うの。カウンターに置いてなかった？」

ブラッドリーはキャビネットの扉をバタンと閉めると、大きな鍵束についた鍵でロックした。「置いてなかったと思うよ」

ブラッドリーが鍵束をデスクの下のフックにかけているときに、ラッキーはカウンターに着いた。

「まあ、ちょっと待って」ラッキーはバッグをかき回した。「ここにあったわ。ごめんなさい。ぼうっとしていて……じゃ、また明日ね」

ラッキーは手を振って、また外に出た。あの箱の中身をどうしても見たかった。あそこにはパトリシア・ハニウェルの殺人事件に関連した情報がおさめられているにちがいない——彼女のノートパソコンとおそらく携帯電話も。でも、殺人者がパトリシアを〈スプーンフル〉か他の場所に電話でおびきだしたのなら、掃除人のフロ・サリヴァンの言うとおり、いまごろ携帯電話はどこかで粉々になっているだろう。行方不明のレンタカーはすでに発見されたにちがいない。スノーフレークはとても小さな村だから、誰かが見かけて警察に通報したはずだ。

あれこれ考えながら、ラッキーはゆっくりと通りを歩いて〈スプーンフル〉に帰った。ブラッドリーをからかって愉快だった気持ちは、セージの深刻な立場を思いだしたとたんに消えてしまった。チェストナット通りの角まで来たとき、セント・ジェネジアス教会の鐘が鳴った。スノーフレークにふたつある教会のひとつで、周辺で唯一の英国国教会だった。教会の石造りの入り口を眺めた。ラッキーの両親と村の大部分の人々はその古い教会に通っていた。一七四九年に建てられた白い尖塔のある四角い建物。質素で実用的で、もっと優雅な教会に見られるような装飾は一切なかった。ラッキーはセント・ジェネジアス教会の礼拝に二度参列したことがあった——一度は結婚式で、もう一度は洗礼式で。常に開いている小さくて静かな付属チャペルのことが頭をよぎった。すぐに〈スプーンフル〉に帰る気分ではなかった。どこかにすわって静かに考えてみたい。

彼女は錬鉄の門を開けた。蝶番《ちょうつがい》がかすかにきしんだ。どっしりしたオークのドアに通じる小道はきれいに雪かきがされている。中に入ると、チャペルはしんと静かで人影もなかった。鐘は鳴り止んでいた。宙にほこりが舞っており、溶けたキャンドルの蠟《ろう》のにおいと古い祈禱《きとう》書のカビ臭いにおいが混じり合っている。ステンドグラス窓の深紅とブルーの色が木製の信徒席をまだらに染めていた。側廊のメタルラックに並ぶ小さな赤いグラスで燃えているキャンドル。ラッキーは一ドル硬貨を小さな料金箱に滑りこませると、キャンドルを一本灯し、ひざまずいて目を閉じた。大きく息を吸いこみ、頭の中のごたごたした物思いを追いだした。まず両親のために祈った。それから祖父、そして最後にセージのために。〈スプーンフル〉がどうなろうとも、つまりわたしが店の経営を続けられても続けられなくても、セージの人生は危機に瀕していた。かつて冷酷な女の犠牲者になり、今また犠牲者になりかけているのだ。

幼い頃、ラッキーは祈りの言葉が天へ漂っていくと想像していた。宇宙の蝶々のように飛んでいった祈りは必ず受け入れられるのだと。物事がとても単純明快だった子ども時代の信念を持てればいいのに。揺らめくキャンドルの炎を見つめているうちに、この数日のできごとがまざまざと脳裏に浮かんだ。何かしなくてはならない。祈りは善きことだ。でも、セージは人生をあきらめ、犯罪者は野放しになり、〈スプーンフル〉は破産するかもしれない。そうなったら、わたしもジャックも途方に暮れてしまうだろう。ソフィーがどうなるかは言うまでもない。これからするべきことは明らかだった。どんなことをしても殺人犯を見つけるのだ。

24

「誰なの？」鋭い声が問いかけた。

ラッキーは思わず飛び上がった。恐怖で背筋がぞくっとした。物思いにふけっていたので、誰かがやって来る足音がまったく聞こえなかった。

「ここで何をしているの？」

あわてて立ち上がって振り返ると、水色のスーツを着た小太りの女性がいた。薄暗いので顔を見分けるのはむずかしかった。顔は淡いブロンドに縁どられている。大きな銀の燭台《しょくだい》を片手に持ち、もう片方の手で磨き布を握っていた。アビゲイル・スタークフィールド、ドクター・スタークフィールドの奥さんだ——クリニックで見かけた女性だった。

「わ、わたし、ちょっと入ってきただけで……」

「どうやって入ったの？　チャペルは閉まっているのに」その声には怯えが聞きとれた。

「ドアが開いていました……つまり、鍵がかかっていなくて」

「見たことない方ね。信徒会のメンバーなの？」女性は少しほっとしたようで、近づいてくるとさっきよりも親しげに話しかけた。

「いいえ……わ、わたし、静かな場所にすわっていたくて……」

「ああ、そうだったの。お邪魔して悪かったわ。でも、洗礼式の用意をしているところなの。じきにたくさんの人がやって来るわよ」

「知りませんでした」ラッキーはコートのボタンをかけ、床からバッグをとりあげた。

ミセス・スタークフィールドはラッキーのジーンズとブーツをちらっと見た。チャペルに入っていったとき、ラッキーは服装についてまったく考えていなかった。これは礼拝をする場所にふさわしい服装ではないと認めざるをえなかった。

ミセス・スタークフィールドはそばまで来ると手を差しのべた。「アビゲイル・スタークフィールドです。あなたは……？」

ラッキーは握手をした。「ラッキー・ジェイミソンです。うちの家族が……両親が〈スプーンフル〉をやっていて、今はわたしが引き継いでいます」

「ああ」アビゲイルはラッキーの両親の死について思い出したようだった。「ご両親は本当に残念でしたね。それからお邪魔してごめんなさい。洗礼式は通常なら日曜の礼拝のあとに行うんですけど、ご両親のスケジュールがあわなくて。また、いらしてくださいね」

「ええ、そうします。ありがとう。美しい教会ですね」

アビゲイルはにっこりした。その顔立ちにはどことなく母親を思い出させるところがあった。しかし、その印象は一瞬にして消えたので、ラッキーはその思いを頭から追いだした。

「この教会をとても誇りにしています」アビゲイルは答えた。

ラッキーはアビゲイルの手の燭台に目を向けた。アビゲイルはその視線に気づき笑った。

「磨いていただけよ……きちんと用意しておこうと思って」

ラッキーはうなずいた。「そろそろ失礼します。お会いできてよかったです」

「こちらこそ。それからびっくりさせてごめんなさいね」

ラッキーは微笑んだ。「いえ、全然かまいません。ご心配なく」そう言いながら礼拝堂を出て、そっとドアを閉めた。

外に出ると風が髪に吹きつけ、凍りついた木々をしならせていた。帽子をかぶると、さらにきつくマフラーを巻きつけた。こういう状況では神の力に多少すがってもかまわないだろうが、それでも問題を解決するためにできる限りのことはするつもりだった。ネイトがセージを犯人として立件するつもりなら、他にハニウェルに死んでほしいと願っていた人物を探すのは自分の役目だ。

ラッキーは〈スプーンフル〉に通じる路地から近道をした。嵐以来ようやく雪かきがされていた。レストランの裏の狭い駐車場にネイトのパトカーが停まっているのを見つけて、ラッキーはうめき、足を速めた。またもや恐ろしいことが起きたの？　それともまさかジャックがまた発作を起こしたんじゃ？　オーバーオールを着てこてを持った男が、大型ゴミ容器のかたわらで四つん這いになっていた。パトリシア・ハニウェルの死体が発見されたあたりの雪と氷を慎重に削りとっている。せめてもの救いは、みんなの目につくレストランの正面にパトカーを停めなかったことだ。それは重要なことだ。お客たちはまだ戻ってきていないが、〈スプーンフル〉の裏でまたぞっとするものが発見されたなどという宣伝は遠慮したかった。

鑑識官の隣に立っているネイトは体を暖めようと熱心に足踏みをしていたが、ラッキーが近づいていくと振り向いた。

「何が起きているんですか、ネイト?」

「リンカーン・フォールズの警察から鑑識官に来てもらったんだ。他に証拠が埋まっていないか確認したいと思ってね。春が来て雪が融けたときに意外なものが出てきたら困る」ネイトは足踏みをしながら答えた。「留置人を訪ねたそうだね」

ブラッドリーはさっそくご注進に及んだのだ。ラッキーはうなずいた。

「ええ、彼の食事も運んでいます」スノーフレークで最高のシェフをネイトが逮捕したことに対して恨みがましい口調にならないように気をつけた。セージを留置場から出してもらい、〈スプーンフル〉を以前のようにお客で一杯にしたいなら、ネイトを敵に回さない方が利口だ。

「そうだわ、コーヒーでもいかがですか?」ラッキーはたずねた。「寒くて凍えそうでしょ」

鑑識官は彼女の提案に期待のこもった視線を向けた。ネイトは暖めようとして手に息を吹きかけた。「ああ……ありがとう、ラッキー。それはありがたい」

「すぐ運んできますね——それとも中にお入りになります?」

「いや、このまま作業を続けるよ。もうすぐ終わるはずだから」

ラッキーは〈スプーンフル〉の裏口を抜け、厨房に向かった。「ハイ、ジャック」

「やあ、おかえり」ジャックは大きな笑みを浮かべてハッチに近づいてきた。

「ネイトと連れの人にコーヒーを持っていってあげるって約束したの。外で凍えそうに見えたから」

「それはいいね」

ラッキーは丈夫な紙コップにコーヒーを注ぐと、クリームと砂糖を添えてボール紙のトレイにのせ、駐車場に戻っていった。トレイをパトカーのボンネットに置くと、ネイトは砂糖ふたつとクリームをカップに入れた。鑑識官はゴミ容器周辺の氷を掘り続けている。ラッキーはポケットに手を突っ込むと、さりげなくたずねた。「何か特定のものを探しているんですか？」

ネイトは低い声で言った。「いや。手抜きをせずにやっておきたいだけだ。何ひとつ見逃したくないんだよ」

「もう片方のイヤリングはどこかで落ちたんですよね？」ラッキーは思い切って質問してみた。

「どうしてそれを……なぜそう思うんだね？」ネイトは相手をすくみあがらせるような鋭い視線を向けてきた。ラッキーも震え上がったが、これはネイトと話すには絶好のチャンスだったし、うまくいけば彼の口を開かせることができるかもしれない。熊の小道通りの家を調べたことがまだばれていませんように、と心の中で祈った。

「死体を見つけたときのことを覚えてますから。イヤリングをひとつだけつけていた……たしか右耳に。でも、もう片方の耳にはつけていなかったんです」

「ラッキー、事件についてきみと話すわけにいかないのは知ってるだろう。この事件を村じゅうで噂話のネタにされたくないんだ」

「わたしがそんなことをすると思います？　もっと信用してください、ネイト」ブラッドリーこそ、とんでもないゴシップ屋だということに気づいてくれればいいのに。

ネイトはコーヒーを飲むと、氷を削っている鑑識官の方に視線を向けた。

「ところで彼女の携帯電話は見つかりました？」ラッキーはさらに追及した。

「ラッキー」頭に穴が空きそうなドリルのような視線が向けられた。「同じことを言わせないでくれ」

「はいはい、わかりましたよ」ラッキーは黙りこんだが、どうしても、もうひとつ質問するのをこらえられなかった。

「彼女のレンタカーはありました？」

ネイトは返事をしなかった。

せっぱつまってラッキーはもう一押しした。「ねえ、ネイト、お願いですから情報を教えてください」

ネイトは重いため息をついた。「見つけたよ。レキシントン・ハイツに通じる道路脇にあった」

ラッキーは勢いづいた。「じゃあ、殺人犯は死体をここに捨ててから、車を別の場所に乗り捨てたってことですね？」期待をこめてたずねた。だとしたら、〈スプーンフル〉は犯罪現場だという不名誉から逃れられる。

ネイトの顔から表情が消えた。その謎めいた表情からすると、ラッキーの考えていることを見抜いたようだ。

「ネイト、セージにどういう動機があるっていうんですか？」

「彼にたずねればいい。ともかくそれについて話すわけにはいかないんだ」

おそらくネイトは、ハニウェルとの過去に基づいてセージを逮捕したのだろう。その過去についてもう知っていることを話すつもりはなかった。ここは慎重に行動した方がよさそうだ。

「ところで、ジャックはセージが犯人だとは信じていないんです」ラッキーはネイトをいらだたせることを承知で口にした。もっとも、レストランが事件のせいで打撃を受けたことを申し訳なく感じ、腹を立てないのではないかと期待したのだが。

「それはたいしたもんだ。きみのおじいさんのことは心から尊敬している。これまでもずっと敬意を抱いてきた。きみもそのことは知ってるね。それにセージがきみの家族の店で数年以上働いていたことも考慮に入れている。ただし……」

「ただし、何ですか？」

「善人でも殺人を犯すことがあるんだ」

「この場所で彼女が殺されたとは確信していないんですよね？　それに」彼女は鑑識官の方を示した。「これでそれが裏付けられるかもしれない」

オーバーオール姿の男は立ち上がりネイトの方を向いたが、ラッキーがまだそこにいるのに気づき、しゃべっていいものか躊躇した。彼はネイトに向かって首を横に振った。「何も」

「わかった。では撤収しよう」ネイトはラッキーの方を向いた。「邪魔したがそろそろ失礼するよ」

ラッキーは〈スプーンフル〉の裏口に通じる階段を上がった。「いちおう言っておきますね、ネイト。わたしはジャックの意見を信用しています。あなたはとんでもないまちがいをしていると思うわ」

ネイトは彼女の言葉に目を上げようともしなかった。パトカーの運転席にさっさと乗りこむと、鑑識官が道具をしまい、オーバーオールを脱ぎ、それらをトランクに放りこむのを待っていた。鑑識官はすでに冷えてしまっているにちがいないコーヒーをつかむと、助手席に乗りこんだ。彼がシートベルトを締めるなり、ネイトは後ろも見ずに走り去った。

ラッキーはパトカーが路地を曲がりブロードウェイに出るまで見送っていた。震えながらあわてて中に入ると、クロゼットにコートをかけ、スノーブーツを脱いだ。厨房ではおいしそうなものがぐつぐつ煮えていた。ローファーをはくと、廊下を進んでいった。電気鍋の蓋を開けて中身をのぞいた。ジャックはセージのベーコン入り豆とオオムギのスープを温めておいたようだ。大きなパンがオーブンで温められている。ジャックはハンクとバリーといっしょに隅のテーブルにすわり、またもやチェスのゲームを熱心に観戦していた。ラッキーの足音を聞いて顔を上げ、ゆっくりと椅子から立ち上がると、厨房のハッチに近づいてきた。ジャックは背中が痛むらしい。ラッキーにはわかった。

「大丈夫、ジャック？」ラッキーは気遣った。

「大丈夫さ。年老いた骨のせいなんだ。ずっとすわっているのがよくないんだよ。忙しく動き回っている方がいいみたいだな。シェフはどうしていた？」

ラッキーは悲しげに微笑んだ。「落ち込んでいるみたい――当たり前だけど。食べ物を運んでいったけど、食べることにあまり関心がないみたいだったわ」

「何か話してくれたかい？」

ラッキーはかすかに首を振り、ハンクとバリーが隅のテーブルにいることを思い出させた。

「いろいろとね。でもあとで話すわ」彼女は声をひそめた。「二人だけになったら」

ジャックはうなずいた。「何か事情があるとわかっとったよ。あの日わかったんだ――ネイトがセージを連れていった日。反論しようともしなかったし、驚いたそぶりも見せなかった」

「まさか犯人だと思っているんじゃないでしょうね？」

「彼という人間を知らなかったら、そう思っただろう。だがわしらは知ってる。食べ物のことをあれほど本気で考えられる人間が……いや、それは絶対にないだろう。ただわからんのは、ネイトがあんなに急いで逮捕したことだ」

「もう食事はすませた？」

ジャックはかぶりを振った。「チェスを勉強するので忙しかったんでね。おまえを待っていようかと思って」

「全員にスープを運んで行ってもいい？　ハンクとバリーにスープをごちそうするわ——少なくとも忠実なお客さままでいてくれるんだし」

ジャックはうなずいた。「わしがテーブルをセットしよう」

ラッキーは大きな丸いトレイをとってきて、ずっしりしたボウル四つを並べてスープを盛りつけた。温めてスライスしたパンをバスケットに入れ、小さなバター皿を添えた。

「おい、ラッキー——金は払うよ」大きなテーブルに移動しながらバリーが言った。「ここで慈善事業をする必要はないんだ」

「いいのよ——なんなら次回に。今日は来てくれたことへのお礼よ」ラッキーはせっせとパンをちぎってバターを塗っているジャックの方をちらっと見た。ジャックがまだ元気でいてくれることで、神に感謝を捧げた。この世でまったく独りぼっちだと知ったら、どんな気持ちだろう。レミーを心から気の毒に感じた。兄が一生刑務所に入るのではないかとひどく動揺したにちがいない。そもそもレミーはきちんと独り立ちできていなかった。この世の中で彼にはセージしかいないのだ。

ラッキーはテーブルを見回した。スープのスプーンを持ち上げると言った。「セージに」テーブルの全員がそれにならった。「すぐに〈スプーンフル〉に戻ってこられますよう

落ち込んでいた。ちょっと顔を出して、

ラッキーは首を振った。「あまり元気じゃないわ。落ち込んでいた。ちょっと顔を出して、あなたも味方だって伝えてあげたらいいんじゃないわ。

「それはいい考えだ。村じゅうの人間がこそこそ噂をして、腫れ物に触るように彼の話を避けている。かわいそうに、あいつはつまはじきにされていると感じているかもな。あいつの立場だったら、どんな気分になるか想像がつくよ。おれだったら鉄格子に嚙みついて、泣き叫ぶだろうな」

「いちばんぞっとしたのは、セージがあきらめているらしいこと。今日、そのことがいちばん気になったわ」

「あきらめている？」バリーが繰り返した。「自分を弁護する方法がわからないのか、それとも誰にも信じてもらえないと絶望しているのか？」

「両方だと思う」

バリーは首を振った。「わけがわからないよ。セージは物静かで引っ込み思案で、絶対に人に迷惑をかけたりしなかった。村でかわいらしいガールフレンドといっしょのところを見かけたが、とても幸せそうだった。ハニウェルみたいな性格の変わった女を追いかけ回すような男じゃないよ」

「ええ、そうよね」ラッキーは答えた。セージとあの殺人の被害者とのあいだの過去をうっかりもらしたら、あっという間に村じゅうに噂が広がることは目に見えている。セージが打ち明けてくれたことは誰にも言うことはできない。でも、話せたらいいのに。彼がどういう目にあわされたかを知ったら、みんな、もっと同情してくれるはずだわ。

バリーはパンをちぎった。「ネイトが裏にいるのを見かけたよ」誰かが情報を補ってくれるのを期待するように話題を出した。

「ええ」ラッキーはため息をついた。「鑑識官といっしょだった」

「あそこで何を掘り返していたのかな？」

「ネイトは教えてくれなかった。でも、あそこで彼女が殺されたのか、たんに捨てられたのか、はっきりさせようとしていたにちがいないわ。個人的には後者だといいんだけど」

ハンクが言った。「それだったら、〈スプーンフル〉にとってずっといいよな」

「たしかに」バリーが同意して、パンを最後に残ったスープに浸した。「地元の人間が店に来ないのはひどいと思うな。恥を知るべきだよ。そのくせ、村で企業買収があると真っ先に文句を言うのは連中だぞ、まちがいなく。急いで行動に出ないと、立ち寄る地元の店がなくなって、みんな泣き言を言う羽目になるだろう」バリーはハンクに言った。「知り合い全員に声をかけて、また足を運ぶように勧めるべきかもしれないな」

「そのとおりだ。万一〈スプーンフル〉がつぶれたりしたら、方々から嘆きの声があがるぞ。観光客はな――あいつらは何もわかってないが、地元の連中は恥ずかしく思うべきだ。今日の午後にでも、さっそく電話してみるよ」ハンクは立ち上がってコートを着た。

バリーも椅子から立ち上がった。「ランチをごちそうさま、ジャック、ラッキー。明日もまた来るけど、今度は絶対お勘定を払うからな。ごちそうするなんて、もう言わないでくれよ」

二人が帰ってしまうと、ラッキーはお皿を厨房に運んでいった。ジャックはそれをゆすいで食器洗い機に入れた。片付け終わると、ジャックはスツールをひっぱり出してカウンターの前にすわった。「で、どうだったんだい？」

ラッキーはセージの話を要約してジャックに話した。話し終えるとジャックは口笛を吹いた。「知ってたよ」

「どういうこと？」

「セージがおつとめをしたことは知ってた」

ラッキーは目を丸くした。「どうやって知ったの？」

「ラッキー、わしは人生の大部分をありとあらゆる人間といっしょに過ごしてきたんだ。おまえの両親にはそれについてひとことも言ったことはない。だが、わしにはわかった。彼の歩き方のせいだ」

「歩き方？」

「そうとも。わかるんだよ。足をひきずりながら視線を床に向けて歩く癖はなかなか抜けないものだ。わしにとっては『服役したことがある』と伝えてるも同然だった」

「なのに、それについて一度もたずねなかったの？　お父さんとお母さんにひとことも言わなかったの？」

「ああ――その必要はなかった。念のため、しばらく目を光らせていたが、この男は大丈夫という結論を出したんだ。それっきり心配しなかった。それに彼みたいなシェフを雇えて、わしらはとても幸運だった」

ラッキーは微笑むと祖父のざらざらした頰をなでた。「あなたには驚かされることばっかりだわ、ジャック。そのこと、自分でわかってる？」

ジャックはにやっと笑い返した。「マージョリーとセシリーも今朝来たんだ――おまえが警察に行っているあいだに。心配しなくて大丈夫。みんな戻ってくるよ。ネイトがまちがった人間を逮捕したと気づいたら、すべてまた元通りになるさ」

正面ドアが開いて閉まる音がした。ジャックはハッチからのぞくと、ラッキーを振り返ってささやいた。「噂をすれば影だ、ネイトだよ」

ラッキーは眉をつりあげた。

「誰かいるかな？」ネイトが叫んだ。

「どうぞ入ってくれ」ジャックが応じた。「すぐ行くよ」ジャックは厨房を出て、カウンターのネイトのところに行った。

「食事をしようと思って寄ったんだ。営業しているかい？」

「かろうじてね」ジャックが答えた。「何にするかい？」

「今日はチリがあるかな？」

「すぐできるわ」ラッキーが叫んだ。彼女は注文の品を用意し、ボウルをハッチから出した。ネイトの声が聞こえてきた。「店に寄って、あんたに会いたかったんだ、ジャック。ちょっと二人だけで話せるかな？」

ラッキーは口を出さないことにした。ネイトの父親は若くして亡くなったので、父親の古い友人であるジャックはずっとネイトに目を配ってきたのだ。警察に入るように励ましたのは、ジャックだった。

オフィスの電話が鳴りだした。ラッキーは廊下を急ぎ、オフィスのドアを開けた。受話器をひっつかんだ。

「一時間でここに来られる？」ソフィーの声だった――前置きなし。

「ああ……もちろん……大丈夫よ。ジャックが一人で大丈夫かどうか確認してからだけど」

「よかった。話をしてほしい人がもう一人いるの」

「どこで待ち合わせればいいの？」

「わたしはあと数分でプライベートレッスンが始まるの。同席できないけど、スキーショップに行って、チャンスを呼びだして。彼にあなたが来るって伝えてある。友人なの」

「わかったわ」とまどいながら答えた。どうして頼んでもいない情報を警察ではなく、わたしに伝えようとしているのだろう、とラッキーは不思議だった。まさか喜んで嘘をつく人々にわたしを会わせようとしているんじゃないわよね？　二人のあいだのわだかまりはとけたけど、セージが留置場から出るためなら手段を選ばないつもりなのだろうか？　ラッキーはその考えを押しやった。ソフィーは欠点もあるし、少し嫉妬深いかもしれないけど、他人に偽情報を強要する真似ができる人間じゃない。最終的に、集めた情報を持って警察に行けばいいだけよ。それに、それがいちばん正しいことだわ。

「チャンスを呼びだしてね。あと一時間しか彼は店にいないから」

ラッキーはため息をついた。「わかったわ。だけど、ソフィー、ただのゴシップでしょ。それがセージのためになるのかどうか自信がないわ」

「ゴシップ以上のことなの。すぐわかるわよ。ハニウェルはとても忙しい女性だったのよ——そして、淑女とはほど遠い人だったの」ソフィーはせせら笑うように言うと電話を切った。

店内から話し声が聞こえてくる。ラッキーはコートを着てブーツをはくと、店をのぞいた。

「ジャック、ちょっと出かけてくるわ。あとでまた戻ってくる」

ネイトはぴたっと口を閉じた。

「じゃあ、またあとで」ジャックは手を振った。

ソフィーの電話はいいタイミングだった。ネイトはラッキーの前ではしゃべるつもりがないことをジャックに打ち明けているにちがいない。もしかしたらセージを逮捕したことを考え直そうとしているのかも、とラッキーは期待した。

25

チャンスは長身で筋肉質の男性だった。上腕二頭筋がセーターの下で盛り上がっている。黒い髪をポニーテールにしていた。ラッキーが商品に興味があるふりをして店内を歩き回っているあいだ、チャンスはカップルの接客をしていた。あきらかに都会から来た連中で、最新の装備と付属品を買いたがっていた。お客に次から次へと高価な品を見せながらしゃべっているチャンスの言葉に、ラッキーは耳をそばだてた。雄弁なセールストークを十分ほどしたあとで、購入品をレジに打ちこみ、まばゆいほどの笑顔でチャンスは二人を出口まで送っていった。

彼は気づかないうちにラッキーの横に戻ってきた。「いらっしゃいませ、チャンスと申します。どういうものをお探しですか？」彼の微笑はスキーショップでは手に入らないものでも、いろいろ提供できますよとほのめかしていた。日差しが彼の顔に当たった。目の周囲の皺と数本の白髪がはっきり見てとれ、最初の若々しい印象がぶちこわしになった。

ラッキーはにっこりした。「ソフィーがあなたに会うように言ってきたの。パトリシア・ハニウェルについて情報を持っているそうね」

彼の微笑がすっと消え、冷たく用心深い目つきになった。「じゃ、きみがラッキーなんだね？」

彼女はうなずいた。

「きみになら話すけど、それ以外はだめだってソフィーに言ったんだ。彼女にどうしてもって言われてね。彼女がどうやってぼくとパトリシアのことを知ったのかもわからない」しばらく考えこんだ。「ああ、そうかジョシュだ。なるほどね。畜生、あのガキには口を閉じていることを教えてやった方がいいな。ぼくは逮捕された男のことは知らないんだ。会ったこともない。でも、ソフィーにとっては大切な人らしいな」

「わたしにとっても大切な人なの。うちで働いているのよ」

「へえ、そう。それってどこ？」

「〈スプーンフル〉よ。うちのシェフなの」

「本当に？　ああ、きみの店のことは聞いたことがあるよ――おいしいって評判だ。まだ行ったことはないけど」

「すばらしい店よ」ラッキーは誇らしげに断言しながら、自分でも驚いていた。「でもセージが釈放されなかったら、長くもたないかもしれない」

「わかったよ」チャンスはディスプレイのベンチにすわるとラッキーを正面から見つめた。すっかりビジネスライクな態度になっていた。「何を知りたいんだ？」

「あなたは彼女と会っていたの？」

彼は肩をすくめた。「まあね。ときどき。定期的じゃないし、真剣でもない。だけど、相手はぼくだけじゃなかったんだ」

「他に誰と会っていたか知っている？」

「ああ、あのガキのジョシュとも遊んでいた——それは知っている。だけど、ぼくたち二人だけじゃないと思うね」

「真剣な人がいた？」

チャンスは宙を見つめた。「正直なところ、ぼくやジョシュはただの見せびらかす相手なんじゃないかといつも感じていた。彼女はどちらにもたいして興味を持っていないんじゃないかって」

「どうしてそう思ったの？」

「誰かを嫉妬させるために利用されているんじゃないかって感じたんだ。ほら、ハイスクールでよくあっただろう。本当に気がある男の子を振り向かせるために、別の男の子が好きなふりをする」

「その誰かは、決断を下せない優柔不断な人？　それとも決断する自由がない人？」

「そうだなあ、たぶん既婚者、金持ちの既婚者だな。もっとも金が動機とは思わないけどね。彼女は自分の金をたんまり持ってたし。それに過去にはミスター・ハニウェルが二人いたってことも知っている」彼は悲しげに笑った。

「誰に焼き餅を焼かせようとしていたか見当がつく？」

チャンスは肩をすくめた。「さあね。どうでもいいよ。そのことで一度彼女をからかったことがあるんだが、しゃべろうとしなかった。誰にしろ、彼女にとって大切な人だったにちがいない。とても口が堅かった。地元の人間かもしれないな」

「どうして？」

「それ以外にスノーフレークにいる理由があるかい？　悪くとらないでくれ。ぼくはこの土地が大好きだが、彼女ならどこでだって冬を過ごせるんだ」チャンスは目をぐるっと回して肩をすくめた。「金は腐るほど持っているんだから――スイスのグシュタードでスキーすることだってできた。どうしてここなんだ？　言っとくけど、ソフィーがそうしろって言うからきみに話しているだけなんだぞ。警察にあれこれ嗅ぎ回られ、質問され、あげくに商売をだいなしにされたくない。ここではおいしい契約を結んでいるんだよ。冬じゅうスキーがただでできるし、商売も繁盛している。刑務所にぶちこまれるのはまっぴらだ」

ところが、今この瞬間も、パトリシア・ハニウェルと関わらなかったセージが留置場にいるんだわ、と思ってラッキーは憂鬱になった。人生は不公平だ。チャンスは天才的な嘘つきか、亡くなった女性に特別な気持ちなんてこれっぽっちもなかったにちがいない。ジョシュはまだ若く無垢《むく》で、ハニウェルにもてあそばれているだけだと知って傷ついたのだろう。

「じゃあ、彼女が大切に思っていた人がスノーフレーク村にいたと考えているのね？」

「それ以外に彼女みたいな人がリゾートのしゃれたスイートに泊まらない理由があるかい？　どうして村に滞在していたんだ？」

「他に思い出せそうなことはある？　そのときは重要に思えなくても、彼女の言葉や行動で何かない？」

チャンスは肩をすくめた。「そういえば、ある晩、レストランで本部のお偉いさんとディナーをとっているのを見かけたな」

「え、本当？　誰と？」

「リードっていうやつだ。だけど、二人はわけありじゃない気がしたけどね」

「どうして？」

「うーん」チャンスはちょっと考えこんだ。「顔を近づけて話していたけど、ビジネスの話みたいに見えたんだ。遠くからちらっと見かけただけだが、どちらもあまり楽しそうには見えなかった。ま、ぼくは二人のそばに近づく気はなかった」

「他には——他に誰か思いつかない？」

チャンスは首を振った。「いや。ないと思う。忘れないでほしいんだが、ぼくたちはしょっちゅう会っていたわけじゃないんだ。一度も彼女の家を訪ねたことはない——退屈すると向こうからうちにやって来た」

「わかりました」ラッキーはコートのボタンを留め、帰り支度をした。「何か思いついたら——何でもいいので、電話をもらえます？」

まばゆい微笑が戻ってきた。「いいとも。じゃあ、電話番号を書いて」カウンターに歩いていきメモ用紙を持って戻ってきた。ラッキーはフルネームと〈スプーンフル〉の電話番号を書いた。「わたしか祖父のジャックが出ると思うわ」

チャンスはラッキーが書いた電話番号を眺めた。「おじいさんよりもきみと話したいものだな」

またにっこりしながら、値踏みするようにラッキーの全身に視線を這わせた。ラッキーはえりを立てると、ドアに向かった。チャンスは知るよしもなかったが、ラッキーは彼にまったく魅力を感じなかった。あまりにも調子がよすぎる――心を惹かれるタイプの男性ではなかった。

「ありがとう、チャンス」戸口で振り返った。「本当に。話してもらってとても感謝しているわ」

チャンスは無言で片手を上げ、ラッキーは寒さの中に出ていった。

「誰かに発見されるまで、怪我をしたまま何日もそこで倒れていたかもしれないんだぞ。それにどうして家にいたのは殺人者じゃないと思うんだね――じゃあ、おまえを階段から突き落としたのは誰なんだ？」

ジャックはサンドウィッチを押しやると、孫娘が階段をころげ落ちる光景を締めだそうとするかのように額をこすった。食べ物をおなかに入れてリラックスしたところで、ラッキーは熊の小道通りの家での冒険を話すことにしたのだった。

「ネイトと何を話していたの？」

「話題を変えるんじゃない」

「彼は考え直したの？」

ジャックは唇をぎゅっと引き結んだ。「わしだけに打ち明けたんだ」

ラッキーは泣き落としにかかった。「ジャック、お願いよ！」

「ラッキー。ひとことも口外しないと約束したんだよ。だからできない。捜査は終わっていないが、彼は相変わらず真犯人をつかまえたと信じているとだけ言っておくよ」

「やだ」ラッキーはうめいた。「いい知らせじゃないわ」

外では風が強くなり、レストランの窓に乾いた雪を妖精の粉のように吹きつけている。天気予報の暖かくなるという約束はまだ実現していないようだ。霜に覆われた窓でネオンサインがけなげに瞬いていた。〈スプーンフル〉はお客が誰も来なくても、店を開けていた。

「おまえはわしの気をそらそうとしているだろう。そんな手は通用せんぞ」ジャックは不機嫌に言った。「誰があの家にいたか考えるのも不愉快だ。おまえといっしょに行くべきだった。わしもいろいろ足りないところがでてきたが、まだ体は頑丈だ。今後そういうことをするなら、わしに知らせると約束してくれ。そうしたら、いっしょについて行くよ」

ラッキーが待っていたきっかけを与えてくれた。「実を言うとね、手伝ってもらいたいことがあるの」

「言ってみろ。いつでも聞くぞ」

「あの家にいた人間は何かを必死に探そうとしていた。最初に寝室に入ったとき、少し散らかっていた。ベッドはメイクされてなくて、いくつかのものがころがっていた。でも、フロとわたしが上に行くと……」

「誰だって？　フロ？　フロ・サリヴァンがそこにいたのか？」ジャックは愕然とした顔になった。

「ああ、そのこと、言うのを忘れていたわ。フロがわたしを見つけてくれたの。エリノア・ジェンセンに頼まれて貸し家の掃除をしているのよ。意識を取り戻したとき、彼女が横にひざまずいていて、上に行くのに手を貸してくれたの」

「なるほど」ジャックは低い声で言った。「そうか……そういうことか」

「あなたのことも訊かれたわ」ラッキーはまじめくさった顔でつけ加えながら、ジャックがどんな反応を示すか見逃すまいとした。

「わしは三週間前に死んだと言ってくれたらよかったのに」

ラッキーはふきだすのをこらえながら、祖父にやさしく笑いかけた。

「相変わらずハンサムかって訊かれたわ」

「ああ、神さま、あの女をわしに近づけでください。彼女がここで働いていたときは、逃げるのに手こずったもんだ。食品貯蔵室で何度も追いつめられそうになった。彼女の狙いはわかってるよ——花婿探しだ。だが、わしにはその気はないんだ。そう言ったんだが……」

「ジャック、大丈夫よ。心配いらないわ。彼女も過去のことはもう忘れていると思う」ジャックはかなり動揺しているようだった。

「ふん。どうだか。でもともかく……すまない、話の腰を折って。最後まで聞かせてくれ」

「で、上に戻って寝室をのぞいたら、めちゃくちゃになっていたの。床にアクセサリーが散らばり、引き出しは開けられて中身がひきずりだされ、マットレスとボックススプリングまでベッドからはずされていた。いろんなものが部屋じゅうに散らばっていたの。何者かが大急ぎで、そこにあるはずだと思ったものを探そうとしたのよ」

ジャックが顔をしかめたので皺が寄った。「彼がすでに家にいて探していたところに、おまえが入っていって邪魔をしたと考えているんだな」

「たぶん。さもなければ鍵を持っていたか窓から入ってきたので、物音に気づかなかったのかも。家はとても大きいの。外側からは見えないけど、地下にも寝室があるのよ。もしかしたら彼は警察がすでに調べたことを知らなかったのかもしれない。あるいは、とても追いつめられていて、一か八か賭けてみたのかもね。何を探していたにしろ、警察がまだ見つけていないと期待するだけの理由があったんじゃないかな」

「ラッキー、それだけじゃ、そいつは彼女を知っていた人物、あるいは彼女が何者かを知っていた人物ということしかはっきりわからないよ。必ずしもあの家に詳しくて、何があるかを知っていた人物だったとは限らん」

「そのとおりね。さまざまな可能性があるわ。だけど、わたしが着いたときにすでに誰かがいた、ってことには賭けてもいいわ」部屋を歩き回っているあいだ誰かに見張られていて、あとをつけられていた、その何者かは身を潜めて襲いかかる機会をうかがっていた。そう想像するとと身の毛がよだつ思いがした。最初にドアを開けたとき、誰かいますか、とつい叫びそうになったことを思いだした。一人ではないとピンときたのだろうか？　もっと五感を研ぎ澄ますべきだった。

「あそこにあるべきなのに見つからないものがいくつかあるの。たとえばノートパソコンとか携帯電話。エリノアによるとネイトはもう家を捜索しているので、たぶん持っていったんだと思う。もしかしたら彼女の車の中にあったのかも。ところでネイトは車を見つけたけど、車内に何があったかを教えてくれないのよ」

「おまえにそんな真似をしたやつを懲らしめてやりたいよ。それに」とジャックはラッキーに指を突きつけた。「一人で行くなんて無謀だった。もしかしたら殺人者と鉢合わせしていたかもしれないんだぞ。そいつが何を探していたかは永遠にわからないかもしれないな」ジャックは皿を引き寄せると、両手でローストビーフサンドウィッチをつかみ、がぶりと大きくかじった。

「そこなのよ。それで力を貸してもらいたいの。警察署にいたとき、『ハニウェル』と書かれたボール紙の保管箱を見かけた。その箱にはネイトが最初に家を調べたときに持ってきたものが入っているにちがいないわ。衣類とか化粧品とか、あとで荷造りして送るものは残されていた。でも、ハニウェルの過去と現在の手がかりになるものを警察は探していたにちがいない……誰が彼女を殺したかを解明する手がかりをね。だからその箱を調べてみたいの」

「すごいぞ、わしの孫娘だけある。ただし、どうやってそれをやるつもりだ？　ネイトに笑顔で感じよく頼むのか？　そうしたらおまえの好奇心を満たすために箱をひっかき回させてくれるのかね？」ジャックは皮肉っぽく言った。

「よく言うわね。いいえ、わたしが考えていたのはそういうプランじゃない」

「よかろう、聞こうじゃないか」

ラッキーは大きく息を吸って考えをまとめた。「もし……もしネイトが外出していたとするわ。よくあることでしょ。そうしたら警察署にはブラッドリーが一人だけになる。ほんの五分か十分、ブラッドリーを署の外に誘いだすことができたら？　たぶんそれだけあれば充分だと思う」

「で、箱がもうそこになかったら？　鑑識が持っていってしまってもう見つけられなかったらどうするんだ？　それもブラッドリーが警察署の外にいるという前提でだよ」

「ブラッドリーがカウンターの下の大きなキャビネットに箱を押しこむのを見たの。キャビネットの扉は鍵でロックしていたわ」

「で、その鍵はどこに保管してあるんだね？」

「受付デスクの下のフックに鍵束がかけてある」

「ううむ」ジャックは考えこみながらあごをなでた。「どうだろうな。そんなふうにネイトの邪魔をしたくない」

「うまくやれば、彼には絶対わからないわよ。問題はないでしょ？　鑑識はもうすべて調べたんだから。何も持ちだすつもりはないわ。ただ何が箱に入っているか見たいだけ」

とうとうジャックは目を輝かせて顔を上げた。「よしわかった。いいだろう。だが、何も持ちださないと約束してくれよ——なんといっても証拠品なんだからな、ラッキー。証拠隠滅とか捜査妨害とかの罪に問われるかもしれない——よくわからないが。さてどうしたものか……」ジャックは言葉を切り、どういう手を使うべきかと考えこんだ。

「鑑識が調べるような証拠は別の容器に入っているはずだわ。だから箱の中に何があるかわからない。でも、何かしないではいられないの。セージが有罪になる前に何か手を打たなくては。もしかしたら携帯電話が入っているかも。そうしたら、いちばん最後の通話記録を調べてみる。まだ名前が出ていないスノーフレークの誰かにつながるかもしれない」

「そうだな」ジャックはナプキンで口をふいた。「うまくいくかもしれないアイディアを思いついたよ。たぶん十分ぐらいしか稼げないが。それで充分かな？」

ラッキーはうなずいた。「どうにかするわ」

ジャックは低く笑った。「沖縄で備品室に押し入ったときのことを思い出すな。この話はもうしたかね？」

「ええ、ジャック、聞いたわ」ラッキーは辛抱強く答えた。

「じゃあ、わしもいかれた老いぼれになったようだ。同じ話をくどくど繰り返して。さて出発しよう。まだ二点鐘（十三時のこと）を過ぎたばかりだ——絶好のタイミングだ。わしが警察に電話してネイトを呼びだす。彼がいなければ、車で出発しよう。おまえはわしの指示どおりに動いてくれ」

26

ジャックは村の反対側まで運転していき、それから〈スプーンフル〉に戻るかのようにグリーン通りを走りだした。この通りはブロードウェイと同じぐらい広い二車線で、車線のどちらの側にも駐車する余地があり、高い雪の土手ができている。警察署の真ん前では歩道から通りまで雪かきがされていた。ジャックは端まで行くと引き返し、またもグリーン通りを走りはじめた。ラッキーはどうして行ったり来たりしているのだろうと不思議だったが、祖父のことはよく知っていたので質問はしなかった。

「シートベルトはしているね？」ジャックがたずねた。

ラッキーはうなずいた。

「じゃあ、しっかりつかまって」ジャックは速度を落とした。バックミラーをチェックする。後方には車がいなかった。ジャックは雪の土手から延びている雪かきされた小道を過ぎたところで、いきなり停止した。ラッキーの方を見て、シートベルトを締めているかをもう一度確認すると、ギアをバックに入れてアクセルを踏みこみ、車の後部から警察署の正面の雪の土手に突っ込んだ。

ラッキーは目を見開いた。ちらっとジャックを見て、わざとそんな真似をしたことを知った。

ジャックはにっこりしてラッキーに言った。「おやおや。なんてことをしてしまったんだろう。スタックしてしまったよ」ジャックは派手なウィンクをした。彼はギアをドライブに入れ、ブレーキに足を乗せたままエンジンをふかせた。ジャックは首を振った。「スタックだ。ブラッドリーが手を貸してくれると思うかね？」

ラッキーは大きな微笑を浮かべた。「そうね、ジャック。きっと手伝ってくれるわ。中に行って訊いてくる」

シートベルトをはずすと車から降り、凍りついた雪の土手をよじ登った。階段を駆け上がって、正面ドアを押し開ける。ブラッドリーはカウンターにいて、またもやこそこそと電話をしている最中だった。ラッキーは疑いのまなざしを向けた。殺人事件のあとすぐにテレビクルーがレストランまでやって来たのは、ブラッドリーのせいにちがいない。ラッキーを見るとブラッドリーは咳払いして、わざとらしいほど堅苦しい口調で言った。「それについてはコメントを出せません。お電話があったことは署長にお伝えします」大急ぎで受話器を置いた。

ラッキーはとても心配そうな表情をこしらえた。「ブラッドリー、祖父が外にいるの。ちょっと手を貸してもらえない？　足がブレーキから滑って、車が雪の土手にはまりこんじゃったのよ」

ブラッドリーは唇をとがらせた。「申し訳ない。ぼくはデスクを離れられないんだ。ネイトがいないから」

「ほんの一分ほど手を貸してもらえればいいのよ。ちょっと押してもらえれば、きっと車を動かせるわ。病院の予約に遅れかけているの」ラッキーはだめ押しでつけ加えた。それから共謀するようにささやいた。「医者に行くのを承知させるのにさんざん苦労したのよ。予約はキャンセルしたくないの」

「誰かが電話してきたらどうするんだ?」

「じゃ、わたしがここに残っていて、電話が鳴ったら出るわ」

「ネイトが電話してきて、ぼくが署を離れていると知ったら、くどくど説教するにちがいない」

「任務を放りだして離れるわけじゃないわ。ガラスドアのすぐ外にいるんだから。何かあれば、わたしが呼びに行くわよ」

ブラッドリーはいくつかの可能性を頭の中で天秤にかけ、許しもなく席を離れたことをネイトに知られたらどうなるかを想像しようとした。ラッキーは葛藤がブラッドリーの顔をよぎるのを眺めていた。

少し待ってから、ラッキーはこう言った。「お願いよ、ブラッドリー」外では車を雪の土手から出すふりをしているジャックのエンジンの音がますます大きく、ますます執拗に響いていた。

「わかったよ」ついにブラッドリーは折れた。「たしか奥に砂袋があった。それが役に立つだろう」

「ご親切に！」ラッキーは叫んだ。「わたしはここにいるわ。心配しないで」

ブラッドリーはカウンターと署内を隔てているハッチを持ち上げると、廊下の先の備品棚に飛んでいった。少しして、うんうん言いながら砂袋を運んできて、正面ドアから出てジャックの車に近づいていった。ラッキーはブラッドリーがよろよろと雪の土手を登っていくのを眺めていた。

ラッキーはガラスドアまで行き、用心深く二人をうかがった。ジャックは自分が運転席にすわるから、ブラッドリーに押してくれと手振りで指示している。背筋がぞくっとした。もう時間がほとんどない。あわててカウンターの後ろに入ると、フックから鍵束をとった。困惑しながら鍵束を見た。少なくとも二十個の鍵がぶらさがっているが、どれが大きなキャビネットのものだろう？　ブラッドリーがキャビネットに鍵をかけたときにどれを使ったのか、記憶を呼び起こそうとした。でもだめだった。

あせりながら大きな鍵は束の端に押しやった。それは警察署の正面や裏のドア、留置場、留置場に通じるドアの鍵だろうと推測した。かなり小さな鍵もはじいていった。小さすぎる――たぶん郵便受けや小さなロッカー用だ。最後に正しい鍵らしく見えるものが六本残った。ラッキーはちらっと外のドアを見た。ジャックは断続的にエンジンを空ぶかしし、車を三センチほど前へ出すように見せかけては、また後ろに滑らせている。スタックしているふりを見事にこなしていた。ブラッドリーは左後方のバンパーにとりつき、ジャックがエンジンをふかすたびに全力で押していた。ブラッドリーがぎっくり腰になったり、ヘルニアを発症しないように祈った――そんなことになったら後味が悪いだろう。

脇のカウンターにすばやく移動して床に膝をつき、最初の鍵を試した。大きすぎる。すばやく次の三本を試すと、三本目が危うくロックの中でひっかかりそうになった。いらついてパニックになりながら、大きく息を吸って気持ちを落ち着けようとした。ブラッドリーの声が前よりも大きくなった。外側のドアに近づいてきたのだ。カウンター越しにそっとのぞいた。今にも中に入ってきそうに、片手をドアの取っ手にかけている。

ラッキーはののしりながら、すばやく電話のわきに立ち上がった。ブラッドリーはドアを開けて叫んだ。

「誰か電話してきたかい、ラッキー？」

彼女はすばやく腕を体の後ろに移動させて鍵束を隠した。「いいえ」どうにかにっこりした。「一度も鳴らないわ。ジャックの車はどう？」 ブラッドリーは首を振ると、通りに戻っていった。

ラッキーはセージを訪ねる時間があればと思ったが、一秒たりともむだにはできそうになかった。キャビネットにまた引き返すと、錠の前に膝をついた。試す鍵はあと二本だけ。どちらかが合うはずだ。震える手で鍵を差しこんだ。二番目の鍵が錠にぴたりとはまった。ふと、鍵のてっぺんにオレンジ色のゴムのカバーがついていることに気づいた。どうしてこれを最初に試さなかったのだろう?

　ポケットに鍵束を入れると、箱を半分ほどひきずりだして床に置いた。カウンターに持っていき、じっくり見る時間はない。蓋を持ち上げた。記録をしまっておくボール紙の箱で、中身はあまりなかった。すばやく中を調べた。底にはコンピューターケースからなくなっていたノートパソコンがあった。いくつかのビニール袋にはさまざまな品物。ひとつには男性用アフターシェーブローションが入っている。誰かが置いていったのか、ハニウェルが複数のお客のために買っておいたのか。紙の束が透明なビニール封筒に入っている。携帯電話がないかと紙の束をどかしてみた。見つからなかった。

　ビニール封筒を開け、書類を引っ張りだしてぱらぱらとめくった。熊の小道通りのキャビンのレンタル契約書がレンタカーと保険の書類といっしょにクリップで留められている。書類の下には固いブルーのホルダーがあった。小学生が紙をはさんでおくようなホルダーだ。蓋は丸いペーパーフックとひもで閉じられている。手早くひもをほどき、束ねた紙を数枚とりだした。最初の数枚はホッチキスで留められ、有限会社とスノーフレーク・エンタープライズという企業とのあいだの契約書のようなものだった。その下に厚いボンド紙に「約束手形」と記された書類があった。こういう文面だった。「対価受取額として、わたくし、署名者はコモンウェルス・エクイティ社に五百十万ドルを支払うことを約束します。未払い残高の利子は……」ラッキーは残りの法律用語は飛ばして、いちばん下を見た。「元金と未払いの利子は三月八日までにすべて支払わねばならない……」、二人の署名があった。ひとつはトム・リード、もうひとつはコモンウェルス・エクィティ社。低く口笛を吹いた。トム・リードは誰かにとんでもなく多額の金を借りているのだ。約束手形の支払期日がパトリシア・ハニウェルが殺された二週間後だというのは偶然の一致だろうか？　スキーショップのチャンスは、ハニウェルとリードを見かけたときビジネスの話をしていたようだったと言った。たぶん彼の言うとおりなのだろう。しかし、パトリシア・ハニウェルとコモンウェルス・エクィティ社とのつながりはどういうものなのだろう？

首筋の産毛が逆立った。外が静かすぎる。ジャックはもうエンジンを空ぶかししていない。冷たい汗がどっと噴きだした。震える指で、約束手形と契約書を元どおり固いフォルダーに戻し、ひもを小さく結んで閉じた。箱に放りこむと、下の棚に箱を押しこみ、キャビネットのドアを乱暴に閉めた。外に通じるドアをちらっと見た。ブラッドリーが砂袋を抱え、ドアを押し開けようとしていた。ジャックが彼に呼びかけ、何か話しかけた。ブラッドリーはジャックを振り向いて返事をした。ラッキーはキャビネットをちらっと見た。まだ鍵が錠に差したままだ。すばやく鍵を回して錠から抜きとった。正面カウンターに突進していき、デスクの下のフックに鍵束をかける。どうにかブラッドリーの椅子にすわったとき、彼がとうとうドアを開けた。冷たい風が顔に吹きつけてきた。

「うまくいった？」ラッキーはたずねた。

「だめだ。ジャックは牽引トラックを呼んでくれって言ってる」

「ああ、もう最悪。番号はグローブボックスに入ってる。すぐに戻ってくるわ」ラッキーは急いで正面ドアまで歩いていき押し開けた。ジャックは運転席側の道に立っていた。

「待ってくれ、ラッキー」彼は叫んだ。「もう一度だけ試してみるよ」ジャックは彼女にウインクすると、運転席に戻った。ラッキーは待った。エンジンの回転数が上がり、二メートルほど車が前方に飛びだすのが見えた。ラッキーはにんまりした。ジャックときたら、ブラッドリーを足止めするためにたいした演技をしたものだ。

署のドアを開けると、のぞきこんだ。「ねえ、ブラッドリー。ジャックがついに成功したの。もう牽引トラックは必要ないわ。でも手伝ってくれてありがとう」

ブラッドリーはカウンターの中で何かを探しているかのようにゆっくりと動き回っていた。ラッキーはぎくりとした——知らないうちに何か動かしちゃった？　企みがばれるようなことをしでかした？　ブラッドリーがわたしの企みを見抜き、ネイトに告げ口したらひどくまずいことになる。その結果起きることは考えたくもなかった。

ブラッドリーはようやくラッキーの方を向き手を振った。「どういたしまして」それから彼女をしげしげと見た。「本当に誰も電話してこなかったんだね？」

「ええ。一本も電話はなかったわ、ブラッドリー」

「わかった。じゃあね」

ラッキーは階段を急いで駆け下りると通りに出て助手席に乗りこんだ。座席に背中を預けると、ふうっと息を吐いた。ジャックはゆっくりと通りを走りだし、ようやく彼女にたずねた。「何か見つけたかね？」

「見つけましたとも」ラッキーは深呼吸をした。「殺人にはうってつけの動機。点と点を結びつけることさえできたらね」

27

エリザベスがヴァーモント州登記局のウェブサイトに手早くアクセスしているあいだ、ラッキーはその肩越しにのぞきこんでいた。

「いつこの会社の名前を知ったの？　それからどうやって殺人事件と結びつけたの？」

「一時間前に知ったの。それから実を言うと関係しているかどうかはよく知らないわ」

「この情報はどこから入手したの？」

「言わない方がいいと思う。ただわたしを信用して」ラッキーは答えた。

エリザベスは眉をつりあげてから、コンピューターのモニターに目を戻した。彼女が検索窓に「コモンウェルス・エクイティ社」と打ちこむと、一瞬の後、結果が画面に現れた。

「一致する記録が見つかりません」

「あらまあ！」エリザベスは叫んだ。「この会社がどこにあるにしろ、ヴァーモント州じゃないわね。実を言うと、最初はマサチューセッツ州かと思ったの――コモンウェルスっていう名前で。そっちを調べてみましょう」

ラッキーは画面に会社名のリストが現れると息を止めた。「ああ、あった」ラッキーは叫

んだ。エリザベスはその社名をダブルクリックし、声に出して読みあげた。「ボストン在住のエドマンド・ガーソンが訴状受領代理人である。執行役員が選ばれることもあるが、常時ではない」エリザベスはため息をついた。「これじゃあまりわからないわ」

「ガーソンって言った？」

「ええ。どうして？　それが何か関係あるの？」

「その名前を前に聞いたことがあるの。だけど、どこだったかなあ」ラッキーは記憶をたどるうち、ふいに警察署でのセージとの会話を思いだした。「セージが……」ラッキーは言葉を切った。

「セージがどうしたの？」

「記憶ちがいじゃなければ、セージは……ええと、パトリシア・ハニウェルと昔ちょっと関わりがあったの。詳細は話すわけにいかないけど、セージはまちがいなくガーソンっていう名前を口にしたわ。そうよ。わかった！」ラッキーは叫んだ。「彼女のご主人の名前はガーソンだって、セージが言ってたのよ」

「マサチューセッツの登記局に友人がいるの。執行役員は登記簿に載っているはずよ。ウェブには載せていなくても。メールしてもいいけど、電話の方が早いわね」

「そこまでしていただけるなんて本当にありがたいわ、エリザベス」

「全然手間じゃないから」エリザベスはデスクの時計を確認すると、名刺ホルダーを回転させて探していた名前を見つけた。その番号をダイヤルして、電話をかけた。「ハイ、エロイーズ？　ええ、わたしよ。お元気？」エリザベスは電話の向こうの返事ににこやかにうなずきながら、耳を傾けていた。「実はお願いしたいことがあるの。お手数おかけして申し訳ないんだけど。こっちである事情があって――詳しくは次回に会ったときに話すわね――マサチューセッツのある会社の執行役員の名前を教えていただけないかと思って」エリザベスは言葉を切って、うなずいた。「もちろんよ」

エリザベスは受話器をふさいでラッキーに向き直った。「ちょっと待ってくれって。今調べてるの」

「地位の高い友人がいるといいわね」

「そうよね。二、三年前にニューイングランドのセミナーで知り合って、ときどきおしゃべりしているの――二人ともかぎ針編みが大好きなので図案のことなんか話すうちに、まあ友情が生まれたってわけ」エリザベスは受話器から手を離した。「ええ、エロイーズ。聞いてるわ。ええ、ペンはある」

エリザベスは受話器を耳にはさんで、デスクのメモ用紙に書きはじめた。「すばらしいわ」書き終えると言った。「次に会ったときにもっと詳しく説明するわね。今はあまり話せないの。本当にありがとう」エリザベスは電話を切った。

満面の笑みを浮かべてラッキーを見た。「やっぱりエドマンド・ガーソンが最高財務責任者よ」

つた。しかも……パトリシア・ハニウェル・ガーソンが代表取締役だ

「じゃあ、このエドマンド・ガーソンが彼女の元夫にちがいないわ」

「あるいは亡き夫かもしれない。わからないけど、まちがいなく彼女はその約束手形のお金を回収する権利を持っている」

ラッキーは考えをまとめた。「エリザベス、それはハニウェルとトム・リードを直接結ぶつながりだわ」

「そのとおり。つながりは存在する。でも関係まではっきりわからない。トム・リードがガーソンとハニウェル、あるいはどちらかにそれだけの額のお金を借りていたとしましょう。おそらく彼はそれだけの借金を期限までにちゃんと返済できるんでしょう。ただし彼らの関係はわからない——もしかしたらトム・リードは親しい友人か親戚なので、彼女の会社はそれだけのお金を貸したのかもしれない。必ずしも期限までに支払えなかったから、彼女を殺したということにはならないわ。それに、死んだからといって、彼女あるいはこの企業への借金が棒引きされるわけじゃない。わたしはあえて否定的な意見を述べているのよ」

「でも、返済までの時間を稼ぐことができる——たぶん数カ月ぐらい」

「そうね。でもわたしが心配しているのは、もしリードが何か隠していて、その『もし』が当たっていたら、わたしたちの党の選挙運動に大きな痛手を与えるってことなの。もしかしたらでリードと二人だけで話してみた方がいいかもしれない。選挙がだいなしになるようなスキャンダルが今後出てこないように確認しておきたいわ。ただし彼が話す内容によっては、あなたに教えられないかもしれない」

「わかるわ、エリザベス。話を聞いてくれただけで、感謝してもしきれないぐらいよ」

「必要なときはいつでもあてにしてちょうだい。でも、こういうことに首を突っ込んでいるあなたのことが心配なの。くれぐれも用心してね」

その朝メグが電話してきて、お店の人手は足りているかと訊いてきたので、ラッキーはしぶしぶながら間に合っていると断った。仕事がなくてすまない、もっと働いてもらえるといいのだけど、と言ったが、メグは淡々と受け止めているようだった。どちらの女の子もリゾートでときどき働いているのを知っていたので、少し罪悪感がなだめられた。不要な従業員に給金を支払うことはできなかった、とりわけ銀行口座が赤字になりかけている今は。

ラッキーは正面ドアのサインをひっくり返し、窓のネオンをつけた。ジャックはレミーに皿洗いと厨房の掃除をさせていた。意外にも彼はとても有能に仕事をこなした。今ははしごに乗り、高さのある食品保管棚を磨いていた。ずっとやっていなかったことだ。レミーは〈スプーンフル〉にぐでんぐでんに酔っ払って現れドアのガラスを割ったことで、いまだにうしろめたく感じていて、ただで仕事をすると申し出たのだった。

ラッキーとジャックは相談して、どうにかしてセージのレシピを再現することにした。セージは料理本については何も言っていなかったし、ラッキーの知る限り、何かを書き留めている様子もなかった。すべてのレシピを記憶だけで作っているのだろうか？　ときおり変化をつけたり手を加えたりすることまで？

ジャックはオフィスの書棚からチェックのテーブルクロスみたいな表紙がついた料理本を

探しだしてきた。今はこれといってお客もいなかったので、ジャックは暇な時間を練習に使おうと提案した。彼はそこまで言葉にしなかったが、セージが有罪判決を受けたら、今後ずっとそういうことになるだろう。

「びっくりさせることがあるの」ラッキーが言った。

「わしを？」ジャックは片方の眉をつりあげた。

「目を閉じていて」ラッキーは微笑んだ。

ジャックは驚いたようだったが、言われたとおりにした。ラッキーはカウンターの下に手を伸ばしCDプレイヤーをとりだした。ビッグバンドのCDをその上に置いた。

「いいわ。目を開けて」

ジャックは目の前のプレイヤーをまじまじと見つめた。「おお！　どこで手に入れたんだね？」

「両親の家。これがあるのを忘れていたの。ドラッグストアでCDを買ったわ。ここにあったら便利じゃないかと思って」

ジャックはCDをとりあげ、曲のリストを眺めた。「いくつかは知ってるよ。だが、そいつの使い方を教えてもらわないとな」

「とっても簡単よ」ラッキーはプレイヤーの電源を入れ、CDのケースからセロファンをはがした。「ここのボタンを押すだけ。蓋が開くから、CDをこういうふうにのせる」彼女は言いながらやって見せた。「それから蓋を閉めて、そこにあるプレイボタンを押す」

ジャックはうなずいた。「それならわしにもできそうだ。小さなマークを見るのに眼鏡をかけなくちゃならんが」たちまち最初の曲が始まり、サックスのソロが芳醇な音色でレストランを満たした。

「美しい」ジャックはつぶやき、遠くを見るようなまなざしになった。「もっと前からここで音楽を流すべきだったな。どうして思いつかなかったんだろう」

レミーがキッチンから叫んだ。「わお。いい音だな――仕事をしているときに音楽があるって最高だよ」

ラッキーはカウンターにもたれて料理本のページをめくった。「まず最初に何に挑戦したい？」

「おまえが選んでくれ。何だってやってみるよ」

ラッキーはレシピを読み、作ってみたいもので、しかも材料があるものを選ぼうとした。

「ポテトとリーキのクレソン添えスープがあるわ。クレソンはあった？」

「ないな。だけど、パセリかチャイブでも散らしておけばいいだろう」

「厨房に行きましょう。さっそく始めるわ。それに食器洗い機も回さないと。ゆうべやっておくはずだったんだけど。わたしがじゃがいもの皮をむくから、今日はあなたがスープ担当になって」

ジャックは戸棚から鍋をとりだし、数滴クルミオイルを垂らした。「実験をしてみるべきだと思うんだ。これじゃ風味が強すぎるかもしれんが、うまくいくかもしれないからな」ラッキーが刻んだリーキとシャロット（小さな玉ネギに似た野菜。生食用のラッキョウのようなエシャロットとは別物）をジャックはオイルをひいた鍋に入れ、やわらかくなるまで火を入れた。ラッキーがじゃがいもの皮をむいて切り、セロリ数本を刻むと、ジャックはそれらも鍋に加え、水とチキンストックを加えた。

「タマネギは入れないのか？」ジャックがたずねた。「タマネギなしでスープを作るなんて聞いたことがないぞ」

「でも、リーキとシャロットはタマネギの仲間みたいなものだから大丈夫だと思うわ」ラッキーは答えた。

「さて、どうなるかな」ジャックは木のスプーンで鍋の中身をかき回した。ぐつぐつ煮えてくると、かすかなナッツの香りが鼻孔を刺激した。ジャックはガスの火を弱め、蓋をした。

「匂いはいいな、今のところ。セージにほめてもらえるだろう」

「今度会いに行ったときにレシピをいくつか書いてもらった方がいいかもしれないわ。もっとも、それを彼の知的財産とみなしていないならだけど」

ジャックは笑い声をあげた。「さもないと食事を運ばないぞと言ってやればいい……」ジャックははっと言葉を切った。食器洗い機が低い耳障りな音を立てたのだ。

ラッキーはその音を聞いたとたん、言いかけた返事をのみこんだ。ジャックはお玉を落として、すばやく食器洗い機に近づいていくと、小首をかしげて機械が立てている音に聞き入っている。

レミーが棚を磨く手を休め、はしごから下りてきた。「その音はまずいんじゃないかな」

ラッキーはうめいた。「今こんなことが起きるなんて」オフィスで電話が鳴っているのが聞こえた。「ちょっと待って、ジャック。あれに出た方がよさそう」ラッキーは廊下を急いでオフィスに行くと、三度目のベルで受話器をつかんだ。〈スプーンフル〉の大家ノーマン・ランクからだった。

「やあ、ラッキー。ちょっと確認したかっただけなんだが、今日はついたちだよ。今日じゅうに小切手を届けてくれるとありがたいんだが」

ラッキーは顔がほてるのを感じた。今日が月初めだということはわかっていたが、いろいろなことが起きて、ミスター・ランクの家に小切手を届けることをうっかり失念していた。どうして忘れちゃったんだろう？　パトリシア・ハニウェルの人生を詮索することにこんなにのめりこんでいなければ、自分のするべきことを忘れたりしなかったはずだ。すばやくショックから立ち直った。「もちろん、一時間以内にうかがいます。忘れていませんよ」ラッキーはつけ加えた。「まず銀行に行ってお金を預けてからうかがいますね」

ノーマン・ランクは咳払いした。「店のトラブルのこと聞いたよ。それがビジネスに影響を与えないように祈ってる」相手の表情が見えなくても、彼のいらだたしげなそぶりがまざまざと目に浮かんだ。「まったくねえ、ご両親は期限前にいつも家賃の小切手を持ってきてくれたもんだ」

その批判的な言葉にラッキーは腹立たしげに言い返すこともなく、ただ歯を食いしばった。大家は、ラッキーがレストランを引き継いでちゃんと経営をしていくには能力や資質が足りないとほのめかしているのだ。

「ええ、両親はそうしていたにちがいありません」それに今日家賃の小切手を届ければ、期日どおりに受けとることになりますよね、と心の中で言い返した。口には出さなかったが。

「では、すぐにうかがいます」

電話を切るなり、引き出しから帳簿をとりだした。口座のお金はほぼ底を尽きかけていて、家賃に数百ドル足りなかった。どっと疲労感が押し寄せてきた。家賃と今月の残りの請求書を払うには、前の仕事で稼いだ最後の蓄えをレストランの口座に移すしかなかった。両親はこんなに苦労していたの？　レストランはいつも繁盛していたから、経済的な問題は抱えていないとずっと思いこんでいた。両親とも必死に働いていたのは知っていたけれど。二人にとってレストランの経営はかなり大変だったにちがいない。

震えながら深呼吸した。今、食器洗い機が故障した。奇跡でも起きてセージが釈放されたとしても、レストランは元どおりやっていけるだろうか？　何をしても追い払えない黒雲が〈スプーンフル〉の上にたちこめているのかもしれない。もしかしたら、わたしのせいだ。わたしが不運を連れてきたんだ。帳簿に移動するつもりの金額を記入し、そこから家賃を引き、ノーマン・ランクに払う小切手を書いた。彼は村の商業施設のほとんどを所有していた。スノーフレークの旧家出身なので一族の土地を相続したのだ。お金に余裕ができたらこの建物を買いとろう。そうしたら、二度と家賃を払う必要がないから。

厨房に戻ると、ジャックが床に寝そべるようにして、食器洗い機を壁際からずらしていた。

スープがまだレンジでグツグツ煮えている。ジャックは床に新聞紙を広げ、食器洗い機の後部カバーをせっせとはずそうとしていた。レミーは工具箱のそばにひざまずき、スクリュードライバーを探していた。

「直せそう？」

ジャックは孫娘を見上げた。「トランスミッションがいかれたんじゃないかと思う。でもわしじゃわからなかったら、修理屋を呼ばないといかんな。口座には金が残ってるかね？」

「もちろん」ラッキーはどのぐらい資金不足かはジャックに言わないことにした。祖父にまで心配させたくなかった。「大丈夫よ。これからノーマンのところに家賃を払いに行ってくるわ。今日がついたちだってうっかり忘れていたの。それから……」ふとあるアイディアが浮かんだ。「ちょっと用があるけど、また戻ってくるわ」

「行っておいで。レミーとわしでちゃんと留守を預かるよ」

28

ラッキーは最後の自分の貯金をレストランの口座に移すと、ノーマン・ランクの家に小切手を届けに車を走らせた。それから自分の部屋に戻って着替えをした。黒いスカートとブーツに長いコートをはおった。リゾートの本部に入れてもらうためには、できるだけちゃんとして見える必要があった。丘を登ってスノーフレーク・リゾートに向かった。頂上に着くと、石柱の門のついた私道に車を乗り入れた。二日前にトム・リードが入っていくのを見かけた建物をめざし、彼が車を停めていた場所を通り過ぎた。今日もあった――シルバーのサーブ。すてきな車だ。まちがいなく警報装置がばっちりついているだろう。熊の小道通りの家でジョシュが見かけたのはこの車だったのだろうか？　ブレーキを踏み、バンパーを調べた。ブルーと白のステッカーは貼られていない。ステッカーがはがされたあとの糊《のり》らしきものも見えなかった。駐車場を見渡したが、どのスペースにも「契約車専用」の表記が出ている。隣の駐車場に停めて歩いて戻るしかなかった。

ここに来てどうするつもりか、自分でもはっきり考えがまとまっていなかった。ネイトのところに行って、証拠品箱を探ったと言うわけにもいかない。熊の小道通りの家を調べたときに、リードの家の住所を知ったとも言えなかった。リードはハニウェルか彼女の会社に多額の金を借りていた。期限までにその金を返すことができる状況なのか、そうでないのかは、すべて推測するしかなかった。リードはリゾートを所有し経営するリミティッド・パートナーシップに投資するために、金を借りたのだろう。だとしたら、その投資は彼にかなりの利益をもたらしたはず。だからこそ、彼も家族もいい暮らしをしているのだ。期限までに金を返せないと、ハニウェルはリードに訴訟を起こすことができ、その不安定な経済状況が暴露されてしまうだろう。もちろん、リードはここの利益のうちかなりの取り分を手に入れている。しかし、それだけで五百万ドルを支払うのに足りるだろうか？　さらにリードには政治的な野心もあった。約束手形の不払いで訴えられたら、州議会上院議員に立候補するときの選挙運動に差し障りがあるだろう。

リードにどう切りだしたらいいかはっきりわからなかったが、とにかく彼に会ってみたかった。どういうことになろうとも。ラッキーはしじゅう軽はずみなことをすると非難されてきたし、自分でもそれはもっともな意見だと思っている。しかし、思い切った行動に出るときが来たのだ。トム・リードはまったく潔白とは言えないはずだ。そもそも本来ならネイトがするべきことをしているだけよ、とラッキーは自分を正当化した。

ラッキーはドアを押し開けると、受付に向かっていった。とても長い赤い爪をしたほっそりした若い娘がパソコンモニターの置かれたデスクにすわって、ファッション誌を読んでいた。ラッキーを見ると、しぶしぶリップグロスの最新色の広告から目を上げた。

「どういうご用件でしょうか？」退屈しきって一日が終わるのを待っているだけのような生気のない目つきでたずねた。

「ミスター・リードとお話ししたいんです」

「お約束はございますか？」

「いいえ。ちょっと時間ができたのでお寄りしたんです。わたしたちには古い……共通の友人がいますの。ミスター・リードはきっとわたしと話をしたがるはずです」

「お名前を教えていただけますか？」

「ラッキー・ジェイミソンです」自信たっぷりの笑みと見えるように祈りながら、受付嬢に微笑みかけた。

娘の唇はごくかすかにひきつった。まるで「話したがるわけないでしょ」と言いたげに。しかし電話に手を伸ばすと、インターコムのボタンを押し、ラッキーの言葉を繰り返した。

娘はうなずくと、ようやく受話器を置いた。「あのアーチを抜けて、右に曲がってください。ミスター・リードのオフィスは左側の三つ目です」

「ありがとう」ラッキーは背を向けて建物の奥へと入っていった。角を曲がったとき、探している男性が廊下に立ってこちらを見ていることに気づいた。ラッキーが近づいていくと彼は愛想のいい笑みを浮かべた。中古車セールスマンが店に入ってきた客に最初に向けるような笑みだ。「わたしはあなたの親友ですよ。ですから、これから提案する契約におおいに満足していただけるでしょう」と言いたげな笑み。

リードは近づいていくラッキーに片手を差しのべた。「ミズ・ジェイミソンですね？　どうぞお入りください」

彼はドアを支えて彼女を大きなモダンなオフィスに通した。

「どうぞ——おすわりください。さて、どういうご用件ですか？」すばやくラッキーを値踏みして、何かを売りつけられそうなのか、あるいはこの相手に自分が何かを売りつけられるのかを判断しようとした。「共通の友人がいるとおっしゃいましたね？」ビジネスの機会を逃す人間はいないものだ。

「友人という言葉はふさわしくないかもしれません」

「ほう？」彼はデスクの上のペンを並べ直しながら言った。

「でもお互いにパトリシア・ハニウェルとはなんらかの関係があると思いますが」リードの顔の筋肉が少しこわばったように思ったのは、たんなる想像だろうか？

リードは少し長すぎるほど躊躇していた。すばやく頭を働かせているのが目つきから読みとれた——最後の数秒でその目はかなり冷たくなった。

「パトリシア・ハニウェルとおっしゃったかな？　ううむ」それが誰だったか思い出そうとするかのように長く言葉を延ばした。「ところで、あなたとミズ・ハニウェルとのご関係は？」

「彼女のせいでわたしの商売にちょっと問題が起きているんです。控えめに言っても。彼女の死体がうちのレストランの裏手で発見され、うちのシェフが殺人容疑で逮捕されたんです」

「ほほう」驚いたように言った。「ほほう」彼は繰り返した。「たしかに、それは困ったものだ。ただ、それが……わたしとどういう関係があるのかわからないんだが。彼女のことはよく覚えていないんだ。だいたい知り合いかどうかもよくわからない」

ラッキーは指を二本重ねておまじないをすると、思い切ってこう言った。「彼女に――というか彼女の会社に借りている多額のお金のことはまさかお忘れじゃないと思いますけど」

もはやその事実に疑いはないようだった。顔がさっと青ざめた。「いったいどうして……きみは何者なんだ？」リードは問いただした。

「申し上げたとおりですよ。二人きりでお会いしてお話ししたかっただけです」

「なぜ？　何が望みなんだ？」目が鋼のようなグレーになり、あごがぐいとひきしめられた。

「あなたを傷つけるつもりはありません。たんに罪のある人間に罰を受けてもらいたいだけです」

「では、きみはわたしが？」彼はわめいた。「わたしが殺人事件となんらかの関係があると言いたいのか？　よくもそんなことを！」声を張り上げた。「おたくの……たしかコックだったか、そいつが殺人容疑で逮捕されたと言わなかったか？　どうしてここに来たんだ――わたしのオフィスに？」

「シェフです。シェフ、と申し上げました。逮捕されたとしても、彼の犯行ではないと思っています。他の何者か――とても強い動機を持った何者かが彼女を殺したんです。あなたが彼女に借りているお金についてちょっとうかがいたいだけです」

「そうか、けっこう。もうそれは今たずねたね。念のため言っておくが、もし、あくまで〝もし〟だが、わたしが金を借りているなら、いまもなお彼女の会社を代表する誰かに金を借りていることになる。借金がなくなるわけじゃないんだ。というわけで、お嬢さん」彼は押し殺した低い声で言った。「わたしのオフィスとこの建物からただちに出ていってもらいたい」

ラッキーは椅子から立つとドアノブに手をかけた。振り返って、できるだけ声が震えないように努力しながら言った。「もうひとつだけ質問があります」

「何だ？」リードが不機嫌そうに言った。

「あなたたちの関係にはビジネス以上のものがありましたか？」静かにたずねた。

リードは片手を電話にかけた。「今すぐ警備員を呼ぶ」

「その必要はありません。失礼します」ラッキーはドアを抜けると急いで廊下を進み、相変わらずファッション誌を読みふけっている娘の前を通り過ぎた。いったん駐車場の冷たい空気の中に出ると、大きく息を吸ってゆっくりと吐きだした。トム・リードが熊の小道通りの家を荒らし、ラッキーを階段から突き落とした張本人という可能性はあった。彼には何かしらうしろめたいことがあるのだ。ただ、それが殺人なのかどうかは判断がつきかねた。

ラッキーは車まで戻っていった。リゾートの敷地内はすべて除雪され雪がなくなっていることに気づいた――村の通りよりもよほどきれいだ。リードにはハニウェルに死んでもらいたい強い理由があった。経済的に厳しいなら五百万ドルを工面するのは大変だろう。とてもすてきな家だけど、抵当に入れても、さすがにそれほど多額のローンは組めないはず。あのお金はパートナーシップを買い、自分の立場を確たるものにするために必要だったのだろうか？　ハニウェルが死ねば、約束手形の期日を守る必要はなくなる。彼が言ったように、それでも会社に借金をしていることには変わりがないけれど、彼女の死によって時間を稼ぐことができるだろう。ハニウェルにはボストンに弁護士がいるにちがいないから、弁護士はトム・リードを突き止める情報を持っているだろう。ハニウェルはリードを個人的に訴えることはできただろうが、リゾートに出資しているリードを経済的苦境に陥れることもできたのではないか？　トム・リードは約束手形を探して熊の小道通りの寝室をひっかき回していた？　弁護士が彼女の書類を整理し、債務者を突き止めて支払いを要求するまでには何週間も、もしかしたら何カ月もかかるかもしれない。誰だか知らないが彼女の弁護士はその事実を警告され、そろそろ攻撃に移ろうとしていたのでは？　それとも、この州で事務所を開業している地元の弁護士にすでに連絡していた？

ラッキーは車まで来るとロックに鍵を差しこんだ。〈スプーンフル〉に戻らなくてはならない。ジャックとあんな約束をしたあとなのに、リードと対決する計画を知らせなかったのでちょっぴりうしろめたかった。でも、絶対に賛成してもらえないことはわかっていた。

背後で雪を踏む足音がした。はっと振り返ると、チャンスがにやにやしながら、落ち着かなくなるほどすぐそばに立っていた。背筋を恐怖が走った。オフィス棟からは少し距離があるし、どんどん暗くなってきている。おまけに、誰もラッキーがここにいることを知らないのだ。

「やあ、どうも！」チャンスはゆっくりと誘うような笑みを浮かべた。「また会ったね」

ラッキーは最初に感じた恐怖から立ち直ろうとして息をのみこんだ。彼から少しあとずさって車のドアにもたれた。どうにか笑みをこしらえた。「ちょっと人を訪ねてきたの」

「へえ？　ここに？」チャンスはあたりを見回したが、この近くには本部オフィスの入っている建物しかないことは重々承知のはずだった。

「あなたこそ、どうしたの？」

チャンスはさらに物憂げな笑みを浮かべた。「ああ、たずねられたから白状するけど、あそこのかわいい受付嬢と約束してたんだよ」そう言って、正面玄関の方を指さした。「本部に友だちがいるととっても便利だからね――とりわけゴシップを聞かせてくれる相手だと」チャンスは両手をポケットに突っ込んだ。「ミズ・ハニウェルのゴシップをさらに探りだせたかい？」

「いえ、あまり」ラッキーは答えた。

「へえ。きみがお偉いさんのオフィスを訪ねてきたのは、てっきりそのためかと思ったよ――もっと言うとトム・リードをね」彼は片方の眉をつりあげ、彼女の車のドアにのんびりと寄りかかった。ラッキーはその皮肉を無視した。「きみのレストランの名前は何だったたっけ？　今度村に行ったときは必ず寄るようにするよ」

「〈スプーンフル〉よ。スープの店をやっているの——スープとあれこれ」

「どこにあるんだ？　ブロードウェイ？」

ラッキーはうなずいた。彼が体を近づけてくるのが不快だった。それに考えてみれば、彼もハニウェルと関係があったのだ、とぞっとしながら思った。チャンスは嘘八百を並べていて、実はトム・リードよりも彼女を殺す大きな動機があったということだって考えられる。

ラッキーはキーでロックを解除すると言った。「失礼」無理やりチャンスをどかすと、車のドアを開けた。中に乗りこんでドアを閉めようとすると、チャンスがドア枠に手をかけてのぞきこんできた。その目に浮かんでいる表情は一瞬にして悪意たっぷりなものに変わるにちがいない、とラッキーは予想した。

「近いうちにきっと寄るよ」彼はにっこりして、彼女の反応を慎重にうかがった。ラッキーは蛇ににらまれた小さな哺乳動物のような気がした。

「それは楽しみだわ」感情のこもらない声で答えると、それ以上迫られないようにドアを閉めようと手を伸ばした。ほとんどの女性はこれで参っちゃうの？　と心の中で思った。

チャンスは片手を持ち上げたが、彼女がドアを閉める前にこう言った。「ああ、そうだ、忘れるところだった。きみに話そうと思っていたことがもうひとつあったんだ」

「あら、どういうこと？」チャンスのなれなれしい態度がひどく神経に障りはじめていた。

「うん、パトリシアが足をくじいたときだけど——スキーをしていて。その晩彼女に会ったら、ひどくいらいらしている様子だった。リゾートの整形外科医の予約を入れてあげようかと言ったんだけど、彼女ときたらただ笑って、心配しないで、無料で治療が受けられるからって答えたんだ。すごく妙に感じたんで、きみは興味を持つかなと思って」

「それ、どういう意味だったの？」

「さあね。たぶんここの医者の一人とつきあってたのかもね。リゾートには何でもあるんだ。スタッフには三人の医者がいる。二人は整形外科医で一人は外科医だ」

ラッキーはハニウェルのスケジュール帳にはさまれた〈スノーフレーク・クリニック〉のパンフレットと、クリニックでもらってきたパンフレットのことを思いだした。バッグをかき回した。チャンスにたたんだパンフレットを差しだした。

「この人たちのうちの誰かと彼女がいっしょにいるのを見たことがある？」表紙にはクリニックのスタッフ全員の笑顔の集合写真が載っていた。イライアス、ジョン・スタークフィールド、医療助手、看護師、事務係、二人の受付係ローズマリーとメリッサ。

チャンスは彼女の伸ばした手の先からパンフレットをとると、ちらっと眺めた。首を振った。「いや。誰一人見かけたことがないな。もちろんパトリシアといっしょのところも」ラッキーにパンフレットを返した。「前にも言ったように、頻繁に会っていたわけじゃないんだ。彼女が電話してきたときだけで」彼はまたにっこりした。「ごめん――あまり役に立てなくて悪いね」

「ともかくありがとう」

チャンスが後ろにさがったので、ラッキーはドアを閉めた。ゆっくりと門に向かって走りだすと、バックミラーでこちらを見送っているチャンスの姿が見えた。ついに彼が背を向けて本部の建物に向かって歩きだしたとき、ラッキーは道路に出た。ばったり会わなかったら、チャンスはその情報を伝えてくれただろうか？　そもそも会ったのは偶然？　彼女はぶるっと身震いした。彼はわたしを監視していたの？　馬鹿な！　その考えを押しやった。

車を走らせながら、トム・リードとの会話を思い返した。彼は激しい反応を示した。もちろん、彼にしてみれば、不倫に加え殺人まで自分の犯行ではないかとほのめかされたのだ。彼があああいう態度をとったのも当然だろうが、それでもどこかしっくりこないところがあった。

それから、チャンスは正確にどう言ったのだったっけ？　パトリシア・ハニウェルは無料で治療が受けられるからって言った。医者と会っていたのか？　三人の医者がスタッフにいるリゾートで？　それとも、リンカーン・フォールズの病院の誰かと？　もしかしたら氷で足を滑らせた夜にジョシュが見かけた車はそのうちの一人だった？　それとも、もっとあの家に近い誰か？　スノーフレークの誰か？　チャンスはハニウェルにはスノーフレークに滞在する理由があったと考えていた――スノーフレークの誰かの近くにいるために。結婚している男？　さもなければ複数の相手と関係を持つことを何とも思わない女性が秘密にしないのでは？　スノーフレークには二人しか医者がいなかった。一人は結婚していた。イライアスのことを思ったが、ただちに却下した。そんなことはありえない。

ジョン・スタークフィールドが分別のある人間ではなかったら？　妻を大切にする愛想の

いい夫というのはただの見せかけだったら？　あれは演技だった？　奥さんはとても魅力的な人に見えたけど、それでも多くの男性が浮気をする。彼のような人――尊敬されている五十代男性がよりによってパトリシア・ハニウェルのような女性と関係を持つだろうか？　好き放題をしている金持ちで男好きの女性と？　ラッキーが相談できる相手は一人だけ、イライアスだけだった――もちろん彼はスタークフィールドをよく知っているから、パートナーにそういうことができるかどうかも判断できるだろう。

ブロードウェイに着いたとき、レストランを通り過ぎた。もう閉店していた。ジャックはお店を閉めて家に帰ることにしたのだ。午後のあいだに一人二人のお客が立ち寄ってくれていたならいいのだけど。十五キロ四方のどこかには、殺人事件のことを耳にしていなくて、〈スプーンフル〉が殺人者をかくまっていたと考えていない人もいるにちがいない。たったひとつのぞっとするできごとで、長年培ってきた評判があっという間にだいなしになるのは実に恐ろしいことだ。

29

ラッキーはお茶を淹れるためにやかんで湯を沸かした。キッチンの椅子を窓の方に向けてすわり、闇を見つめた——白い雪に覆われた暗闇。彼女のアパートの建物の裏には、そのブロックのほとんどを占める古いヴィクトリー庭園が広がっている。庭園の入り口は左手のスプルース通りに面していた。高い木製フェンスが庭園と周囲の土地を隔てていて、境界線の目印になっている。メイプル、エルム、スプルースの各通り、それにブロードウェイと平行に走っている路地が、庭園を囲む四角いブロックを形成していた。ラッキーの右手にはクリニックの裏の駐車場があり、そこからはメイプル通りにしか出られなかった。椅子にすわっていると、〈スプーンフル〉の屋根は見えたが、ヴィクトリー庭園の裏側のフェンスがその先にある路地を視界からさえぎっていた。

チャンスの言葉に改めて考えこんだ。ジョン・スタークフィールドはハニウェルの秘密の交際相手の条件にぴったりだ——地元の人間で、結婚している。お茶を飲みながら彼と奥さんについて考えた。ジョンとアビゲイルのスタークフィールド夫妻はまったく正反対の性格だった。ジョンは魅力的で洗練されていて温かく、アビゲイルは愛想がいいが打ち解けず保守的。たぶん結婚なんてそんなものなのだろう。夫婦はお互いを補いあっているのだ。両親のことを思った。父の方がちょっぴり母よりも厳格だった。でも、二人とも開けっぴろげで友情に厚く、いつも困っている人に手を差しのべようとしていた。その点で、二人はうりふたつだったのだ。でも、まったくそれとはほど遠い結婚生活もあるにちがいない。いっしょにいる必要があるから結婚する人もいる。浪費家と倹約家、外交的な人間と内向的な人間。

パトリシア・ハニウェルとアビゲイル・スタークフィールドは外見的には似ていた。アビゲイルは若い頃はとてもきれいだったにちがいない。いまや歳月の足跡が無残に刻まれていたが、ラッキーは若かったアビゲイルを思い描くことができた。ブロンドの巻き毛のほっそりした女性。パトリシア・ハニウェルは品行には問題があったかもしれないが、男性にはとても好かれていた。彼女の奔放さは長年連れ添った妻に退屈してしまった男にとって、とりわけ心をそそったのかもしれない。ジョナサン・スタークフィールドは次々に不倫を重ねていたのか？　もし彼が秘密の愛人だとしてだが、ハニウェルとの関係は衝動的な行動で、のちにその過ちを悔いたのか？　もしかしたら一度関係を持って、やめられなくなったのかもしれない。

温暖化傾向の予報が当たり、氷の層が融けかけていた。建物の屋根から大きな塊が落ちてきて、ラッキーのキッチンの窓を通過してドスンと庭の雪溜まりに落ちた。ラッキーは椅子から身を乗りだしてのぞいた。ほんの十センチほど窓を開いて、窓枠にいくつかナッツを並べた。きっと朝にはリスがそれを見つけるだろう。

建物の裏の庭はヴィクトリー庭園とフェンスを共有していた。そのフェンスの中央に庭園に出るゲートがついている。今、冬のさなかの庭園は人気がなく、雪に覆われていた。

窓を押し開けて首を出した。ただし、また屋根から氷の塊が落ちてくるといけないので、あまり前に乗りだきないようにした。首を曲げてもっとよく見ようとした。隣のスノーフレーク・クリニックにはせいぜい八台くらいしか停められない小さな駐車場があった。そのフェンスに作られた金網のゲートから庭園に出られる。ブロードウェイ側には、庭園から〈スプーンフル〉の裏の路地に通じる木製のゲートがあった。

もしパトリシア・ハニウェルがジョン・スタークフィールドと秘密の関係を持っていたとしたら？　〈スプーンフル〉で殺されたのではなく、クリニックで殺されたとしたら？　情事を暴露して、彼の結婚生活を壊すと脅したのだろうか？　スタークフィールドの子どもを妊娠していたのか？　その場合、ハニウェルに脅され、スタークフィールドが彼女を殺したということはありうるだろうか？　すべて「もし」という仮定だったが、妊娠と秘密の愛人は激しい情熱を意味している。その情熱が殺人につながった？

ラッキーはゴミ容器のわきで死体を発見したときのことを思い返した。目を閉じ、セージが隣に立っていたときのショッキングな瞬間を事細かに思いだそうとした。氷から髪の房がはみでていて、片方の耳——右耳からぶらさがったイヤリングに光が当たってきらめいていた。ネイトは絶対にもう片方のイヤリングを探しただろうし、そこが殺害現場であることを証明できるだけの血痕を見つけようとしただろう。そのイヤリングが〈スプーンフル〉の裏にないなら、もみあいのあいだに落ちた可能性がある。そしてもし、もみあいが起きたのなら、そのイヤリングはパトリシア・ハニウェルが殺された場所に落ちているはずだ。

ラッキーは目の前に広がる雪を眺めた――この時期、ヴィクトリー庭園には人っ子一人いない。春になって雪が溶けると、小さな庭を割り当てられた幸運な住人たち、その大半が引退者だったが、彼らが土地を耕し、夏野菜のための準備を始めた。この季節に、溶けかけた雪と泥に足を踏み込もうとする人間はまったくいなかった。だから、あのゲートに鍵がかけられていない可能性はある。終業後にスタークフィールドと約束していて、彼女がクリニックかクリニックの裏の公園で殺されたとしたら？　スタークフィールドが死体をひきずってゲートから入りヴィクトリー庭園を突っ切って、〈スプーンフル〉の裏の路地に捨てた可能性はあるだろうか？

ラッキーはお茶を飲み干すと、ブーツをはきコートを着た。そろそろ調べ回るにはうってつけの時刻だ。建物を出てクリニックを通り過ぎると角を回ってブロードウェイに出た。〈スプーンフル〉の裏手に通じる狭い路地の入り口まで来ると、足を止めた。誰かに見張られているのをはっきりと感じた。すばやく振り向いて通りを眺める。ブロードウェイの向かい側の家の戸口に人影が見えたと思ったのだけれど、気のせい？　心臓の鼓動が激しくなった。じっとたたずんだまま人影を見張ろうとしたが、動くものは何もなかった。神経が過敏になっているせいだろう。深呼吸をひとつすると、路地を歩きだした。レストランの裏口のドアの鍵を開け、廊下の照明をつけた。その先の小さなドアが狭い倉庫に通じている。暗い中を手探りして、ジャックがいつも氷を割るのに使っているシャベルの木製の柄をつかんだ。シャベルを持ちながら頭上の明かりを消すと、またドアに鍵をかけた。小さな懐中電灯を手に、ヴィクトリー庭園に通じている木製のゲートを調べた。ありったけの力でゲートを押したが、まったく動かなかった。鍵をかけてあるか、反対側で横木が差してあるのだろう。

いらいらしながら、シャベルを持っているところを見られませんようにと祈りながら、ブロードウェイに急ぎ足で出た。通りの反対側の例の戸口の前で足をゆるめた。誰もいなかった。たぶん見まちがえたのだろう。そのまま進んでいったが、誰にも会わなかった。メイプル通りの角で曲がり、〈スノーフレーク・クリニック〉の駐車場に通じる狭い私道に入った。建物の裏のラボから小さな常夜灯の光がもれている。しかし駐車場に車は一台も停まっていなかった。ヴィクトリー庭園に続くゲートには単純な留め金がかけられているだけだった――錠はない。すばやくゲートを開けた。蝶番が大きな音を立ててきしんだ。重く湿った雪がつかえていたので、苦労しながらゲートを押した。どうにか開いたゲートの隙間を通り抜けると、斜めに庭園を突っ切って、〈スプーンフル〉の裏側の木製ゲートまでたどり着いた。横木を持ち上げて、ゲートを内側にひっぱろうとした。シャベルで邪魔な雪をどかすと、ようやくゲートは動くようになった。吹雪になるまで地面にはほとんど雪が積もっていなかった。そのときだったらずっと簡単にゲートを開けられただろう。ゲートを完全に開くと、パトリシア・ハニウェルの死体が発見された正確な場所まで路地を目でたどっていった。

ここでは懐中電灯は必要なかった。月の光が融けかけた雪に反射し、庭園全体を照らしだしていた。自分でつけた足跡が、クリニックから〈スプーンフル〉の裏の門までくっきりと残っているのが見えた。殺人の夜には一メートル近い雪がすべての足跡を隠してしまった。血痕もあっただろうが、今ではもう見つけられない。

簡単だったか苦労したかはともかく、かなり力のある何者かがクリニックの裏から庭園を通って〈スプーンフル〉の裏まで死体をひきずっていったのかもしれない。クリニックから注意をそらそうとして。死体はどのぐらいの重さだろう？　たぶん、ほっそりした女性なら五十キロから六十キロぐらい。そのぐらいの重さなら自分でもこの距離を引きずることができると思った。死体を毛布とか防水布に乗せれば、さらに簡単だろう。目撃される危険はあったが、その夜はみんな家にこもってカーテンを閉め、嵐が襲ってくるのに備えていたはずだ。完全な闇夜に黒い服を着ていれば、窓からちらっとのぞかれても気づかれなかっただろう。嵐は九時頃に始まり、数時間続いた。最初の二時間のあいだなら、簡単に死体を移動させられたはずだ。その後だと雪と風で殺人者にとってかなり厄介な作業になっただろう。でも足跡や血痕はあっという間に見えなくなったにちがいない。被害者がたんに意識を失っているだけで、寒さの中に放置されたということはあるだろうか？　ラッキーはぶるっと身震いした。そんなひどい真似をできる人間がいるだろうか？

ラッキーはゲートを閉めて、さっき残した足跡を踏んでクリニックのゲートまで戻ろうとした。融けかけた雪の下に証拠があったとしても、もう回収されているのでは？　あるいはほとんどが溶けてしまったのでは？　いちばんいいのはネイトにこの考えを伝えることだ

——もっとも耳を傾けてくれるならだが。

金網のゲートを閉めると、支柱についた留め金をかけ、明日誰も足跡に気づきませんようにと祈った。スタークフィールドが殺人者なら、クリニックの裏手を誰かが歩き回って足跡をつけたことに警戒するかもしれない。

ラッキーはシャベルを持ったままゲートのわきに立ち、クリニックの裏口を見つめた。殺人事件がここで起きたのなら、ハニウェルは何をしていたのだろう？　ジョン・スタークフィールドを待っていた？　彼は仕事のあとでここで待ち合わせようとハニウェルに言ったのか？　クリニックの中で殺害したのか？　それとも駐車場で待ち合わせた？　彼女は不意を突かれた？

男は邪魔で消したいと思う愛人をどんなふうに殺すものだろう？　とりわけその男が医者の場合。絞殺する？　毒を注射した？　頭部を殴られて死んだのだろうか？　ラッキーはふいに一人きりで暗い駐車場に立っていることに恐怖を覚えた。

吹雪のせいでクリニックは早く閉められていた。パトリシア・ハニウェルはここでスタークフィールドを待っていて、相手が来なかったら車で走り去っただろうか？　相手が確実にクリニックにいるとわかっているなら別だが。なかなか現れなかったら、ハニウェルはクリニックの裏口に行きノックするのでは？　ただしスタッフがいないことを確認してからだろう。彼女を襲った人間は車の後ろか小さなゴミ容器の陰に隠れていたのだろう。凍りついた雪の山がふたつ、戸口のわきにあった。ラッキーは死体を発見した日のことを思い返した

——頭の左側にこびりついた血と右耳からぶらさがるイヤリングが目に浮かんだ。なくなったイヤリングは左耳についていたのだろう。入れてもらおうとして裏口に立っていて、頭の左側を殴られたのなら、その衝撃で右側に倒れたはずだ。入り口の壁にぶつかった？

ラッキーは懐中電灯で戸口を照らしだした。雪はほとんどシャベルでどかされていて、融けかけている部分もあった。ハニウェルがここで襲われたのなら、たしかに可能性はないかもしれないが、血痕がまだ残っている可能性もあった。ラッキーは隣のアパートにずらっと並ぶ窓と、エルム通りの建物の裏側を眺めた。詮索好きの隣人に見られていないことを確認してから、戸口の横に積もった雪と氷をシャベルで掘りはじめた。血痕か行方不明のイヤリングを見つけたら、絶対にネイトのところに持っていって、捜査を続けるように説得するつもりだった。

口に小さな懐中電灯をくわえて、ラッキーは作業を続けた。戸口のかたわらの雪を少しずつ削りとっては、階段に放り投げていく。作業はなかなかはかどらなかったが、暗闇のせいで見落とすのではないかと心配になってきた。こんなにか細い光では、何か見えても、たとえ行方不明のイヤリングを見つけても、わからないのではないだろうか。四十五分間奮闘してから、入り口からどうにか氷と雪をどかした。セーターとコートの下にびっしょり汗をかいていたが、注意を引くのが怖くて物音を立てられなかった。誰かがエルム通り側の裏手の窓から外をのぞいたら、クリニックに押し入ろうとしていると思われるだろう。

すべての雪と氷が片付けられると、壁と戸口を小さな懐中電灯で照らして慎重に点検した。

何もない。血痕ひとつなく、イヤリングも落ちていない。冷たいコンクリートの階段にドスンと腰をおろすと、額をぬぐった。パトリシア・ハニウェルがここで殺されたことを証明するものはひとつもなかった。何か証拠があったとしても、除雪機がこのあたりをきれいにしたときになくなってしまったのだろう。

ザクザクと雪を踏む足音がした。はっと立ち上がり、シャベルをつかんだ。アドレナリンがドクドクと血管を流れはじめた。「誰なの？」ラッキーは叫んだ。すばやくあたりを見回す。誰もない。ここから通じている道はひとつだけ、メイプル通りに通じる狭い私道だけだ。誰かがその私道にいるのだ。そうにちがいなかった。

通りに出なくてはならなかった。でないと、ここから動けなくなる。ポケットに懐中電灯をしまうと、両手でシャベルをつかみ腰のあたりに構えた。すばやく建物の角を曲がった。私道のはずれで黒っぽい人影が建物に寄りかかっていた。

「待ちなさい」ラッキーは声を限りに叫んだ。その黒い人影に向かって走りだした。ぐんぐん近づいていくと、男は背を向けて走りだした。その姿にはどことなく見覚えがあったが、立ち止まって考えている余裕はなかった。シャベルを構えたまま歩道まで出て、必要ならそれを武器として使おうとした。通りまで出たときには黒っぽい姿はスプルース通りの角を曲がって見えなくなっていた。自分のアパートの建物の入り口で足を止めて息を整えた。あの男はものすごく逃げ足が速かった。とうてい追いつけなかった。でも誰が自分をつけていたのかはわかった。レミーにちがいない。賭けてもいい。雪を掘り返しているあいだじゅう、ずっと彼に見張られていたの？　ラッキーは震えながら建物の階段を上がっていった。

30

翌朝、ラッキーは急いで服を着た。ゆうべクリニックの外で氷を掘り返したせいで腕がこわばっていた。十一時までに〈スプーンフル〉をオープンするので、ほとんど身支度の時間がとれなかった。そもそも、どうして開店するのだろうと気持ちがぐらつきはじめていた。『検疫中』の札をドアにかけて人々に警告した方がましかも。

急いでアパートの建物を出ると、隣のクリニックに向かった。イライアスが仕事の日だといいのだけど。自分の疑惑について誰かと話したかった。できたら彼と。クリニックの中では数人が診察の順番を待っていた。一人の女性は暴れている男の子を必死に押さえつけながら、泣いている赤ちゃんを入れた乳母車を揺すっている。ローズマリーが受け付けデスクの担当だった。

「ハイ、ローズマリー。ドクター・スコットとお話しできるかと思って。忙しいのはわかってるんだけど、ちょっとお時間がとれるなら待たせてもらうわ」

「ああ、今日は診察の日じゃないんです。リンカーン・フォールズで往診をしています。ドクター・スタークフィールドならいますよ、それでお役に立つなら。おじいさまのことです

か？」

ラッキーは口ごもった。「いえ、イエスでもありノーでもあるの」イライアスを訪ねてきたのはジャックとまったく関係のないことを認めたくなかった。「これから〈スプーンフル〉に行く途中なんだけど……イヤリングをなくしちゃったの。誰かが見つけてくれてないかなと思って」

「あたしは見てませんね。でも、もう一人の受付係に訊いてみます。届けがあったら知っていると思います。あとでドクター・スコットから電話を入れた方がよろしいですか？」

「いえ、けっこうよ。急ぎじゃないから。明日お電話させていただくわ。ちょっと質問があっただけだから」

ローズマリーは信じられないと言わんばかりにラッキーを見た。たしかに見え透いた言い訳だった。するとローズマリーはにっこりした。たぶんロマンチックな理由があると察したのだ。ラッキーはますます落ち着かなくなった。「あなたが訪ねていらしたことはお伝えしますね」お見通しだと言わんばかりに微笑んだ。

「いえ、大丈夫。通りかかったから、ちょっとつかまえられるかなと思っただけ」

ローズマリーは相変わらずにやにやしていた。「今日はリンカーン・フォールズの病院に行ってますけど、明日村に戻ってきますよ」

奥に通じるドアが開き、アビゲイル・スタークフィールドがローズマリーの背後のスペースに姿を見せた。彼女はラッキーに微笑みかけると、あいさつした。「あら、こんにちは。

またお会いしたわね。何かお役に立てる？」

「いいえ、大丈夫です。ありがとうございます。ドクター・スコットが今日いらっしゃるかどうかローズマリーに訊いていただけです」

「彼は今日の担当じゃないけど、どこかにあなたの診察を入れられると思うわ」

「その必要はないんです。ちょっと彼と話したかっただけですから。先日、祖父を診察してもらったんです」ラッキーはローズマリーが口元をゆるめるのに気づいた。

「イライアスが言っていたけど、明日の夜のわたしたちのコンサートに来てくださるそうね」アビゲイルが大きな笑みを浮かべた。「ささやかな演奏を楽しんでいただけるといいんだけど。すばらしい歌手も何人か出演する予定よ」

「楽しみにしています」

「イライアスにいらしたことを伝えておくわ。じゃ、セント・ジェネジアス教会でお会いしましょう」

　最後にちらっとローズマリーを見ると、ラッキーは急ぎ足でクリニックを出た。ローズマリーにはきっと恋わずらいをしていると思われただろう。そんなに単純なことならいいのに。角を曲がって〈スプーンフル〉に向かった。イライアスに自分の推理について話したくてたまらなかった。ヴィクトリー庭園を通って〈スプーンフル〉の裏に死体を捨ててくることなら簡単にできる。当然、この推理はスタークフィールドがハニウェルの愛人であり殺人者だという仮定に基づいていて、とんでもない発想だということは承知していた。そもそも、よく知りもしない男の話から思いついたことなのだから。もしかしたらチャンスは話全体をでっちあげたのかもしれない。ただし、かなり真実らしく聞こえたのは確かだ。クリニックでアビゲイルに会ったことで、はっと我に返った。自分の推理がどういう意味をもたらすかという現実を突きつけられたのだ。ラッキーが正しかったら、あのスタークフィールドはハニウェルの愛人だったということ。アビゲイルのような女性にとって、その事実はとんでもない打撃だろう。さらにスタークフィールドが殺人者だったら、打撃どころではすまない衝撃を味わうはずだ。イライアスがいなかったのはよかったのかもしれない。疑惑について丸一日考える余裕ができた。明日の夜、彼とゆっくり話す時間がとれるだろう。

ラッキーは〈スプーンフル〉への角を曲がって正面ドアから入っていった。ソフィーは早くもやって来ていて、ジャックといっしょにテーブルでコーヒーを飲んでいた。ラッキーはコートを脱ぐと二人のところに行った。レストランには他に客がいなかった。ハンクとバリーはまだ来ていなかったし、マージョリーとセシリーが来るのはずっとあとだ。厨房で水の流れる音が聞こえた。

彼女はジャックに目を向けた。「レミーはずいぶん早くから来ているのね」

ジャックはうなずいた。「何か仕事をするのはあいつのためになるからな。ものすごくイライラしているみたいだ」

「わたしもよ」ソフィーが会話に加わった。「全員が不安な気持ちで結果が出るのを待っているみたい」ソフィーは大きなため息をついた。「今朝ネイトと話したの。明日か土曜日にはセージをボーンマスに連れていくつもりでいるようだった」

ラッキーはテーブル越しに手を伸ばして、ソフィーの手をぎゅっと握った。ジャックはやれやれと首を振った。「風向きが変わってくれるといいんだが」

「本当に」ソフィーがまばたきして涙をこらえた。

ラッキーは返事をしなかった。テーブルに陰鬱な雰囲気がたちこめた。「もっとコーヒーをいかが？　わたしは一杯もらうわ」

「いや、いい」ジャックは言った。「もうけっこう」

「ソフィーは？」

ソフィーもいらないと首を振り、窓の外にぼんやりと視線を向けた。ラッキーは立ち上がると厨房に入っていった。レミーは食器洗い機にかがみこんでいたが、彼女が近づいていく気配に飛び上がった。

「レミー、どうしてゆうべつけてきたの？」ラッキーは非難がましい口調にならないようにしながら静かにたずねた。

「おれが？」彼はさっと青ざめた。「何を言ってるのかわからないけど」

「あら、ごまかさないで、レミー。あなたを見たのよ。追いかけたでしょ。嘘をつかないで」

レミーはがっくりと肩を落とした。「ごめん。怖がらせるつもりはなかったんだ。パブから出てきたときにきみがシャベルを持って歩いていくのを見かけて、興味をそそられたんだよ。それにきみのことも心配だった。あんなことがあった場所に一人で戻っていくべきじゃないよ」

ラッキーは長いあいだレミーを見つめていた。彼の説明はちゃんと筋が通っていた。「じゃ、どうして逃げたの？」

「恥ずかしかったんだと思う。きみが何をしていたのかわからなかったけど、スパイしていると思われたくなかったんだ」レミーは肩をすくめた。「ところで、あそこで何をしていたんだい？」

ラッキーは説明しようかと思ったが、思い直した。「話せば長いんだけど、もうすんだの。いつか話すわ」

レミーが主張どおり悪意がなく、わたしをつけてくる隠された動機を秘めていませんように、と祈った。

31

イライアスがドアを押さえてくれ、二人は教会に入っていった。高い鐘楼で大きな鐘が鳴り、コンサートの開始を告げていた。花と常緑樹の小さな花束がリボンで結ばれ、それぞれの信徒席の端に留められている。祭壇に通じる階段の前で、演奏者は楽器の位置を調整した――ハープ、チェロ、バイオリン。彼らが音をあわせ、コンサートの準備をしている様子をラッキーはうっとりと眺めた。イライアスは右正面の信徒席に案内してくれた。ラッキーは席に滑りこむと、肩からコートをさっととった。

イライアスはプログラムを渡した。「うれしい驚きを味わうと思うよ」

今週の初めに付属チャペルでアビゲイルとばったり会ったときを除けば、何年もセント・ジェネジアス教会の内部を目にしていなかった。身廊はこうこうと照らされていた。左右からむきだしになった梁が斜めに伸びていて、中央で交差している。窓はすべてゴシック様式のアーチにはめられたステンドグラス。人々が入ってきて席を見つけ、左右の信徒席の知り合いとしゃべるにつれ喧噪が大きくなった。ほとんどの列席者は歌手の友人や親戚だったが、合唱隊は大人気で、イライアスの話だと、他の村からわざわざ聴きに来る人々がたくさんい

るということだった。

ついに劇場のように照明が落とされた。歌手たちは一列になって祭壇のわきから入場してきて、演奏者の上の階段であらかじめ決められていた場所に立った。指揮者が側廊に立ち、指揮棒を振り上げると、最初の調べが教会を満たした。ラッキーはプログラムを参照した。四曲のあとで休憩、それからさらに四曲の歌。ひとつはベッリーニの曲で、もうひとつはメンデルスゾーンのドイツ語の歌曲だった。クラシックについてほとんど知らないのが残念だった。耳を傾けているうちに、さまざまな声がちりばめられ、パートごとに独立しているのではなく一体となって音楽に深い響きを与えていることに気づいた。

アビゲイルは二列目で二人の女性にはさまれて立っていた。三番目の曲が終わると、アビゲイルは楽譜を手に前列に移動してきた。スタンドに楽譜を置くと、ハープだけの伴奏で独唱した。歌詞はフランス語だった。その調べに心がかき乱された。ラッキーはちらっとプログラムを見た。フォーレの〈夢のあとに《アプレ・アン・レーヴ》〉という曲だった。学生時代に習ったフランス語は錆びついていたが、それでもいくつかのフレーズは理解できた。「きみはぼくを呼び、ぼくは地上を飛び立ったのだ、光をめざして」

アビゲイルの声は愛らしかった。メロディがうねるように高まり、漂い、胸が痛むほどの愛の物語を紡ぎだした。お母さんはこの曲がとても気に入っただろう、とラッキーは思った。目を閉じ、メロディに身をゆだねていると、母親の思い出が次々に胸をよぎっていった。歌さながら、自分の魂が肉体を離れて、この音楽に乗って天井の梁の方へと漂っていくような気がした。名残惜しいほどあっという間にプログラムは終わった。ラッキーはイライアスの方を向いてささやいた。「うっとりする曲ばかりだったわ」

イライアスは微笑んでうなずいた。「だろう？　引退したプロもいるし、アマチュアもいる。でも、全員が高度な訓練を受けているんだ」彼は立ち上がると、ラッキーにコートを着せかけた。「ロビーで飲み物がふるまわれる。何か温かいものでも飲もう」

荷物をまとめ席を離れる人々といっしょに、二人は側廊を進んでいった。教会の反対側にトム・リードと奥さんを見つけて、ラッキーはぎくりとした。どうか姿を見られませんようにと祈ったが、彼のことだから、もしラッキーを見つけても不愉快なことは決して口にしないだろう。彼のオフィスでひどく失礼なことを口にしたのを思い返して、思わず顔をしかめた。あんなやり方はしたくなかったが、振り返ってみると、面と向かって質問をぶつけてみる以外にどうしようもなかったのでは？　リードが彼女の詮索に腹を立てたのは当然だったが、それにしてもその反応の仕方は異常だった。

イライアスがラッキーを見た。「どうかしたのかい？」

ラッキーははっと物思いから目覚め、彼に微笑みかけた。「いいえ、全然。ごめんなさい、ちょっと考え事をしてたの」

ドア付近は寒くて、冷たい突風が吹きつけてきたので、みんな戸口の内側にたむろしていた。友人たちがあいさつを交わしあっているので、あたりはにぎやかだった。これまでの公演のＣＤが売られているテーブルには人垣ができている。歌い手の何人かは友人たちと合流して、ペストリーのトレイのかたわらでおしゃべりしていた。

「イライアス！　間に合ってよかった」ジョン・スタークフィールドが教会から出てきて、片手をイライアスの肩に置いた。

イライアスはにっこりしてラッキーを見た。「ジョン――ラッキー・ジェイミソンは覚えているだろう？」

「ああ、もちろん。コンサートは楽しめたかな？」

「ええ、とても」ラッキーは答えた。「心を揺さぶられました。奥さまはすばらしい声をしていらっしゃいますね」

「たしかに。妻はこのコンサートのためにとても一生懸命練習していた――出演者全員がそうだがね。しかし、あなたのおほめの言葉を聞いたら妻はとても喜ぶだろう。では失礼。向こうに友人の顔が見えたので」笑みを絶やさずにスタークフィールドは足早に人の輪を迂回して、帰ろうとしていた二人の男性に合流した。

イライアスはラッキーをコーヒーポットの方に連れていくと、ふたつのカップにコーヒーを注いだ。「お砂糖とミルクは？」

「ミルクを少しだけ」

イライアスはナプキンでくるんだ紙コップを渡してくれた。「気をつけて、熱いから」

ラッキーは人混みを見回したが、相変わらず教会の反対側にいるリード夫妻をのぞいて、誰も知った顔はいなかった。「こういうコンサートによくいらっしゃるんですか？」

「前に一度行ったことがあるだけだよ」イライアスはコーヒーをひと口飲んだ。「そのとき公演にとても感動したんだ。リハーサルにどのぐらいの時間をかけているか、想像がつくよね。だいたい一年に四、五回はコンサートをしているし、きみも楽しめるんじゃないかと思って誘ったんだ」

「ええ、来てよかった。ありがとうございます」

「イライアス！」女性の呼びかける声がした。アビゲイル・スタークフィールドが人混みを縫って近づいてくるのが見えた。まだ黒いベルベットのロングドレスとコート姿だ。「来ていただけてよかったわ」彼女はつま先立ちになり、イライアスの頬にキスした。

「どんなことがあっても聴き逃すわけにはいかないからね」イライアスはにやっと大きく笑った。「アビゲイル、まだ会ったことがないかと思うけど……」

「あら、実は会ったことがあるのよ」アビゲイルは片手を差しのべた。「こんにちは、ラッキー。コンサートは楽しめて？」アビゲイルは明るい笑みを浮かべた。またもやラッキーはアビゲイルの顔にどこか母親を思いださせるところがあると感じた。

「心から楽しめました。すばらしかったわ。とりわけあなたの独唱に感動しました」

「まあ、なんてやさしいことを。でもうれしいわ、ありがとう。わたしはプロになったことはないの。グループの中にはそういう方たちもいるけど。だから、置いていかれないように努力しているわ」イライアスの方を向いた。「ラッキーといっしょに近々わが家のディナーに来てくださいね。来週末にはまたここでコンサートがあるけれど、そのあとはしばらく暇になるから」

歌い手の一人で、メタルフレームの眼鏡をかけた黒髪の女性がアビゲイルに近づいてきた。「お邪魔してすみません。でも、どなたかに確認しておきたくて。本当にあと二回リハーサルがあるんですか、明日と来週に？」

アビゲイルはうなずいた。「ええ、悪いけどそうなの。あと二回、それで曲は完成するはずよ」女性はラッキーとイライアスにうなずくと立ち去っていった。

アビゲイルは二人に向き直った。「リハーサルのスケジュールがとてもきつくなってるの。嵐の夜もできるだけ長く練習したけど、そのあと、みんなが雪で集まれなくて、しばらくリハーサルの予定を入れられなかった。だからロスタイムを埋め合わせるために必死なのよ。でも、次のコンサートが終わったら、ディナーにご招待するわね」

イライアスは答えた。「近いうちにディナーにうかがうのを楽しみにしています」

アビゲイルはラッキーに微笑みかけた。「そのときは、ぜひこのかわいらしい女性を連れてきてちょうだい。いつの夜がご都合がいいか教えてくださいね」自分たちの関係にアビゲイルはどういう印象を受けたのだろう、とラッキーは思った。アビゲイルの口ぶりだと、まるで二人はカップルみたいだった。でもラッキー自身、どういう関係になろうとしているのかはっきりわからずにいる。アビゲイルは友好的にふるまおうとしただけなのかも。アビゲイルはイライアスにはまちがいなく好意を抱いていた——夫の若い頃に似ていると思っているのか、もしかしたら息子のように感じているのかもしれない。

イライアスはラッキーに言った。「ディナーの招待を重く感じないでほしいな。でも、いざ、そのディナーを目にしたら、ぼくと来てよかったと心から思うよ」

ラッキーは他の人が自分とイライアスのことをどう見ているのか、もう勘ぐらないことにした。「楽しみにしています。ご招待くださるなんて、本当にやさしい方ね」

「アビゲイルはそういう人なんだ。親切で心が広い。お似合いの相手に巡りあえて、あの夫婦はとても幸運だよ。ジョンだけではなく、アビゲイルもとても幸せそうに暮らしている」

ラッキーはイライアスの言葉にぎくりとした。彼の言うとおりだったらいいのにとは思ったが、それでも、スタークフィールドが殺人事件に関わっているのではないかという疑惑は打ち明けるつもりだった。

仮設のサービスカウンターの後ろにあるゴミ箱に紙コップを捨てると、二人は出口に向かった。人波から飛びだしているトム・リードの頭が見えた。彼はラッキーに気づいた。ラッキーがまっすぐ見つめると、にらみ返してきたが、近づいてこようとはしなかった。外に出たのでラッキーはほっと安堵の息をついた。リードはまちがいなく彼女のことを覚えていたが、当然、こんな場で自分の経済状況について語り合いたくないにちがいない。それに、パトリシア・ハニウェルとなんらかの関係があったことをほのめかされ、ゴシップ種になるのは絶対に避けたかっただろう。そう、トム・リードはラッキーには何が何でも近づきたくなかったにちがいない。

「申し訳ないんだが、車で来なかったんだ。今夜はもっと暖かくなると思っていたものだから。暖冬傾向はもう終わったようだね」

ラッキーはマフラーをきっちり巻きつけると、手袋をはめた。「全然かまわないわ。夜に歩くのが好きなんです」チェストナット通りを村の中心部めざして歩きはじめると、二人のブーツはそろって雪をキュッキュッと踏みしめた。「実を言うと、おかしいんですけど、二、三日前にここに寄ったんです」

「そうだったのかい？」

「ええ。留置場でセージに面会して、〈スプーンフル〉に戻る前に……どうしてもしばらく静かな場所で過ごしたくなって。その日、アビゲイルと初めて会ったんです。初対面ではちょっとそっけなかったけど、忙しかったし洗礼式の準備をしていたせいだったのでしょうね」

「本当に？　まるで彼女らしくないな。彼女はこの教会の活動をとても熱心にやっているんだ。婦人の支援団体だか何かの組織のリーダーをしているし、ボランティア活動も盛んにやっているよ。たぶん、ちょっとプレッシャーを感じていただけだよ」

「そうだと思うわ。わたしは教会にふさわしいきちんとした服装をしていなかったんです、ジーンズで。それで好感が持てなかったんでしょうね」

イライアスはおかしそうに笑った。「彼女は礼儀作法についてはちょっと厳しいからね」

二人はブロードウェイの角まで来た。「一杯どう？　まだそんなに遅くないし。静かだったらパブに寄ってもいいし、ぼくの車をとってきてリゾートのどこかの店までドライブしてもいいね」

ラッキーは二人でいっしょに歩いているという親密さを楽しんでいた。この時間帯はパブは騒々しいのではないだろうか。といっても、リゾートに行くという考えもあまり気が乗らない。ふと、彼を自分の部屋に招待しようかと思った。でも、まだ部屋は引っ越しの箱だらけだったし、おもてなしできるような飲み物もほとんどない。ひと晩いっしょに過ごそうという重たい誘いみたいに聞こえるかも。彼がわたしに好意を持っているのは確かだわ。でも、はっきりした意思表示はまだされていない気がする。

「パブでかまわないわ。喜んで」

〈スノーフレーク・パブ〉は丸テーブルやブースが並び、暖炉を囲んですわれるようになっているカジュアルな店だった。暖かくて居心地がいい。ただし、ときたま荒くれ者の一団がどやどや入ってきて雰囲気をぶち壊しにしたが。

イライアスがラッキーのためにドアを開けてくれ、中に入っていくとお客はほとんどいなかった。長いバーカウンターのスツールに二人。カップルがブースに向き合ってすわっていて、暖炉のそばには誰もいなかった。ラッキーは迷わず暖炉の近くに置かれた空いているふたつの椅子をめざした。たちまちウェイトレスが注文をとりに現れた。彼女はまるで知り合いみたいにイライアスになれなれしく微笑みかけた。ラッキーは香料を加えたホットワインを、イライアスはエールを注文した。ウェイトレスは注文を書き留めると、またイライアスににっこり笑いかけた。ラッキーはかすかなジェラシーを感じた。彼ったら、ここに他の女性も連れてきているの？　我慢しきれなくてついたずねた。「ここにはよく来るんですか？」

イライアスはびっくりしたようにラッキーを見た。「ぼくが？　まさか。二度来ただけかな。どっちもクリニックの誰かの誕生パーティーだった」それからおかしそうに笑った。「ぼくはとても退屈な人間なんだ。仕事をしているか、最新の研究論文を読んでいるか、家を改修しているか。遊ぶ時間なんてないんだよ。退屈な男だよね」彼はにやっとした。

ラッキーは退屈だなんて全然思わなかった。さっき感じたジェラシーは自分でも意外だったが、彼がウェイトレスと顔なじみでなかったことでほっと胸をなでおろした。

「そうだ、気分転換と言えば、来週の週末に予定がないなら、ディナーに誘ってもいいかな？　ぼくの料理できみをうんざりさせないって約束するから」

「あら、あなたのお料理にうんざりなんてしてませんよ」ラッキーは笑った。「ええ、喜んで」

「本物のレストランにご招待するよ――五つ星のね」

ウェイトレスが飲み物を運んできた。イライアスは何枚かの紙幣をトレイに置き、釣りはけっこうだと言った。

ラッキーはホットワインをひと口すすった。クローヴとシナモンの香りがした。

「留置場にセージを訪ねたと言ってたね」イライアスがたずねた。

「月曜の朝の罪状認否まで、うちのレストランで食事の面倒を見ることになっているんです」

「で、〈スプーンフル〉は？　少しお客が戻ってきた？」

「だめです」ラッキーはかぶりを振った。「二、三人の常連さんと、観光客ぐらい——さっぱりです。あの女性……あの事件のせいで……どう言ったらいいのか。どのぐらい持ちこたえて請求書を支払っていけるのかわからないわ」

イライアスは温かい手をラッキーの腕に置いた。「営業を続けていくためにローンが必要なら、どうかわたしに言ってほしい。〈スプーンフル〉はこの村の名物だよ。閉店してほしくないんだ。それに冬の観光客はすぐに忘れると思うな。ゴシップをいつまでも流しているのは地元の連中だけだよ」

「まあ、イライアス、本当にありがたいわ。でも、あなたからお金を提供していただくわけにはいかないんです。ともかく、それは正しいことじゃないと思いますから。必要なのはセージの汚名がすすがれることです。そもそも、あの女性はレストランの裏で殺されたんじゃないと思うんです」

「やはりセージが無実だと信じているのかい？」

「そうです。それに……実はあちこちで聞いたところによると、彼女は数人の男性と関係があったようなんです。たぶん、いえ、絶対に、本物の脅威になったので殺されたにちがいありません。それに、妊娠したこともそれに関係していると思います、賭けてもいいわ」

イライアスは顔をしかめた。「ラッキー、何をするにしても、どうかそのことはもう口にしないでほしい。やがて明るみに出るだろうけど、ぼくも口を滑らせるべきじゃなかった」

「心配しないで。これまで誰にも言ってませんし、これからも言うつもりはありませんから」うっかりエリザベスに言ってしまったことを思い出したが、彼女は絶対に口外しないと信頼できた。「だけど、ハニウェルが妊娠を利用して誰かの結婚生活を破綻させようとしていたら、それは強い動機になります」

イライアスは肩をすくめた。「ネイトがすべてを解明してくれるように祈ろう。それにきみのためにもセージが無実だといいね」

ラッキーはグラスの中の濃い赤の液体を回した。「イライアス、パートナーのことはどのぐらいご存じなんですか？」

「ジョンのこと？　すばらしい人だよ。数年前に知り合って、ずっと仕事ぶりを見てきた。とても優秀な医者だよ。それにクリニックではとても人望がある」イライアスの顔が険しくなった。「まさか彼のことを疑っているんじゃないよね?」

「特に彼をってわけじゃありません。ただ訊いてみただけ」ラッキーは駐車場でチャンスと話したときに、ハニウェルが無料で治療を受けられると言っていたことを伝えた。

イライアスは暖炉の炎を見つめながらビールを飲んでいた。「きみの努力に水を差すつもりはないんだけど、その男のことはまったく知らないんだろう？　どういう経緯でそのチャンスという男に会ったんだい？」

「ソフィーから紹介されて――彼女のことはご存じでしょ――スノーフレークで幼なじみだったの。ソフィーはセージとつきあっているので、逮捕されてすっかり打ちのめされているんです」

「だけど、彼女はチャンスを自分の望むようにしゃべらせることだってできるんじゃないかな？　きみの言うとおり、打ちのめされているなら、セージに不利な状況をひっくり返すためにどんな手だって使うだろう」

「たしかにそうかもしれません。だけど、チャンスが嘘をつく理由は見当たらないんです。ソフィーに頼まれたから、しぶしぶ話してくれただけで。さもなければ、彼から情報を引きだすことはできなかったでしょうね」

「うーん、どうなのかなあ……」イライアスは同意できないようだった。数分のあいだ黙りこんでいたが、ようやくラッキーの方を向いた。「セージが無実だと信じていることはわかるけど、確実なことは何もわからないんだ。セージが〈スプーンフル〉に戻ってきて、すべてが元どおりになってほしいと願っているきみの気持ちもわかるよ。だけど、捜査は警察に任せておいて、首を突っ込むべきじゃない」

ラッキーはむっとした。「それには同意できないわ、イライアス。セージを逮捕するなんて、ネイトは早まったことをしたのよ。わたしはセージが無実だと思っている。心からそう信じてます。たしかに、彼を留置場から出したい個人的な理由もあるけど、罪を犯した人間にセージの代わりに罪をつぐなってほしいっていう気持ちの方が大きいんです。だってセージが無実なら、殺人者がわたしたちのあいだを歩き回っているってことですよ」たちまち、ラッキーはそんな激しい口調でまくしたてたことを後悔した。

イライアスは椅子にもたれた。「じゃあ、ジョンがこの女性と関係を持っていたかもしれないと考えているんだね？」

「その可能性はあるんじゃないかしら？」

イライアスの顔からすうっと表情が消えた。「いや、ないね。とうてい信じられない。彼のことはよく知っているから、こんなことに関わっているとは絶対に信じられない。とりわけ、ああいう女性と」

「ああいう女性？」イライアスの生活がさっきの説明どおり禁欲的なら、どうしてパトリシア・ハニウェルの行状を知っているんだろう？

「村のあちこちで噂されていたからね。耳に入れないようにする方がむずかしいよ。だけどラッキー、きみはあれこれ聞き回っている。その質問によって、ぼくが心から尊敬している人を傷つける可能性があるんだ。おまけにアビゲイルは友人でもある。噂っていうのがどうやって広まるか知っているだろう。こんな小さな村だと、噂によって人の評判がだいなしにされかねないんだ」

ラッキーは厳しく叱責された気がした。でもイライアスの言うとおりだった。「誰かを傷つけるつもりなんてありません。ただ罪のある人が逮捕され、〈スプーンフル〉の名誉を回復したかっただけ。あなたもたぶんよくご存じのはずだと思いますけど——両親は働きづめで、みなさんに好かれ、いい評判を築いてきたんです」

イライアスの表情がやわらいだ。「そのとおりだね。だから、きみとジャックがこんな目にあっているのを本当に気の毒に思っているんだ。誰と話すにしても、とにかく用心してほしい。きみの考えていることが当たっていたら、殺人犯が野放しになっているわけで、きみは次のターゲットにされかねないよ」

32

ラッキーはゆうべの自分とイライアスの――なんと呼ぶべきか――「口論」についてまだくよくよと考えていた。いや、実際には口論ではなかったが、なんとなく、パブを出たあと二人のあいだはぎくしゃくしてしまった。彼女のアパートまで送ってくるあいだ、イライアスは黙りこくっていた。完璧な紳士としてふるまっていたものの、内心、ラッキーに腹を立てていたのではないだろうか。自分の口調はきわめて非難がましかったし、パートナーに疑いをかけられて、さぞ不愉快だったにちがいない。そう思うと顔が赤らんだ。それでもイライアスの反応を思いだすと、またもや怒りが頭をもたげた。

カウンターを拳でガツンとたたくと、容器に入れたフォークとナイフを並べ直した。これで三度目だ。叱られた子どものような気分だった。わたしには自分の考えや意見を言う権利がないみたいじゃないの。質問をして回る権利がないって言うの――お利口、お利口と頭をなでられれば、おとなしくなるとでも？　彼の意見にラッキーは猛烈に腹が立った。ゆうべがどんなふうに終わるか夢想していたことを思いだすと、いっそうむしゃくしゃした――情熱的なキスとか、イライアスの気持ちがはっきりする何かが起きるとか、そんなふうに期待

していたのだから。イライアスは来週も誘ってくれた。でもいっしょに過ごしていてもアツアツの雰囲気にはならなかった――ひどくあいまいな関係だ。自分がもっと先に進みたがっているかどうかもよくわからなかったが、イライアスが自分に好意を持っているのか、あるいは友人としてふるまっているだけで、他にやることもないから暇つぶしに誘っているだけなのかはっきりさせたかった。

マージョリーとセシリーはやって来たが、もう帰っていった。ハンクとバリーはまだ来ていなかったし、他には一人もお客がいなかった。セージが今日ボーンマスの施設に移されたことをジャックが聞きこんできた。月曜に罪状認否手続きが行われることになるだろう。ラッキーは窓のネオンサインを見つめた。暗くなっていく空を背景に鮮やかに瞬いている。また雪嵐になりそうだった。

ドアの上のベルがチリンチリンと鳴った。ラッキーが期待をこめて見上げると、寒風が吹きこんできた。ソフィーが戸口に立っていた。ラッキーをじっと見つめてから、ジャックをちらっとうかがってレストランを見回した。「レストランの経営が思わしくないって冗談じゃなかったのね？」

「そうよ。コーヒーでも飲む？　サービスするわ」

「うれしいわ」ソフィーはカウンターまでつかつか歩いてくると、ため息をつきながらスツールにドスンと腰をおろした。「聞いた？」

「セージのこと？」

「今朝移されたの」

ラッキーはソフィーの前に熱々のコーヒーのカップを置くと、自分にもコーヒーを注いだ。

「本当にお気の毒だわ、ソフィー」

ソフィーはうなずいた。顔がくしゃくしゃになり、涙があふれはじめた。切れ切れに嗚咽しながら泣きじゃくった。ラッキーはカウンターを回っていき隣にすわると、泣いている友人の肩に腕を回した。

「何もかも絶望的に思えるわ」ソフィーはつぶやくと、乱暴に鼻をこすった。ラッキーは紙ナプキンを渡した。

「絶望的なんかじゃない。セージのことを見捨てないで」

「セージを見捨てるつもりなんてないわ。そういうことを言ってるんじゃないの。ただ……この騒ぎのこと」ソフィーは大きな音を立てて洟をかんだ。「何かわかった？」

ラッキーはちらっとジャックをうかがった。正面の窓辺で新聞を手にすわっている。彼はその視線に気づき、如才なくまた新聞を読むことに戻った。「イエスでもありノーでもあるわ。だけどチャンスに興味深いことを聞いたの。彼女が会っていたのは……」ハニウェルが妊娠していたというイライアスの打ち明け話は口にしたくなくてためらった。それにジョン・スタークフィールドに対する疑惑を伝えるのも気が進まなかった。

「誰だったの？」ソフィーが追及した。

「フリーじゃない誰かと会っていたんじゃないかって気がするの――たぶん結婚している人

で、ハニウェルは彼を脅していたんじゃないかな」

「そう、なるほどね……誰だか知ってるの？」

ラッキーは首を振った。「思いつく人全員と話してみたわ。どれも行き止まり。だけど、あきらめるつもりはないわ。店を見てよ。このまま事件が解決されなかったら破産しちゃう。ジャックはどうしたらいい？　わたしはどうしたらいい？　両親の成功していた事業を引き継いだのに、経営を手がける前にすでにつぶれかけている。あなたに劣らず、わたしだって必死なのよ」

ソフィーはうなずいた。「お気の毒に。あなたのせいじゃないわ。あなたを非難するつもりなんてまったくないわ」

「彼は検査をしたって言ってた？　ＤＮＡの？」

「いいえ」ソフィーの目に怯えが走った。「そんなことをして何になるの、セージは彼女といっしょにいなかったのに？」

ラッキーはどういう説明をしたらいいか慎重に考えた。「女の子たち――ジェニーとメグがね、あの嵐の夜。ええと、その夜にハニウェルは殺されたんだけど……」

「はっきり言ってよ、ラッキー」ソフィーの顔はすっかり血の気を失っていた。

「二人は車に乗っているハニウェルを見かけたの。彼女は車を停めると飛び降りて、通りを突っ切ってセージのところに行った。彼はちょうど家に帰るところだった。女の子たちによると、彼はハニウェルに触れなかったって。『ぼくに触らないでくれ』と言わんばかりに彼女に向かって両手をあげたとか。だけど、ハニウェルが手を上げたように見えたらしい。セージにそのことを訊くと、そのとおりだと言ってた。首筋にひっかき傷ができていたわ。彼は飛びのいて、大急ぎでその場を立ち去った。あなたをこれ以上動揺させたくないけど、もし……」

「セージの皮膚が彼女の爪から発見され、彼のものだと証明されたらどうなるか、ってことを話しているのよね」ソフィーはしめくくった。「なんてこと」ソフィーはつぶやいた。「あの晩わたしの家にいさえしたら、完璧なアリバイがあったのに」

ラッキーはセージからその説明を聞いていたが、ソフィーにそれを確認しておきたくなった。「どうしていっしょじゃなかったの？」

ソフィーはすばやくラッキーを見た。「嵐のせいよ。仕事で遅くまで足止めされたうえ、翌日は早朝に初心者クラスがあったから——リゾートのインドア・ゲレンデで。外のゲレンデに出る前にスキーを学び始めたばかりの人たち用に設置されているの。家に帰るのが怖かったのよ。翌朝戻ってこられないんじゃないかって。それであっちに泊まったの」

ラッキーは気持ちが顔に出ないようにした。ソフィーはセージには筋をちがえたから、早く寝たいと言っていたのだ。どうしてレッスンの予約が入っていることについてきちんと説明しなかったのか？　どちらの説明も真実で、たんにソフィーはロッジに泊まることをセージに知られたくなかっただけかもしれない。どちらかが百パーセントの真実を語っていないとしたら、それはソフィーなのかもしれなかった。

ラッキーの胸に強烈な恐怖がわきあがった。ソフィーが見かけほど潔白ではなかったら？　もし……もし彼女が口にしている以上のことを知っていたら？　ハニウェルの殺人になんらかの形で関わっていたら――事後従犯だとしても――そしてセージが容疑者になるとは夢にも思っていなかった？　自分ではあきらかにできないことを明るみに出すために、わたしを利用していたの？

「ソフィー――本当にこの件で知っていることはすべて話してくれたの？」

ソフィーは目を大きく見開いた。最初のうちは返事ができず黙っていた。心の中であれこれ天秤にかけているのがひしひしと伝わってきた。それからいきなり怒ったように言った。

「いったい……？」

「他にもあるの。詳細は言いたくないけど、ハニウェルが脅迫電話を受けていたということがわかったの――村から出ていけって脅す電話よ」

ソフィーは目を見開き、頬に赤みがさしてきた。「どうしてそれを……」

ラッキーは問いかけるように友人を見つめた。「ソフィー……」

ドアの上のベルが鳴った。誰が来たのかとソフィーはさっと視線を向けた。クリニックのローズマリーだった。ドアを閉めると、片手をあげてあいさつした。ソフィーはひとことも言わずにカウンターに向き直り、いらだたしげな視線をラッキーに投げつけた。すばやく目をぬぐう。ラッキーはローズマリーに手を振ると、カウンターにどうぞと手振りで示した。

ローズマリーは帽子を脱ぎマフラーをはずし、ちらっとソフィーを見た。「お邪魔したんじゃないといいんですけど」

ソフィーは片手を振った。「全然。どうぞごいっしょに。お互いに同情しあっていただけだから」

「みんな、どこですか？」ローズマリーはレストランを見回した。

「みんな、近づいてこないみたいね、どうやら。ランチに来たの？　だったら、大歓迎よ
——今日はスープは二種類、サンドウィッチは三種類から選べるわ」ラッキーは応じた。

「昼休みなんです。あまり時間はとれないんですけど、スープとサンドウィッチのハーフをいただければ」

「チキンとアーティチョークのタラゴン風味のスープと、白ワイン、それにアボカド、トマト、スプラウトのサンドウィッチでいかが？」

ローズマリーはにっこりしてうなずいた。

「了解。ちょっと待ってね」ラッキーは言うと、厨房にひっこんでたっぷりスープをよそい、すばやくサンドウィッチのハーフを準備すると、カウンターに戻ってローズマリーの前に皿を並べた。「気に入っていただけるといいんだけど。最近はあまりたくさんのメニューを用意していないの」

「おいしそう」ローズマリーは手袋を脱いで、熱いスープをかき回した。「本当はクリニック以外でお話ししたいことがあって来たんです」

ラッキーは耳をそばだて、ソフィーはスツールを回してしげしげとローズマリーを見つめ

た。

ローズマリーはサンドウィッチに大きくかぶりついた。口をもぐもぐさせながら、こう言った。「イヤリングをなくしたかも、って言ってましたよね？ それであたしが見かけていないって答えたでしょ？」

ラッキーはうなずいた。

「で、もう一人の受付係のメリッサに訊いてみたんです。彼女はある女性患者が、うちの裏口の階段でイヤリングを見つけて駐車場から引き返して届けてくれたって話してくれました」

「どういうイヤリングだった？」

「え、あなたのじゃないんですか？」ローズマリーは困惑してラッキーを見た。

ラッキーは一瞬、言葉につまった。「ああ、そうだ、思いだした。ラインストーンがぶらさがったやつ」

ローズマリーは額にしわを寄せた。「もう、冗談を言ってるんですね？」

「いいえ。どうして？」

「だって、メリッサがこのイヤリングはとても高そうだって言ったんです。ダイヤにちがいないって。それで彼女は覚えていたんですよ。メリッサはそれを忘れ物を入れる引き出しの中の箱に入れました。そして誰彼かまわず訊いて回って——看護師、ときどき来る検査技師、事務係なんかに——全員が自分のじゃないって答えました」

「それ、今そこにあるの?」ラッキーは興奮がわきあがるのを感じながらたずねた。

ローズマリーは最後のサンドウィッチを口に入れると、ナプキンでそっと口元をふいた。スプーンをスープにいれ、熱い液体を慎重に飲んだ。「おいしいわ。ありがとう、ラッキー。あなたが作ったんですか?」

「いいえ。セージがまえもって用意しておいてくれたスープのひとつよ」せっかちにラッキーはまた質問した。「そのイヤリングはまだあるの、クリニックに?」

「それが妙なんです。メリッサは引き出しに入れたって言うんですけど、見当たらなくなっているんですよ。誰かがとったんです。でもどうして片方のイヤリングをとったんでしょう? たとえ価値のあるものだったとしても」

ラッキーは希望が砕かれるのを感じた。それがパトリシア・ハニウェルの死体から発見されたイヤリングのもう片方だということに賭けてもよかった。ハニウェルが〈スプーンフル〉の裏で殺されなかったことの証拠だった。それによって、遠回しだがレストランとセージの汚名がすすがれるはずだ。さらに真犯人を指し示してくれるかもしれない。考えれば考えるほど、ハニウェルはクリニックで殺されたように思えてきた。

ソフィーは問いかけるようにラッキーを見た。ラッキーは黙っていて、とあわてて目顔で知らせた。「じゃあ、それはわたしのじゃないわ。だって、わたしはダイヤのイヤリングなんて持っていないもの。きっとイヤリングの持ち主が取り返したのよ」

ローズマリーはあっという間にスープを平らげた。「だといいんですけど。自分であなたに伝えたかったんです。それにクリニックでは話したくなかったから。本当のことを言うと、誰かが盗んだんじゃないかって不安なんです。それに、その責任を問われたくなかったたし」

「ひとこともらさないわ、大丈夫」

「ありがとう、ラッキー。おいしかった。おいくらですか？」

「お店のおごりよ」ラッキーはにっこりした。

「そんな、いいんですか？」

「もちろん。ただし、またお店に来てちょうだい、他のお客さんも連れて。いいわね？」

ローズマリーは笑った。「全力を尽くします。この事件のことじゃ、みんなおかしいんですよ」

ラッキーは「おかしい」は殺人がかきたてた恐怖を表現する形容詞とはとても言えない、と心の中で思った。でも、少なくともローズマリーがそういう態度なのはうれしかった。イライアスが与えてくれた情報は正しいのだろうか――ハニウェルがクリニックの患者ではないということだ。コンピューターの記録ではそうなのだろうが、患者だったのに名前がどこかにまぎれてしまっていたら？　仕事が山積みになっていて、事務係は情報を打ちこむのが間に合わなかったのかも。あるいはクリニックの何者かが彼女の名前をデータベースから消した？

「ハニウェルっていう女性をクリニックで見かけたことがある？」

ローズマリーは首にマフラーを巻きつけていたが、ちょっとためらった。「あそこでは見たことありませんけど。どうしてですか？」

「なんとなく。ただ興味があっただけよ。村に滞在していたなら、何かの理由で医者が必要になったかもしれないでしょ」

「どんな可能性だってありますけど、クリニックでは見かけてませんね。地元の人間以外を見かけたら、必ず覚えているはずです」ローズマリーは出口をめざした。ラッキーはすばやくカウンターから出て、彼女を追いかけた。ローズマリーのためにドアを開けてやり、片手でドアを閉めながら外に出た。

「ローズマリー――あとひとつだけ」ローズマリーは眉をつりあげた。「ジョン・スタークフィールドはどういう車に乗っているの？」

「今日はやけに質問が多いんですね」ラッキーが返事をしないでいると、ローズマリーは先を続けた。「黒いボルボです――彼とアビゲイルはおそろいの車に乗ってます」ローズマリーはラッキーがどうして知りたがったか説明するのを待った。「どうしたんですか、ラッキー？　どうしてドクター・スタークフィールドの車について知りたいんですか？　話してくれていないけど、何か知っていることでもあるんですか？」

「たいしたことじゃないの、本当に。レキシントン・ハイツで車が売りに出ているのを見かけて、彼のかもって思っただけ。でも、それは黒じゃなかったわ。勘違いしちゃったみたいね」

ローズマリーの好奇心はラッキーの説明で満足させられたようだった。説得力のない答えだったが、あれこれ質問されて白状する羽目になったり、もっと悪いのはクリニックで噂を広められたりするよりもましだろう。ローズマリーは通りを去っていき、ラッキーはカウンターに戻った。

「さて」カウンターからお皿をとりあげようとすると、ソフィーがラッキーの腕をつかんだ。「イヤリングの件はどういうこと？」

ラッキーはソフィーに打ち明けるのをためらった。セージの汚名をすすぐ以外に、ソフィーが別の意図を秘めていないと確信できなかったからだ。でも、最終的に別に害はないという結論に達した――ソフィーが口を閉ざしている限りは。「わたしが話すことを絶対に誰にも言わないでね。すべて推測だし、ネイトや誰かにとがめられるのは嫌だから」

ソフィーはうなずいた。「言わないわ。だから話して」

「ハニウェルはここで殺されたんじゃないと思うの。クリニックの裏の駐車場で襲われたのかもしれない」

「どうしてそう考えたの？」

ラッキーはジャックをちらっとうかがった。ジャックは世界でいちばん信頼している人間だが、確実な証拠をつかむまで彼に疑惑を話したくなかった。「このあいだチャンスにばったり会ったの。彼は別のことを思いだしてくれて――最初に会ったときは思いつかなかったことなんだけど」

「それで？」ソフィーは期待をこめてたずねた。

「ある日ハニウェルがスキーで足を痛めたので、リゾートの医者に診察してもらえるか訊いてあげようとしたんですって。彼女はそれにはおよばない、心配しないでって答え、無料で治療が受けられるからって言ったそうなの」

「で、あなたはハニウェルがクリニックの医者の一人と会っていたと考えているわけね」

「わたしのアパートのキッチンの窓から眺めていて気づいたの。クリニックの裏の駐車場からヴィクトリー庭園を通って路地に出られるって。しかも庭園のフェンスの両側にはゲートがあるのよ」

「それなら、殺人者は死体をクリニックから路地までひきずってきて、ここに捨てることができたわけね」

ラッキーはうなずいた。

「あなたが正しいとすると、彼女の死体は実際の犯行現場から注意をそらすためにここに捨てられたんだわ。でも彼女の車の中で殺されて、誰かがここまで運転してきて死体を捨てた可能性もある。あるいは死体は誰かの車に積みこまれたけど、路地が捨てるのにうってつけの場所だったのかも。でも、彼女がクリニックで殺されたということは証明できないわ」

「彼女が発見されたとき……」ラッキーは大きく息を吸った。「わたし、死体を見たのよ、ソフィー。そして耳からイヤリングがぶらさがっていた——ひとつだけ。ネイトと鑑識官は現場一帯を徹底的に調べていたけど、もう片方は出てこなかったの」

「たった今、ローズマリーは片方だけのイヤリングが発見されたと証言した。でも、それがハニウェルの耳についていたものと同じかどうか知るすべはないわけね」

「ひとことで言えばそうなるわ。だから、それがまだクリニックの落とし物箱に入っているんじゃないかと期待していたの」

「なるほど」

「このあいだの夜――何か見つけられないかと思って雪と氷を掘ってみたわ」

「何か見つかった？」

「いいえ。でも、クリニックで発見されたイヤリングがハニウェルのもので、それが行方不明になっているなら、誰かが盗んだのよ。そしてその誰かさんはクリニックで働いているにちがいない」

ソフィーは息をのんだ。「あなたの言うとおりかもしれない。たぶん、ハニウェルはその年上の医者と関係があったんだわ。それに、あの魅力的な若い人はどうなの――なんて名前だったっけ？」

「イライアス・スコットのことね」ラッキーはソフィーを用心深く観察しながら答えた。ソフィーはわたしたちが会っているという噂を耳にしたことがあるの？　でもソフィーの表情にはそれらしきものは読みとれなかった。「それでも、何も証明されないわ。彼女はクリニックの患者だったのかもしれない。夜あそこで別の誰かと待ち合わせしていたのかもしれない――何だって考えられる。でも、ソフィー、お願いだからこのことは他の人に言わないで。秘密にしておいてね。ただの荒唐無稽な推測だし、証明できないんだから、噂が流れて誰かの評判を傷つけたくないの。お願いね」

「ああ悔しい。そのイヤリングを手に入れられればいいのに」ソフィーは立ち上がってコートを着た。「そろそろ行かないと。リゾートまで行かなくちゃならないの。また電話するわ。あなたもまた何か聞きこんだら電話してね、お願い」

「ちょっと待って。そんなに急がないで」

ソフィーは歩きかけて足を止め、ゆっくりとラッキーのところに戻ってきた。うしろめたそうな笑みを浮かべ、ひとことも発しなかった。

「どうかしたの？」

「わたしが何のことを言ってるか、よくわかってるでしょ。ハニウェルが脅迫電話を受けていた、と言ったとき、あなたの顔を見たの」

「だから何？　当然の報いでしょ」ソフィーは肩をすくめた。「オフィスの男性に二、三度かけてもらったのよ」

「ソフィー！」

「わたしを甘く見ないでってことを教えてやったのよ」ソフィーはにやっとするときびすを返し、さよならと手を振った。

ラッキーはソフィーが帰っていくのを見送っていた。ともかく、謎がひとつ解けた。そして、イヤリングの件とクリニックに対する疑惑についてソフィーにしゃべったことが、大失態になりませんようにと祈った。セージは殺人事件のあった夜のアリバイがないかもしれないが、ソフィーも同じようにアリバイがないということはこれまで頭に浮かばなかった。嵐のせいでひと晩じゅうリゾートにいたことを誰も証言できないなら、ソフィーも嫌疑をかけられる可能性があった。

33

正午少し前に、二人の客が入ってきた——中年カップルだった。冬の観光客で、村に着いたばかりなので地元の噂が耳に入っていないにちがいないとラッキーは思った。二人は不思議そうに見回した。「営業してますか?」男性がたずねた。

「ええ、やってますよ。どうぞ、おすわりください」ラッキーは二人を窓辺のテーブルに案内した。通行人から新しいお客の姿が見える席だった。どんな些細なことでも店のためになるわ、と彼女は思った。「今日のメニューの種類は少なめです」うちのシェフが留置場に入っているので。「でも、とてもおいしいチキンとアーティチョーク、それにポテトとポロネギのスープがございます。サンドウィッチはドライクランベリー入りのターキーと、ベーコン、トマト、アボカド、スプラウトの入ったグリルドチーズがございます」

新しいお客はポテトとポロネギのスープとターキーとクランベリーのサンドウィッチのハーフをひとつずつ注文した。彼女がちらっとハッチをのぞくと、ジャックがテーブルで新聞を読んでいて、ウィンクした。

ラッキーはクリニックで発見されたイヤリングについてネイトと話した方がいいかどうか

迷っていた。あまり役に立ちそうもなかったが、たとえネイトに怒られたとしても、報告するべきことのように思えた。もっとも、すでに彼はわたしにかなり腹を立てているかもしれないけどね。

ラッキーは待合室の硬い木製ベンチに腰をおろし、ブラッドリーがカウンターの向こうでタイプライターをおぼつかない手つきでのろのろたたいているのを眺めていた。ネイトはもうすぐ戻ってくると言われていた。いらいらしたが、今は待つしかなかった。ようやく勇気を奮い起こしたので、いまさらあとにはひけない。でも、スケジュール帳について知っていることや、熊の小道通りの家を探したこと、トム・リードとハニウェルのあいだにつながりがあることについてはネイトに言うわけにいかなかった。ラッキーはそういうことを知らないはずだったので、そのままそう思わせておくつもりだった。誰にも言わないと数人に約束させていることも考えあわせると、いったい何を明らかにできるだろう。ハニウェルが妊娠していたことも、無料で治療を受けられると言っていたことも話せない。話せることがかなり制限されていた。そもそも何か新しい事実を伝えたら、捜査を妨害したと責められるかもしれない――もっとも、彼女の見る限り捜査が続行中には思えなかったが。

建物の裏手でドアがバタンと閉まる音がした。留置場がある場所とは反対側だ。廊下から受け付けデスクの方に近づいてくる重い足音が聞こえた。ラッキーはぱっと立ち上がると、ネイトが自分を無視できないようにカウンターに近づいていった。ネイトはカウンターのスイングドアを開けて入ってくるとコートを脱ぎ、それをデスクの後ろの椅子にかけた。目を上げたときラッキーに気づいた。あまりうれしそうな顔ではなかったが、ラッキーはさっそく進みでて言った。

「こんにちは、ネイト」

ネイトはため息をつき、質問を浴びせられる心構えをした。「どういう用かな、ラッキー？セージはもうここにいないよ」

「わかってます。聞きました。別のことなんです。二人だけでお話しできませんか？」ブラッドリーが聞き耳を立てているのがわかった。

無言のまま、ネイトは自分の狭いオフィスの方を片手で示した。ラッキーが中に入るのを待って、彼はぴしゃりとドアを閉めた。デスクの向こうの大きな椅子にドスンと腰をおろす。ラッキーは大きく息を吸うと、話を切りだした。「ネイト、賛成はしてもらえないと思いますけど、わたし、ハニウェルが〈スプーンフル〉の裏で殺されたとは思っていないんです」

ネイトのまぶたがちょっぴり痙攣《けいれん》した。ラッキーは先を続けた。「〈スノーフレーク・クリニック〉の裏で殺され、死体はヴィクトリー庭園の中をひきずられて嵐が始まる前に〈スプーンフル〉の裏の路地に捨てられたんだと思います」

ネイトは長いあいだ彼女を見つめていた。そして、ようやく口を開いた。「その推理を裏付ける証拠があるのかね？」

「ええ、まあ」ちらっとネイトをうかがった。「発見されたとき、彼女は片方だけイヤリングをつけていたのを知っています。で、あなたはもう片方をまだ見つけていませんよね」話しはじめると、勇気がわいてきた。「クリニックの受付係に落とし物がなかったか訊いてみたんです。イヤリングが見つからなかったか。ローズマリーは落とし物を入れておく引き出しには何も入っていないと言いましたが、聞き回ってくれました。すると、もう一人の受付係が、裏口の階段でイヤリングを見つけた患者さんが届けてくれたと言ったんです。彼女はそれを落とし物用の引き出しにしまいました」

「では、そのイヤリングは今そこにあるんだな？」

「そこが問題なんです。もう一人の受付係とローズマリーは、それを見つけられなかったんですよ。なくなってしまった。でもその女の子は絶対に引き出しに入れたと言っています」言葉が口から出たとたん、ネイトにとっては実に馬鹿馬鹿しい説明に聞こえただろうと気づいた。

ネイトは無言のままラッキーを見つめている。もう一度まばたきすると、言った。

「つまり、クリニックの裏でイヤリングが発見されたので、きみはそれが殺人の被害者の行方不明のイヤリングだという結論に飛びついたわけだな」

「ネイト、わたしはあの朝、彼女の耳のイヤリングを見たんです。見つかったイヤリングの特徴とほぼ同じに思えました」

「どんな特徴だって？」

「長くて垂れていて、たぶん石はダイヤモンド」

「ラッキー」ネイトは子どもに説き聞かせるかのような辛抱強い口調になった。「もしかしたら……そうだな、もしかしたらそれは彼女のイヤリングかもしれない。しかし、どこで、いつなくしたかについてはさまざまな可能性がある。あるいは、同じイヤリングを何組か持っていたのかもしれない。何ひとつ証明できないんだ。おまけに今、そのイヤリングも消えてしまったときた」

「たしかに。それだけのことです。でも、消えたんじゃありません。クリニックの誰かに盗まれたんです。イヤリングが見つかったら困るから。あまりにも偶然の一致が多すぎます」

「すべてただの仮定の話じゃないかね？　しかも、もうイヤリングはないんだろう？　ほほう、もしやきみは誰がイヤリングを盗んだか見当がついているんじゃないのかね？」

ラッキーは最後の皮肉っぽい言葉は無視した。「せめてもう一人の受付係と話をして、死体がつけていたものを見せ、同じものかどうか確認していただけませんか？」

ネイトは返事をしなかった。しばらくして、紙をとった。「わかったよ、彼女の名前は？」

「話をしてくれたのはローズマリーです。メリッサがもう一人の受付係」

「苗字は？」

「知りません」

「たいしたもんだ。いや、まったくあきれたよ。きみは彼女の苗字すら知らない。その彼女は誰かが届けたイヤリングを見つけられなくて、おまけにイヤリングは行方不明になっている。もちろん、その届けた人間が誰なのかは覚えていないんだろうね。あきれて開いた口がふさがらないよ。ただでさえ仕事がどっさりあるのに」彼はぶつくさ言った。

「ドクター・スタークフィールドと話してみるべきだと思います」

ネイトはさっと顔を上げた。「どうしてだ？」

「彼はハニウェルと関係があったんじゃないかと思うんです」

「思うだと？　ところで、彼がこの殺人の被害者と関係があったことを証明するものはあるのかね？」

「いいえ」ラッキーはチャンスの信頼を裏切るまいと誓っていた。もっともしゃべっても、ネイトは一笑に付しただろう。

ネイトは声を荒らげた。「きみの突拍子もない想像に基づいて、地域社会で尊敬されている人間を尋問するとでも思っているのか？　冗談じゃない！　さて、他にわたしの捜査に役に立ちそうなことはあるかね？」

ラッキーは首を振った。「いいえ。もう失礼します」

「それがいい」

ラッキーは椅子から立ち上がると、ドアをたたきつけたい衝動をどうにかこらえながら外に出た。ブラッドリーがカウンターにすわっていて、悦に入った顔をしていた。まるでラッキーがネイトの性格の嫌な面を味わったことで溜飲が下がったと言わんばかりに。

エリザベスのデスクには自治体の書類がきれいに積みあげられていた。村議会の議事録、教師協会と教育委員会からの推薦状。彼女は慎重に一山の書類をデスクのわきに移動させると、ラッキーに全神経を向けた。

「あなたがじれったく思っているのはわかるわ。だけど、ネイトの言うことにも一理ある。イヤリングが今ここにあれば、被害者ものと一致するかどうかわかる。たとえ一致したとしても、彼女はクリニックに来たことがあり、イヤリングをなくした、でも、それに気づかなかったというだけのこと。だとしたら、クリニックが殺人現場だとはっきりと断定できないでしょ」

「それはわかってるの。ただ、時間がたてばたつほど、どんな捜査にも熱が入らなくなるってこと」

エリザベスはため息をつき、椅子にもたれると、読書用眼鏡の縁越しにラッキーをしげしげと眺めた。

「忙しいときにお邪魔してごめんなさい。でも、誰かに話さずにいられなくて――できたらあなたに」

「あなたのためならいつだって時間は作るわ。そのことは心配しないで。しょっちゅうこんなふうに土曜日も仕事をしているの。ふだんよりも静かなので、ずっと仕事がはかどるわ。あなたがセージの心配をするのは当然よ。だけど、立場を変えて、ネイトの視点から見てみて。セージには動機があった……」

「どんな動機？　セージにとって彼女はもう脅威じゃなかったのよ。刑期を終えて、新しい人生を築いていた」

「検察側はついに耐えきれなくなり、長く封じこめてきた怒りが爆発しただけだ、と反論するでしょうね。検事がどんなふうに論理を展開するかは知ってるでしょ」エリザベスは眼鏡をはずすと、わきにていねいに置いた。白い髪がデスクランプの下できらめいている。「となると……たぶん彼には動機があった。なかったとしても、機会があった。アリバイもないし、死体は彼が働いている場所の近くで発見された。そして、全員が鑑識の結果を待っている――DNAとかそういったもののね」

「どれもこれも、いっそう罠を疑う理由になるわ。わたしがセージでパトリシア・ハニウェルを殺したなら、〈スプーンフル〉の裏の大型ゴミ容器のそばになんか、絶対に死体を遺棄しない。自分が犯人ですと名乗りでているようなものだもの」

「そこで殺されたのではないことは確実なの？」

「だからネイトと鑑識官はあたりを掘り返していたんだと思う。血痕とかもみあいの跡、犯罪が起きたことを示すものをね。その件でネイトに口を割らせることはできなかったけど、見つけたかったものを見つけられなかったんじゃないかと思ってるの。彼女の車は見つけた。ただし車内に証拠があったかどうかはわからない。もう、わからないことだらけ。わらをもつかみたい心境だわ」

「いらだちはわかるわ。でも、些細なことで大騒ぎしないようになさい。もしかしたら彼女は嫉妬したスキーインストラクターに殺されたのかもしれない」

「それ、誰のことなの？」ラッキーの背筋を冷たいものが這いあがった。ソフィーの嫉妬のことが頭をよぎった。ソフィーは強力なライバルを殺すほどの度胸があり、ラッキーにセージを助けるために手を貸してくれと頼むほど狡猾だろうか？

「ロッジの男性の一人よ。誰のことだと思ったの？」

「そうか」安堵が全身に広がった。

「これからどうするつもり？　なにやら固い決意をしているように見えるけど」エリザベスはじっくりラッキーを観察した。「ジョン・スタークフィールドに近づかないでほしいわ。あなたの疑惑がちょっとでも当たっているなら、危険に身をさらすことになるわよ」

「悪いけど、エリザベス、ネイトが彼に質問する気がないなら、それまでだわ。わたしを止めることはできない」


ラッキーは急ぎ足で通りを歩いていった。さまざまな考えが頭の中で渦巻いていた。二ブロック歩いたときに、コートのボタンを留めていなかったことに気づいた。震えながら、凍えた指でボタンを留めた。いちばん話したい相手はイライアスだった。ジョン・スタークフィールドについてたずねたことで、もう腹を立てていないといいけど。でも、あれはイヤリングがクリニックで見つかったことを知る前の話だ。たしか、彼は土曜日はクリニックで半日だけ働いていた。それに彼の家はわずか一ブロック先だ。うまくすれば、彼をつかまえられるだろう。

ラッキーはハムステッド通りの大きな白いヴィクトリア様式の家に着くと、しばらく建物を眺めていた。玄関へ向かって歩きはじめたとたん、車のエンジンのかかる音がした。後戻りしてガレージに通じる私道に目を向けると、ガレージの扉が開くのが見えた。イライアスが出てくるところだった。まずいタイミングだ。彼と話そうとしてあせってやって来てしまったが、まず電話すればよかった。

イライアスがバックミラーを直そうとして手を上げた。彼はラッキーが歩道に立っているのを見つけた。この殺人事件にのめりこんでいると思われているにちがいないが、ジョン・スタークフィールドへの疑惑について相談できるのはイライアスだけなのだ。

シルバーのセダンが両側の雪の土手を慎重に避けながら、ゆっくりと私道をバックしてきた。ラッキーは凍りついた。青い数字といっしょにウッドサイド・メディカルと書かれた白いステッカーがリアバンパーに貼られている。ジョシュがパトリシア・ハニウェルのキャビンの外で見たのと同じステッカーだ。ハニウェルに無料で治療を提供していたのはジョン・スタークフィールドではなかった――ドクター・イライアス・スコットだったのだ。

34

「ラッキー。やあ――びっくりしたよ！」イライアスが車の窓を下げて顔を出した。「ぼくに会いに来たのかい？」

　ラッキーの心臓は早鐘のように打っていた。顔から血の気が引いた。今回ばかりは顔が赤くならなかったが、声を発することができなかった。

「大丈夫？　幽霊を見たみたいな顔をしているよ」

「わた……わたし、ちょうど通りかかって……」どうにかつかえながら言った。イライアスがハニウェルの愛人の一人だったという証拠に、打ちのめされていた。

　イライアスはエンジンをかけたままラッキーを心配そうに眺めて、辛抱強く待っていた。

「本当に大丈夫？」

「ああ……ええ」どうにか声を発した。「来週の週末は都合が悪くなったって伝えようと思っただけなんです。ごめんなさい」

「そうか。ああ、忙しいなら喜んで延期するよ」

　ラッキーは背を向けると、さらにイライアスに質問されないうちにさっさと歩きだした。

「ラッキー！」後ろから彼が叫んでいる。「ちょっと待って」

ラッキーは歩き続けた。イライアスのエンジンが止まる音がした。車のドアがバタンと閉まり、彼女に追いつこうと走ってくる。今にも涙があふれそうだった。イライアスがパトリシア・ハニウェルと愛を交わしていると考えただけで吐きそうになった。とうてい彼と話すことはできなし、何も問題はないというふりもできなかった。

彼女は振り返ると片手を上げた。「ごめんなさい。だめなの。とても遅れているから」イライアスに背を向けたとき、その困惑した表情に胸を引き裂かれた。彼から急いで遠ざかろうとして、ほとんど走るようにして歩道をぐんぐん進んでいった。

アパートの建物のドアを乱暴に開けて入っていった。こんな状態ではとうてい〈スプーンフル〉に行けない。キッチンまで来ると椅子にへたりこんだ。つい三日前の夜にこの椅子にすわって窓からヴィクトリー庭園を眺めていたのだった。恐怖と怒りをこらえられなかった。どちらの感情が強いのかもわからなくなっていた。大きくしゃくりあげながらわっと泣きだした。

わたしったら、なんて馬鹿だったんだろう。ずっとジョン・スタークフィールドを疑っていたけど、実はイライアスだったなんて。ハニウェルはクリニックの患者ではないというイライアスの言葉を鵜のみにしてしまった。たぶんクリニックの記録を自分で抹消したにちがいない。イライアスは愛人を殺したのだろうか？　彼女は妊娠して、村での評判をだいなしにしてやるとイライアスを脅したにちがいない。彼はハニウェルを殺しておいて、冷血にも検死を手がけたの？　若い頃からずっとイライアスにあこがれていて、今は本気で彼に関心を持ってほしいと願っていた。最悪なのは、この疑惑を彼に悟られるわけにいかないこと。自分の身に危険が及ぶかもしれない。

アパートのドアが大きくノックされた。怯えてさっと立ち上がった。涙をこらえて、そっと廊下を進んでいった。

「ラッキー！」イライアスだった。ここまで追ってきたのだ。「ラッキー——話をしてくれ。どうかドアを開けてくれ」

ラッキーは恐怖で震えていた。彼がハニウェルの愛人だったと知ったなんて言えるわけがない。本当の気持ちは隠さなくては。のろのろとドアに近づいていった。「イライアス、どうかもう帰って。わたしは大丈夫だから」

「何があったのか教えてくれたら帰るよ。お願いだ、ラッキー、話をしてくれ」

ラッキーはドアにチェーンをかけて、ほんの少しだけ開けた。イライアスは心配そうなとまどった表情を浮かべていた。たぶん彼は熟練した役者なのだろう。彼はチェーンを見た。

「無理やり入るつもりはないよ、ラッキー。ただきみのことが心配なだけだ」

「ごめんなさい。心配させるつもりはまったくなかったんです。ただジャックのことで動揺していただけ」とっさにそれしか言い訳を思いつけなかった。

イライアスはうなずいた。「なるほど。理解できるよ。何か動揺するようなことが起きたのかい？　ジャックがまた発作を起こしたのかな？」

ラッキーはうなずいた。「今はそれについて話せないんです。お願い。お願いだから、わたしを放っておいて」

「ちょっと寄って、ジャックを診察しようか？　ちょうどリンカーン・フォールズに往診に行くところだから、全然、手間じゃないよ」

「いいえ――大丈夫。でも、ありがとう。また相談に行きます」

イライアスは帰るべきか、もっと情報を引き出すべきか心を決めかねているように、しばらく立っていた。ラッキーは二度と彼に近づきたくなかったのでドアを閉めた。数分待っていると、ようやく足音が階段を下りていった。ほっと安堵のため息がもれた。

わなわな震える手でバスルームのシンクで顔を洗い、腫れた目に冷たい布をあてがった。どうしてこんなに簡単にだまされちゃったの？　イライアスの自分に対する関心を疑わなかったとは、まったくまぬけだった。たぶんいつも女性を誘惑してきたんだわ。誘惑して殺してきたのよ。

〈スプーンフル〉に行かなくてはならなかった。ジャックが心配しているだろう。しゃきっとして、何も問題ないというふりをしなくては。ジャックを心配させることだけは何があってもしたくなかった。

アパートのドアを開けて、通りを見下ろす廊下の窓にゆっくりと歩み寄った。道の左右を見た。イライアスはどこにもいない。車に戻ってくれたのならいいけど。こんな状態で彼にまたばったり会いたくなかった。泣いていたことは一目瞭然だ――もう今となっては自分がどう見えるかなんて、どうでもいいけれど。わたしがときめいていたのは、よくてハニウェルの愛人、悪くすれば殺人者なのだ。

ラッキーは室内に戻り、鏡で顔をチェックしてコートをもう一度着た。通りのはずれまで急ぎ足で歩き、ブロードウェイに曲がった。〈スプーンフル〉に着くと、さらに新しいお客が二人いたので驚かされた――冬の観光客だ。

「おや、ラッキー。何かあったんじゃないだろうね？」ジャックはしげしげと彼女の顔を眺めた。

「大丈夫よ、ジャック」キャッシュレジスターのわきにすわっている祖父を思いきりぎゅっと抱きしめた。

「あまり大丈夫そうには見えんが」

「風邪をひきかけているみたいなの。それだけ。心配するようなことじゃないわ」ラッキーは答えた。厨房で誰かが働いている。「誰が奥にいるの？」

ジャックはにやっとした。「レミーだ。ジャックにたずねた。あいつには料理ができるってわかったんだ。兄さんほどじゃないが、とりあえずは充分やれるよ」

「それはびっくり」ラッキーはにっこりした。イライアスのことを無理やり頭から追いだそうとした。誰かに相談したかったが、誰を信用していいのかわからなかった。イライアスがパトリシア・ハニウェルと関係を持っていたことで、彼女の胸は破れた。彼の車が熊の小道通りのキャビンに停められていたという事実の前では、ハイスクール時代のときめきは滑稽に感じられた。彼がハニウェルの検死をしたと思うと、さらに胸がむかついた。

ハンクとバリーがいつもの隅のテーブルにいた――また四目並べに戻っている。「チェスのレッスンはどんな調子、ジャック？」彼女はたずねた。

「着々と進んでいるよ。すべての駒がどう動くかわかってきた。そろそろ数手先を考えなくてはならないが、なかなか進歩せんな」

ドアが開き、冷たい空気が流れこんできた。マージョリーとセシリーが声をそろえてあいさつした。

ジャックは片手を上げて応じた。ラッキーは必死の努力で笑顔を作った。「いらっしゃいませ」

「お茶をふたつ、お願い。朝食はもうすませてきたわ。今日は店を開くのが遅くなるわ。リンカーン・フォールズに商品をとりに行かなくてはならないから」

「できあがりました」ハッチから声がした。

マージョリーは厨房に視線を向け、はっと息をのんだ。「セージが戻ってきたの？」

ラッキーは微笑んだ。「いいえ。それならいいけど。レミーが手伝ってくれているんです。実を言うと、手伝いは必要ありませんけど、ここに来て、何か仕事をするのはレミーのためになるってジャックが考えたんです。ご想像がつくでしょうけれど、レミーはとても動揺していて」

「そうでしょうとも」セシリーが同意した。「想像がつくわ。恐ろしいことよね」

ラッキーはカウンターの後ろでポットでお茶を淹れ、二人に運んでいった。

「最近、例のすてきなお医者さんはどうしてるの？　今日の午後はお店に来るのかしら？」マージョリーがお茶をひと口飲むとたずねた。

「あら、いいえ。今日は来ないでしょう」ラッキーは心のうちが顔に表れませんようにと祈りながら、顔をそむけて答えた。

「あら、それは残念ね。もしかしたらあなたたち、って思ってたの……」セシリーは言葉を濁した。マージョリーが妹を肘で小突いているのが見えた。

ラッキーは自然な微笑を浮かべるように精一杯の努力をしたが、しかめ面に見えたにちがいない。「いえ、全然。ただの友人です」というか、友人だった、だわ。

姉妹は目を見合わせたが、何も言わなかった。気まずい沈黙がカウンターに流れた。

オフィスで電話が鳴っているのが聞こえた。ラッキーは急いで廊下を進んでいき受話器をつかんだ。姉妹の執拗な視線から逃れられてほっとしていた。

「あら、こんにちは！　ラッキーですか？」

「ええ、そうです」ラッキーはその女性の声に聞き覚えがなかった。

「アビゲイル・スタークフィールドです」受話器からおしゃべりの声と背景のざわめきが聞こえてきた。「ちょうど今日のリハーサルが終わったところなの。それでちょっと思ったんだけど……突然なんですけどね、わたしたち、ささやかなお祝いに、遅めの昼食をみんなでとることになったの。数分後にうかがいたいんだけど、お席はあるかしら？」

「まあ」ラッキーは口がきけなかった。すばやく記憶をたどり、アビゲイルの合唱団は何人だったか思い出そうとした。それに演奏者もいる。さらに、厨房にはどのぐらいの食材があるか、大勢のグループにランチを出すのに足りるか、ということをあわてて頭の中で計算した。

「混んでいるなら、お手間はかけないわ。別の場所を探します――たぶんリゾートにでも。ただ、最初に〈スプーンフル〉に訊いてみようと思ったのよ」

「ああ、いえいえ。大丈夫です。すばらしいですわ。問題ありません」どうにかやり遂げられるように祈りながら額をこすった。「では、お待ちしています」ラッキーは電話を切ると、厨房に駆けこんだ。

「レミー！」レミーは思わず飛び上がり、大きな音を立ててソースパンを床に落とした。

「ラッキー……心臓発作を起こすかと思ったよ」

「レミー、これから、数分後にええと……三十人ぐらいの人たちが来るの。すぐにとりかかってくれる？……何がある？　ターキーとクランベリー、それにマスタード入りのローストビーフ・サンドウィッチ。わたしはすぐに戻ってきて、ベーコン入りのグリルドチーズ・サンドウィッチをこしらえる。スープは全員に行き渡るぐらいの量を温めてあると思うわ」ラッキーがレミーを鋭く見た。彼は今にも失神しそうな様子だった。

「おれはサンドウィッチを作ったことがないんだ。ジャックが電気鍋の使い方を教えてくれただけで」

「大丈夫、簡単だから」彼女は叫びながら、パンの塊をカウンターにのせた。

「ローストビーフにはライ麦パンを使ってね。マスタードをたっぷり塗ってピクルスを添えて。それから……そうね、ターキーとドライクランベリーにはサワードウのパンを使いましょう。品数が少なくても喜んでもらわなくちゃね」

ラッキーは急いでジャックのテーブルに行き、耳元でささやいた。ジャックは顔を上げてにっこりした。「言ったとおりだろ。あの食器洗い機を直しておいてよかった。わしも持ち場につくよ。心配いらん」彼は廊下を歩いていき棚からエプロンを出してつけた。「厨房でレミーを手伝おう。こっちはおまえ一人で大丈夫かい？」

「ええ、わたしは注文をとってトレイを運ぶわ」今ジェニーとメグが来られたらいいのに。言葉どおり、そのあとまもなくアビゲイルが到着した。彼女は五人を連れていた。「来ましたわ！」彼女は叫んだ。「残りの人たちは数分後に来ます」

彼らは大きい方の丸テーブルを囲んだ。ラッキーがメニューを説明すると、全員が選択肢にとても満足してくれた。ポテトとリーキのスープを三つ、ブルーチーズ入りバターナッツかぼちゃのスープを二つの注文を受けた。四人はフルサイズのサンドウィッチを選んだ。ラッキーはプレースマット、ナプキン、カトラリーを手早くテーブルに並べた。その作業が終わったとたん、ドアが勢いよく開き、冷たい空気が流れこんできて、二十人ほどの歌手と演奏家たちがどやどやと入ってきた。ラッキーはコンサートでハープを演奏した女性を見つけた。

マージョリーとセシリーがスツールの上で体を回して、にぎやかな様子を眺めた。ジャックがCDをかけると、店内に四〇年代のスイングナンバーが流れはじめた。全員が笑い、おしゃべりに興じ、メンバーのうち二人は立ち上がってCDにあわせて歌い、店内の全員を楽しませた。

セシリーがせかせかと歩き回っているラッキーの腕にそっと触れた。ラッキーは彼女の方を向いた。「ねえ、すてきよね。昔の活気が戻ってきたみたい。あの人たち、この店に来てくれて本当に親切ね」

「そうですね。わたし……」

「あのすてきな若いドクターが、この店が大変だということを話したんだと思わない？」マージョリーがたずねた。

ラッキーの顔はこわばった。そのとおりだ。それ以外にアビゲイルが急に合唱団全員を〈スプーンフル〉に連れてくる理由がない。相反する感情がラッキーの顔をよぎった。数分ほど再びお客が来てくれ、レストランがおなかをすかせた幸せな人々でいっぱいになったことで、ラッキーの気分は高揚していた。シルバーのセダンのブルーと白のステッカーのことさえ知らなかったらよかったのに。あの晩、ジョシュはしたたかに酔っ払っていたが、きちんと説明してくれたのだ。あれはリンカーン・フォールズにあるウッドサイド病院の駐車許可証だった。

「どうかしたの？」セシリーがたずねた。

ラッキーははっと我に返った。「いえ。何でもないんです。ごめんなさい、ちょっとぼんやりしちゃって」

「これだけのお客さまを幸せにしておくためには、せっせと働いた方がいいわよ」

ラッキーはうなずくとハッチから注文の品を四つとった。ジャックがレミーに教えながら、サンドウィッチを作っていた。ラッキーはトレイに水のグラスをのせ、それぞれのお客の前に手際よく置いていった。厨房に大急ぎで引き返すと、今度はコーヒーとお茶の湯気を立てているカップを運んでいった。イライアスのことを頭から締めだすために、最大限の努力をした。イライアスは今日実際にこういうことを手配したわけではないと思った。おそらくアビゲイルがラッキーについてたずねたときに、イライアスは〈スプーンフル〉が苦戦していることを話したのだろう。

全員がスープとサンドウィッチを食べ終えると、ラッキーはコーヒーのお代わりを注いで回った。数人の人たちはしゃべりながら立ち上がり、キャッシュレジスターで勘定を払った。ようやくアビゲイルと男性一人と女性三人が席についているだけになった。ラッキーは近づいていき、他に召し上がりたいものはありますか、とたずねた。

アビゲイルがまず口を開いた。「おいしかったわ。ここに来てよかった。席があるときにはまたうかがいますね」

「〈スプーンフル〉のことを思いついていただき、本当に感謝しています」

「いえ、とんでもない。とても魅力的なお店ね。これまで知らなかったのが残念だわ。でも、また必ず来たいし、他のみなさんもそれに賛成してくださるにちがいないわ。そうでしょ？」彼女はテーブルの友人たちの方を向いた。全員がうなずき、口々に賞賛の言葉を並べた。

大混乱のあいだに、マージョリーとセシリーはそっと帰っていった。ラッキーはアビゲイルと他の歌手たちを出口まで送ると、さよならと手を振った。ラッキーはドアを閉めると、手近の椅子にすわりこんだ。「ああ、ジャック、重労働だったわね。あんなに速く動いたことってこれまであったかな」

ジャックはキャッシュレジスターの前でにやっとした。「体がなまっとるんだ、おまえ。わしらは体がなまっとる」ジャックの顔は晴れやかだった。

「おい、レミー！　そっちはどんな調子だ？」ジャックが厨房に向かって叫んだ。

レミーの顔がハッチからのぞいた。「あのサンドウィッチで大丈夫でしたか？」

「ばっちりだったわよ」ラッキーは肩越しに叫んだ。

「ここにまだ少し余ってるんです。どうしますか？」

「トレイにのせて運んできてくれ。わしらには休憩が必要だよ」ジャックが叫び返した。

数分後、レミーがサンドウィッチを山盛りにした皿を大きなテーブルに運んできた。

ラッキーはすわって、さっとナプキンを膝に広げた。「レミー、あなたは食べないの？」

レミーはテーブルのわきにもじもじしながら立っている。「ええと……おれ……かまいませんか？」

だよ」

「もちろんだよ」ジャックは答えた。「さあさ、きみは今日のランチ分は充分に働いて稼いだよ」

ラッキーは横目でレミーをうかがった。彼のどこをうさんくさいと思ったのか、今やっとわかった。彼の怪しげな行動は自信のなさの表れだったのだ。レミーとセージの幼い頃の暮らしについては何も知らなかったが、レミーはおそらく、むち打たれた犬みたいにびくつきながら過ごしていたのではないだろうか。ラッキーは彼に微笑みかけた。

「レミー、今日、あなたは最高だった。いくらお礼を言っても言い足りないほど。ジャックとわたしだけでは、あれだけ大勢をさばききれなかったわ」

レミーの頬がさっと赤くなった。彼はほめられることに慣れていないにちがいない。

「おれの方こそお礼を言わなくちゃ——あんなことをしでかして、ほんと、馬鹿だったと思ってます」

「もう水に流そう、レミー。さあ、食べて楽しんでくれ」ジャックが言った。「マスタードをとってくれんか?」

レミーが食べ物に目を戻すと、ラッキーとジャックはこっそり微笑を交わし合った。一瞬、ラッキーはイライアスのことも、彼の車を見たときのショックも忘れた。いずれジャックに打ち明けるつもりだったが、レミーの前ではできなかった。絶対に涙に暮れてしまうにちがいないから。

35

「きのう一日をよく切り抜けられたと思うわ」

エリザベスの家のリビングでは、パーチメント紙のランプシェードがセピア色の光を部屋に投げかけていた。暖炉で薪がパチパチはぜた。エリザベスのふんわりしたグレーの雄猫は炉端のラグでボールのように丸くなっている。ラッキーはイライアスの車を見て以来、初めて肩から力が抜けてリラックスするのを感じた。こんなに心が荒れ狂っていなければ、猫みたいに丸くなって丸三日ぐらい眠りたいところだ。ソファのやわらかなクッションに沈みこんだが、顔はひきつったままだった。かたやエリザベスは古めかしい揺り椅子にすわり、かぎ針編みの手を動かしながら耳を傾けていた。

「もう一度、話してもらえない？　ちゃんと理解できているか自信がないの」エリザベスは膝に毛糸を置くと、ラッキーに全神経を集中した。

「すべてはジョシュの話から始まった――ロッジのスキーインストラクターね。彼はハニウエルと会っていた。ある晩……たぶん、ハニウェルよりもジョシュは真剣になっていたんだと思うわ。彼はぐでんぐでんに酔っ払って熊の小道通りの家に行ったら、彼女は別の男とい

つしょにいるようだった。ジョシュを中に入れようとしなかったし、誰かの車が私道に停まっていたから。ハニウェルはジョシュを追い返した。彼は酔っ払っていたので足下がおぼつかなく、氷で滑った。もう一台の車についてジョシュに訊いてみたの。淡い色だったことしか覚えていなかった。彼は立ち上がるために車のリアバンパーをつかんで、白とブルーのステッカーを目にした。数字が書いてあって――まさにイライアスの車のステッカーみたいにね。ウッドサイド病院の医師用駐車許可証よ。それからハンクが言うには……」

エリザベスは首を振った。「ハンク・ノースクロスがその話にどう関わってくるの？」

「熊の小道通りを過ぎた丘の上に住んでいるの。ある晩、シルバーのセダンが彼女の家の私道から出てくるのを見かけたそうよ。もう少しでぶつかりそうになったのを覚えていたの」

「そしてこの……ジョシュは……彼が見た車はシルバーのセダンだと言ってたの？」

「いいえ。考えてみるとちがった。淡い色としか覚えていないって言ってたわ。ああ、エリザベス、彼女と会っていたのはイライアスにちがいないわ。だのに、わたしったら、ずっとジョン・スタークフィールドを疑っていたのよ」湿ったティッシュの陰で洟をすすった。

エリザベスは新しいティッシュを渡した。「わかったわ。今度はわたしの話を聞いて。ブルーと白のステッカーはウッドサイド病院の駐車許可証だというのは確かだと思う。それなら筋が通るわ。でも、たくさんの人がシルバーのセダンを持っているし、そもそもジョシュはシルバーだと言った訳じゃないんでしょ？」

「ええ」

「それにリゾートで働いている医者だっているんじゃない？」

「まあそうね」ラッキーは答えた。

「じゃあ……ハニウェルがウッドサイド病院の駐車許可証を持っている医者とつきあっていたと仮定して、リゾートの医者じゃなくて、イライアスだと、どうして結論づけたの？　だって彼女はあそこで毎日スキーをしていた。それにクリニックの患者じゃないんでしょ」

「それもわからなくなったの。イライアスの言葉を鵜のみにしていたから」

エリザベスは辛抱強く言い聞かせた。「いい、彼女が患者じゃなくて、イライアスがあなたに言ったことをクリニックの女の子が裏付けてくれるなら、ハニウェルのいわゆる無料治療はリゾートの医者が担当していたっていう可能性の方がずっと高いでしょ。あなたの論理は成り立たないわ。悪いけど」

エリザベスは膝の上の毛糸をとりあげて、ランプシェードの方に体を近づけた。

「ラッキー、わたしの話を聞いてちょうだい。ご両親のことであなたはショックを受けていたし、ジャックのことを心配し、ビジネスについて心配し、さらにセージの逮捕と殺人についても心配していた。あなたはやるべきことを山ほど抱えている。イライアスがハニウェルの愛人だったという結論に飛びつく前に……」

「だけど、彼がハニウェルを殺した犯人だったら？　彼女の子どもの父親だったら？　それを考えると胸が悪くなるの。イライアスは彼女の愛人で、おそらく殺人者で、さらに実際に検死をしたって考えるとね。身の毛がよだつわ」

「じゃあ、こうしたらいいわ。そういう結論に飛びつく前に、彼が殺人事件のあった夜にどこにいたかを探ったらどう？　アリバイがあれば、彼は少なくとも殺人者じゃない。ま、はっきり言って、わたしはああいう男性がこのハニウェルみたいなタイプの女性に惹かれるとは思えないけどね」

「そう思う？」ラッキーは期待をこめてたずねた。

「これでも長く生きてきたし、人間を見る目は確かなつもりよ。わたしにはそういう見方はできないわね。自分が絶対正しいとは断言できないけど、イライアスはとても共感できる人間に思えるの。かたや、このハニウェルという女性は――村で見かけたけど――そうね、いろいろ言われているわね。だけど最初に彼女を見かけたときに頭にぱっと浮かんだのは『冷たい』ってこと。それに、少々けばけばしいと思った。言いたいことはわかるでしょ」

ラッキーは不安のあまりティッシュを引き裂いた。「もしかしたら過剰反応してしまったのかも。イライアスは家まで追ってきて、何があったのか教えてくれと言った。わたしがまちがっていることを祈るわ。ただ彼があの夜どこにいたのか、どうやって探りだしたらいいのかわからない」

「クリニックのお友だちに訊いてみたら――受付係だった？　たしか名前は――ローズマリー？　その晩、誰がオンコールだったか、彼女からうまく聞きだせるんじゃないの？」

ラッキーは深呼吸した。「あなたの言うとおりよ。あなたが正しいことはわかってる。わたし、とんでもないまぬけだわ。過剰に反応して、馬鹿みたいな真似をしちゃった」

「さあ、そのお茶を飲んで。それから、ぐっすり眠ること。今夜はここに泊まっていく？それはとても寝心地のいいソファだし予備の寝室もあるわよ」

「ありがとう。でも歩いて家に帰った方がいいと思うわ。面倒をかけっぱなしだし」

「もうひとつ確認しておきたいことがあるの」

ラッキーは顔を上げた。「何を？」

「これから話すことは絶対に他言しないって、固く誓ってほしいの。今、あなたには沈黙を守ってほしいのよ。わたしの評判がかかっている、それを忘れないでね」

「エリザベス、あなたを傷つけることなんて絶対にしないわ」

「それはわかっているし、だからこそ、あなたを信頼して話すのよ。この件では他の人間の人生もからんでいるし、とても慎重に事を運ぶ必要があるわ」

エリザベスは大きく息を吸い込んで話しだした。「トム・リードと話をしたの。彼がパトリシア・ハニウェルと関わりがあるという情報が入ってきている、それをネイトに知らせる義務があるけれど、その前に包み隠さず話してほしいと言った。彼はさかんに言い訳をし、動揺し、どういう情報を握っているのか、どこから入手したのかと探りを入れてきた。わたしは一切答えを拒否した。そして、来る選挙運動で不愉快な事実が暴露されることは誰も望んでいない。だから、今すぐ洗いざらい話すのがいちばんいいって言った。ハニウェルとの関係がどういうものか正直に打ち明けてくれれば、ダメージコントロールができる――ところで約束手形を見たとは言わなかったわ。あなたもわたしもネイトの捜査に鼻を突っ込んでいないことになっているから。ともかく、倫理に反することや違法なことは一切するつもりはない。そう伝えたの。もっともリゾートに勤める男が二人いっしょのところを見ているなら、他にも見た人間はいるにちがいないわね」

「彼はどう自己弁護したの？」

「彼女とは男女の関係ではないと誓ったわ。よかったわ、そんなことが明るみに出たら、政治家としてのキャリアにさよならしなくちゃならなかったところ」

「それで？」

「あなたの言うとおりだった。少し圧力をかけなくちゃならなかったけど、最後には降参したわ。彼はパートナーシップを手に入れるために資金が必要だった。ただし自力でそれができるほどの財産はなかった。ローンの期限が迫っていたけれど、期限までにほぼ半分は払うことができた。でも、残りのお金については猶予を頼んだの。彼女は拒否した」

ラッキーは夢中になって耳を傾けていた。「数百万ドルはうってつけの動機になる」

「ええ、そのとおり。ただし彼女を殺しても意味がないわ」

「リードが全額を払わなかったら、彼女はどうするつもりだったの？」

エリザベスは口をへの字にした。「法廷にひきずりだすって脅されたらしいわ。そうなったら、大きな注目を集めたでしょうね」

「つまり、彼は選挙で敗れるかもしれないってこと？」

「たぶんね。負債を返済できない人間になんて、誰も投票したくないでしょうから。彼はにっちもさっちもいかなくなった。もっとも、訴えられたら、何カ月も訴訟を引き延ばすことはできたでしょうね。ところが彼女の死で求めていた時間を稼ぐことができた――不面目をこうむらずに」

「じゃあ、ハニウェルが殺されたことによって、彼は選挙運動に打撃を与えることなく求めていたものを手に入れたってわけね」

「そのとおり。不愉快な考えだけどね。ネイトに正直に打ち明けて相談した方がいい、と彼に言ったわ。そうすれば正しいことをしようとしているまっとうな市民に見える。それに小切手を返済するために、新たな出資者を見つける時間ならまだある。最終的にはネイトか裁判所が決定を下すことになるけど、最初に正直に言ったほうが、ずっと印象はよくなるわ」

「彼にハニウェルを殺せたと思う？」

「いいえ。リードが自発的に打ち明けてくれたので、あなたのところに行くようにとアドバイスしたってネイトに伝えたの。ネイトはハニウェルが殺害された夜、リードがどこにいたのか調べたらしいわ。彼も奥さんも資金集めパーティーで村を離れていて、吹雪で立ち往生していた。それを証明するホテルの領収書もあった。リードがスノーフレークに戻ってきて殺人を犯すことは不可能だったの」

「じゃあ、出発点に逆戻りね」

「そういうこと。イライアスがその夜にどこにいたのか突き止めて、仲直りするためにできるだけ努力するように、というのがわたしのアドバイスよ」

36

夜じゅう、ラッキーは寝返りを打ってばかりで眠れなかった。ようやく短い眠りに落ちたが、吹雪の中で〈スプーンフル〉にたどり着こうとする現実がごたまぜになった悪夢ではっと目覚めた。ネオンサインを目にするたびに、雪の吹きだまりに行く手をさえぎられるのだ。あせればあせるほど、雪の中を歩くのがむずかしくなり、まるで流砂にのみこまれかけているように感じられた。

ハニウェルについてあちこちで質問したり、関係のないことに首を突っ込んだりしなければ、もっと事態はましになっていたの？　だけど、何もやらずに傍観しているなんて考えられない。〈スプーンフル〉は家賃すら払えるかどうかおぼつかないし、セージは留置場に入っているし。わたしとジャックだけが危機に瀕しているのではない。濡れ衣を着せられた一人の男の人生がかかっているのだから。これからイライアスが殺人事件のあった夜にどこにいたかを探りださなくては。しかも、そのことを彼に知られないようにやらねばならない。どうやったらそんなことができるだろう。いい考えがさっぱり浮かばない。それに彼にアリバイがなければ、わたしのジレンマは解消されないわ。もしアリバイがあって、わたしが嗅ぎ回っていることを知られたら、彼は怒るだろう。いえ、怒るどころじゃすまない。そのうえ、彼はやっぱりハニウェルの愛人で子どもの父親だっていう可能性は残っている。

ゆうべのエリザベスとの会話を思い返した。エリザベスの言うとおりだった。なんてわたしは馬鹿だったんだろう。だけど、イライアスを疑うもっともな理由ならあった。だって、青い数字がついた駐車許可証についてどう説明がつけられる？　もっともジョシュは酔っ払っていたと認めていた。見まちがえってことだってあるわ。でもエリザベスはひとつ、絶対に正しいことを言った。わたしは過激な想像を暴走させてしまったのよ。いいアドバイスをもらったから、理性的に真相を探るようにしよう。

ラッキーはオフィスに入っていきクリニックに電話をかけた。

「〈スノーフレーク・クリニック〉です」ローズマリーの声を聞いて、ほっと胸をなでおろした。

「ハイ、ローズマリー。ラッキー・ジェイミソンです」

「あら、ハイ、ラッキー。お元気ですか？」

「おかげさまで元気よ。ひとつお願いがあるの」ラッキーは勇気をふりしぼった。

「いいですとも。何ですか？」

「昼休みに〈スプーンフル〉に寄ってもらえない？　訊きたいことがあるの」

「わかりました。うれしいわ。お会いするのが楽しみです」

「ランチはまたこちらがごちそうするわ」

ローズマリーは笑った。「今日の最高の提案です。ではまたあとで」

不安を鎮めようとしてラッキーは奥のカウンターをふいた。すべての物を移動してぬぐうと、塩入れ、ナプキンホルダー、カップとソーサーを戻していく。リネンのナプキンの一枚が飛びだしているのに気づいた。ナプキンの山をとると、他にやることもないので、ていねいにたたみ直しはじめた。ローズマリーが早く来ないかと、いらだちのあまり叫びだしそうになった。何度も時計を見上げたが、長針は止まっているかのように感じられる。ジャックはすわって静かに新聞を読んでいたが、とうとうラッキーの方を見た。

「ラッキー、なんだかずいぶんピリピリしているな。何かあったのかい？」

「いえ、大丈夫よ、ジャック」無理に笑みを浮かべた。「ただ片付けをしているだけ」

ジャックは疑わしげな顔のまま、とりあえずうなずいた。「わかったよ、塩入れを動かすのに手助けが必要なら教えてくれ」皮肉っぽく言った。ラッキーは祖父をだませなかったことを悟った。

ようやくローズマリーが戸口に現れた。急いで入ってくると、ベルがチリンと鳴った。彼女のランチはすでにカウンターに用意しておいた。ミートローフサンドウィッチとポテトとリーキのスープ。

「ハイ、ラッキー。ハイ、ジャック」彼女はあいさつした。

「いらっしゃい」ジャックは応じた。

「ラッキー、本当にありがとう。でも支払いはさせて」

「いいのよ。ちょっとあなたと話したかったから」ジャックをうかがうと、新聞紙からパンくずを払っていて、二人の方には目を向けようとしなかった。

ローズマリーはコートを脱ぎ、隣のスツールにかけた。ケチャップのボトルをつかむと、サンドウィッチのパンをめくり、ミートローフにたっぷりケチャップを絞りだした。またパンをかぶせると、がぶりと大きくかぶりついた。「うーん、とってもおいしい。何を訊きたかったんですか、ラッキー？」

「激しい嵐の夜のことを覚えてる？　あの晩、クリニックは何時に閉まったの？」

ローズマリーはしばらく考えこんだ。「そうですね……五時ぐらいじゃないかと思います、普段なら八時まで開けているんですけど」

ラッキーはもう一度カトラリーを並べ直し、いかにもさりげない様子を装った。「その晩はイライアスがオンコールだったんでしょ」

「そのとおりです。彼に連絡をとろうとしたのに電話に出なかったので、覚えているんです」

ラッキーは心臓の鼓動が一瞬止まった。「なんですって？　どういう意味？」

「今言ったとおりです。彼に連絡がつかなかった。わたしが最後にクリニックを出たんです。戸締まりをしていたら、検査センターが血液を回収に来ていないことに気づいたんです。たぶん嵐のせいですね。もしかしたら緊急の検査もあるかもしれないと心配になったけど、どうしたらいいかわからなかったんです」

「それで、彼はとうとう電話を返してこなかったの？」

「いえ、かかってきたかもしれないけどわかりません。嵐が始まる前に家に着こうと思って、クリニックを出てしまったので。翌日にセンターが回収に来るまで、トレイは冷蔵庫に入れておくことにしました。結局、それで大丈夫だったんです。翌日彼に訊いたら、それでかまわない、問題ないって。どうして知りたいんですか？」

その晩、イライアスがどこにいたのか、自宅にいて電話に出られたのかどうか知りたい気持ちが先走って、詮索するいい口実を考えていなかった。どうにか真実に近い言い訳をひねりだした。「あの晩、誰かがクリニックにいなかったかなと思って。できたら駐車場にね。そこだったら、〈スプーンフル〉の裏の路地で何かを目撃していたかもって期待したの」カウンターに肘をついた。「わたしの考えていることを話すわね。あの女性はここで殺されたんじゃないと思うの。ここに捨てられたのよ。だから、誰かがこのあたりで何か目撃しているかもしれないって期待しているの」

「そうですね、クリニックの駐車場から路地の一部は見えますよ。全部じゃないけれど。フエンスがあるから、レストランの裏の部分は見えません。どっちにしろ、あの晩は外にいて何か見ていた人なんていませんよ。お店も閉まっていたし」

ラッキーの頭の中ではさまざまな憶測が渦巻いていたが、どうにか冷静な顔を装った。あの晩、イライアスはオンコールだったのに、ローズマリーの伝言に応じなかった。応じたとしても、彼女が戸締まりをして鍵をかけるまでの三十分以内ではなかった。ローズマリーの用件を確認するために、どうして電話をしなかったのだろう？　あの晩彼はどこにいたのだろう？

検査技師に手を貸してもらって台に横になろうとしているジャックを、ラッキーはガラスの仕切り越しに見つめていた。検査のあいだ何が起きるかを説明しているらしい様子は見えたが、声は聞こえなかった。タイル張りの検査室の中で、ジャックはガラス越しにラッキーに微笑みかけた。検査技師は足早に検査室を出てくると、ラッキーの前を通り過ぎてコンピューターのモニターの前にすわった。ジャックは片手を振ってゆっくりとＭＲＩの機械の下に移動していった。

ラッキーは検査技師を心配そうに見た。「本当に体に害はないんでしょうね？」

女性はプロらしい笑みを浮かべた。「まったく。じっとしているように注意しましたし、装置の中の音についてはまえもって警告してあります。ですから怖がることもありませんよ」

ラッキーは追及した。「完全に安全なら、どうしてあなたは検査室を出て、ドアを閉めたの？」

「コンピューターを監視しなくてはなりませんから。一度にふたつの場所にはいられません」コンピューターの画面に目を向けながら、辛抱強く答えた。

「この装置の仕組みをもう一度説明してもらえませんか？」

検査技師は椅子を回してラッキーと面と向かった。感心したことに、いらだっている様子はなかった。「簡単な言葉で言うと、この装置で体内の水素原子に共鳴を起こさせるんです。それによっておじいさまの頭蓋骨と脳の断層写真が撮れるんですよ」

ラッキーは身震いした。体内の水素原子に共鳴を起こさせるだなんて。水素原子が共鳴を起こしたがらなかったら？　テレポーテーションと同じぐらいいかれている。

「まったく非侵襲ですから、ご心配は一切いりませんよ」

ラッキーはふうっと息を吐くと、おとなしくガラス窓のわきに立っていた。頭が機械に入っていて、ジャックには何も見えないだろうけど。

数分後、検査技師が声をかけた。「以上です。終わりました。放射線科医に回すものがすべて用意できました」

「どうでした？」ラッキーはたずねるのが怖かった。

「それは放射線科医が判断します」彼女はにっこりした。「安心材料としては、わたしには何も異常が見つけられなかったことですね。ただし、放射線科医が徹底的に調べたらどうなるかわかりませんが」彼女は検査室に急いで入っていき、ジャックを助け起こした。彼はにこにこしていて、どこも悪くないようだった。台から下りると、検査技師にドアから連れだされた。

「さほどつらくなかったでしょう、ミスター・ジェイミソン？」検査技師はジャックに笑いかけた。

「ああ、全然。あのガンガンいう音やカチカチいう音は気に入らんが、まったく痛くなかった」

ラッキーはジャックのためにドアを開け、放射線科の待合室に戻った。「ここにすわっていて、ジャック。まだ他に検査があるかどうか看護師に確認してくるわ」

その前日、リンカーン・フォールズのウッドサイド病院の予約係から電話がかかってきたのだった。祖父のために検査がオーダーされている、と予約係は説明した。翌日の午後に来ることは可能か？　ジャックのために必要なことなら何でもしたかったので、ラッキーは承知した。しかし、イライアス自身が検査を手配したと電話してこなかったことにがっかりすると同時にほっとしていた。彼に電話してお礼を言うべきだと思ったが、現在の状況ではとてもそんな気になれなかった。とりわけ、彼がハニウェルと関係を持っていたかもしれないという疑惑に答えが得られていない今は。ラッキーはエリザベスの冷静な論理にしがみつきたかった。もっとも、病院の迷路のような通路で、彼にばったり会う可能性はあった。

ラッキーは小部屋の看護師のデスクの前にすわった。「祖父の保険情報について、そちらで把握しているかどうか知りたいんですが。こちらでの診察がすべて終わったのなら、家に帰ろうと思います」

「ちょっとお待ちください」女性はコンピューターのモニターに向き直った。「おじいさまの住所はスノーフレーク村バーチ通り四十二番地。合ってますか？」ラッキーはうなずいた。

「すべて終了したようです。一週間以内にはきっと結果が届くと思います。どなたが担当医ですか？　ああ、ドクター・スコットですね」彼女はデスク越しににっこりした。「彼が担当でとても幸運ですね。こちらで開業してくださるといいのに。そうしたら、わたしの担当医になっていただけますから」

ラッキーは驚いて顔を上げた。「どうしてですか？」

「彼みたいなお医者さんは珍しいですよ。昔ながらのお医者さんなんです」看護師はラッキーのとまどった顔を見て笑った。「もちろん若いですけど、とても熱心で、親身に患者さんの面倒を見る人なんですよ。何ひとつ手を抜かない。そうそう、あのものすごい吹雪の夜にも、患者さんとご主人に付き添ってここまで来たんです。彼女は産気づいてもうすぐ生まれそうだったので、ご主人がここに運びこむまで問題がないように見守りたかったんでしょうね。最近じゃ、ああいう医師は多くないですよ。本当に。他には一人も思いつきませんもの」

ラッキーは雷に打たれたようなショックを受けた。吹雪の夜。イライアスがローズマリーの電話に出なかった夜。「すばらしいですね」ようやくそれだけつぶやいた。

看護師はくすくす笑った。「彼にとってはさんざんだったでしょうけど。医師用控え室の簡易寝台で寝なくてはならなかったし。でも付き添ってきて正解でした。赤ちゃんはあっという間に生まれたんです。途中で足止めを食っていたら、赤ちゃんはスノーフレークとリンカーン・フォールズのあいだで生まれたかもしれない。もっと悪くしたら――車が故障したりしていたら、赤ちゃんは生き延びられなかったかもしれないわ」

ラッキーはお世話さまとつぶやくと、ジャックがすわっている場所に戻った。

「ようやく終わりかい？　もう突かれたり探られたりするのはたくさんだ。家に帰りたいよ」

「帰るわよ、ジャック」ラッキーは初めて心からにっこりした。イライアスがパトリシア・ハニウェルとどういう関係にしろ、彼女を殺さなかったということがはっきりして安堵を噛みしめていた。

37

「ジャック、検査項目はすべて正常でした。脳卒中や腫瘍の痕跡はなかったし。循環器疾患を示す兆候もありませんでした」

ジャックはぶつくさ言った。「そう言っただろうに」

イライアスは彼の言葉を無視した。「あなたはビタミン欠乏症なんです——ビタミンＢ12のね。ビタミンＢのあるものが足りなくなると、他のビタミンにもアンバランスや欠乏が起きるんですよ」

ジャックはとまどった顔になった。「どうしてそんなことが起きるのかね？　わしはいつも食べ物に気を遣っとる」ラッキーも困惑していたが、イライアスが診断結果を説明してくれるのを待った。

イライアスはジャックの血液検査やＭＲＩの結果が早く出るようにかなりせかしてくれたのだった。書面の報告書はまだ送られてこなかったが、イライアスは検査センターの責任者と放射線科医にかけあってくれたので、ウッドサイド病院から早々に結果が届いていた。

「いくつかの原因が考えられますね。まずビタミン吸収を阻害する病気の症状である可能性

があります。ビタミンBは小腸で体に吸収されます。あなたの場合、昔、銃弾の破片で負傷したせいで小腸の一部が切除されている。しかも、まさに小腸のその部分は、吸収が行われる場所なんです。なんらかの兆候や症状が出るまでには、たいてい何十年もかかります。そしてあなたは、このところしばらくそうした症状に悩んでいた——疲労感、動悸、混乱、記憶の欠落。それらは最終的に認知症につながりかねない。あなたの脳を調べたところ、まったく正常でした。血液の働きも正常だった。ですから、すぐに筋肉注射の治療を始めたいと思います。とりあえず毎日から始め、じょじょに月に一度に減らしていきましょう。治療の途中で血液検査をして効果が出ているかチェックする。最終的には経口薬だけでよくなるでしょう。信頼してください。生まれ変わったみたいに感じますよ。もっと早くクリニックに来てくれなかったのだけが残念です」

ラッキーはほっとして大きく息を吐いた。楽観的な見通しに、今にも泣きそうだった。

「受付係にあなたの予約を入れてもらい、またすぐにお目にかかりましょう」イライアスはにっこりした。「ご質問は?」

ジャックはのろのろと首を振った。「いや。あんたが正しいことを祈るだけだよ、先生」

「治療の時間はください。でも最初の注射で気分がぐんとよくなると思いますよ」

イライアスは立ち上がり、診察室の出口に向かうとラッキーとジャックのためにドアを開けた。ジャックは廊下でコートに袖を通した。

「ジャック、先に行っていて。すぐに〈スプーンフル〉に行くわ」

ジャックは手を振るとクリニックを出ていった。ラッキーはイライアスのところに戻った。彼女は咳払いした。安堵のあまり泣きそうだったが、そんな恥ずかしい真似はしたくなかった。「いくら感謝してもしきれません」

「魔法じゃないんだよ。ひとつひとつ他の可能性を消していった——動脈瘤、腫瘍——現実には多くの人が長年不調に苦しんでいて、はっきりわからずにいるんだ。ジャックは定期的に注射を打たなくてはならないだろう。それからまた検査をして、効果が出ているかチェックするつもりだ。じょじょに回数を減らし、最終的には経口薬とときどき血液検査をするだけでよくなるだろう。症状もきっと消えると思うよ」

イライアスはデスクに戻ってすわると、患者のカルテの山をとりだした。ラッキーの方は見ようとしなかった。「質問がなければ、他の患者さんが待っているので」

ラッキーは顔がカッと熱くなるのを感じた。なぜデートを断り、彼とも口をきこうとしなかったか、なんとか理由を考えつかなくてはならなかった。「あの……わたし、このあいだは説明しようとしなくて本当にごめんなさい……」ラッキーは口ごもった。

「気にしなくていいよ。きみが動揺していたのは理解できるから」イライアスは目を上げると、射貫くように彼女を見つめた。「ただ、殺人事件のあった夜にぼくがどこにいたのか、どうしてうちの受付係に根掘り葉掘り訊いたのか理由を教えてほしいな」

ラッキーは返事ができなくて固まった。ローズマリーはあれこれ質問されたことをイライアスにしゃべってしまったのだ。ローズマリーにしたのと同じ説明をイライアスにもするべきだろうか？　どうやらあの説明ではローズマリーをだますことができなかったようだ。イライアスが嘘を信じるとはとうてい思えない。彼は距離を置いていた。あきらかにラッキーに疑われて傷ついているのだ。

ふいに恥ずかしさが怒りに変わった。ハニウェルの家で駐車許可証をつけた淡い色のセダンが目撃されたという事実は残っている――ハンクが私道から飛びだしてきたセダンとぶつかりそうになったときを入れれば二度。

「パトリシア・ハニウェルは愛人だったの？」よく考えないうちに、その言葉が口から飛びだしていた。

「なんだって？」イライアスはほとんど叫ぶように言った。「どうしてそんなことを訊くんだ？」彼の顔は怒りにゆがんでいた。「もちろんちがう」

「あなたの車が二度、彼女の家で目撃されているの」ラッキーにはそれがイライアスの車だという証拠がなかったが、とにかく口にして、彼の反応を見ることにした。

「ぼくの車だって？」心底からとまどっている様子だった。「そんなはずはない。ぼくはその家がどこにあるかも知らないんだ。行ったことは一度もない。それにその女性と二人きりで会ったこともない――生きているときはね」彼の声はどんどん大きくなった。イライアスはラッキーをにらみつけた。いまや本気で腹を立てていた。「まず最初にぼくに話してくれればよかったのに。陰でこそこそ動き回らずに……」

「車のことはどう説明するの？」ラッキーはやり返した。

彼は困惑して首を振った。「わからない。ほとんど車はここに停めてあるんだ。ウッドサイドに行く場合に備えて。鍵は看護師のデスクのフックにかけてある。まずありえないが、それが本当にぼくの車なら、誰かがぼくのいないときに鍵をとって乗って行ったんだろう」彼は心を落ち着けようとして深呼吸した。「他に質問は?」

イライアスの態度はさばさばしていたが、その下に怒りを秘めていることは明らかだった。彼女に腹を立てるのももっともだった。まずパートナーのことで質問した。ジョン・スタークフィールドの評判を傷つけるのではないかと、イライアスは憤慨していた。それから彼がパトリシアの愛人で、さらに殺人者だと疑った。おまけに、そのことを本人にきちんと訊こうともしなかった。リンカーン・フォールズの看護師がいなかったら、いまだにイライアスに疑いを抱いていただろう。彼にとってはとうてい許せることではない。彼との仲が進展する可能性は一切なくなったことをラッキーは悟った。あとはただ、彼が張り巡らした壁を壊せますように、と祈ることしかできなかった。ラッキーの心は沈んだ。もはや溝を埋めることは不可能だ。

「いいえ、ないと思います」

「ぼくがきみの立場なら、たぶん同じように考えただろう」椅子から立ち上がると、彼女のためにドアを開けた。「では失礼」

ラッキーは廊下に出ていった。イライアスはドアをぴしゃりと閉めた。拒絶されたのよ、馬鹿ね、ラッキーは思った。そういう目にあっても当然だった——彼を疑い、デートを断り、話をじようともせず、自分の人生から締めだそうとしたのだから。こうなるのが当然でしょう？

心臓の鼓動が速くなった。屈辱と怒りに引き裂かれ、今にもわっと泣きだしそうだった。ジョン・スタークフィールドを疑ったのは正しかったのだ。イライアスの車が頻繁にクリニックに停めてあることはみんなに知られていた。そしてキーを簡単に入手できることも。ジョン・スタークフィールドは誰よりも怪しい容疑者だった。

裏の駐車場に面した窓から射し込んできたライトが目に入った。ラッキーはさっと振り向くと、ゆっくりと裏口ドアまで歩いていきガラスをのぞきこんだ。ジョン・スタークフィールドが黒いボルボに重そうなブリーフケースをしまっているところだった。ゆっくりと車を回って運転席にすわった。チャンスだ。これ以上のチャンスはないだろう。イライアスとあんな言い合いをしたので、もう二度とここに来ることはできない。

ラッキーはドアを開けて、彼に近づいていった。「ドクター・スタークフィールド」彼は振り向き、表情がさっと曇ったように見えた。たんにわたしの想像？　でも、一見したところ愛想のいい表情のままだった。

「ラッキーだったね？」

ラッキーはうなずいた。「ええ。ちょっとお話ししたくて」

「どういうご用件かな？」

「イヤリングがここの駐車場で発見されて、受付係に届けられたことはご存じかもしれませんね。でも、殺人の被害者が医師と関係があったと証言している人がいることは、ご存じないですよね」かすかに彼が歯を食いしばったように見えた。これほど食い入るように彼を見つめていなかったら、気づかなかったかもしれない。

「なくしたイヤリングのことも気づかなかったし、その女性の私生活についてもまったく知らなかった」

ラッキーの心臓が早鐘のように打ちはじめた。でも、他に選択肢がある？　セージは保釈の希望もないまま、すでに罪状認否手続きをした。じきに事件全体が過去のものになり、独房のドアは永遠に閉ざされるだろう。ここは強気に出て、何か突破口が開けるかやってみるしかない。ラッキーはいきなり核心に触れた。「ドクター・スタークフィールド――あなたはパトリシア・ハニウェルと関係があったんですか？」

スタークフィールドの顔は灰色になった。手にキーを持ったまま、二歩彼女から遠ざかった。「むろんちがう。あの女性と何か関係があるなんて、よくも非難できるな。ついでに言っておくが、彼女が殺された件に関係があるなどと言いださないでほしいものだ！」

「あの夜どこにいたんですか？　嵐の夜は？」

「きみ、これはとんでもない侮辱だ。まったく馬鹿馬鹿しい。口のききかたに気をつけたまえ。これは中傷そのものだ。おぞましいばかりか、滑稽きわまりない。アビゲイルとわたしはひと晩じゅう家にいた――雪に閉じこめられてね――村じゅうの人間がそうだっただろう。さて、約束に遅れそうだ。どうか車から離れてもらえないかな」

彼女の質問を滑稽きわまりないと言っているにしては、彼はまったく笑っていない、とラッキーは思った。ラッキーは数歩さがり、彼が運転席にすわるのを見ていた。最後に怒りのこもった視線を投げつけると、エンジンをかけ、安全とは言いがたいほどの速度で駐車場から出ていった。

ラッキーは空気の抜けた風船のようにぺしゃんこになった気がした。クリニックの裏の階段にすわりこみ、膝に頭をのせた。寒さで体が震えた。温暖化傾向は終わり、しだいに鉛色の雲が広がりはじめ、弱々しい冬の太陽を隠していた。自分の考えは絶対に正しいという確信があった。これからどうしよう？　セージはまだ拘置所にいて、レストランはつぶれかけている。ハニウェルを殺した人物は自由の身で、まずイライアスが、そして今度はジョン・スタークフィールドまでがわたしと二度と口をきこうとしないだろう。ため息をついて立ち上がった。〈スプーンフル〉に戻って仕事をしなくては。本当は家に帰ってベッドにもぐりこみたかった。セント・ジェネジアス教会の鐘の音が、風に乗って遠くから聞こえてきた。スタークフィールドはなんと言っていただろう？　「アビゲイルとわたしはひと晩じゅう家にいた」どうしてアビゲイルの名前を出したのだろう？　息が止まった。セント・ジェネジアス——スタークフィールドがあんなに急いで向かったのは教会なのだ。そして今、ラッキーはその理由を悟った。

彼女はクリニックに駆けこんでいくと廊下を走り、待合室のドアを開けた。イライアスはどこにもいなかったが、ローズマリーが受付デスクにいた。

「ローズマリー、警察のネイトに電話して。わたしとセント・ジェネジアス教会で待ち合わせてと伝えて。緊急事態なの」

ローズマリーはびっくりしてラッキーを見た。どうして緊急事態で病院ではなく警察に電話するのか、よくわからないようだった。

「お願い。とにかくそうして。教会でわたしを待っていてと伝えて」

ローズマリーはうなずくと受話器をとった。ラッキーは電話がつながるまで待っていなかった。正面ドアを飛びだすと、教会へ向かって走りだした。角を曲がり、〈スプーンフル〉を、マージョリーとセシリーの店を通り過ぎた。あと四ブロック。氷で足を滑らせなかったら、数分で着くだろう。言葉でちゃんと説明できなかったが、教会にできるだけ早く到着しなくてはならないとひしひしと感じていた。スタークフィールドに一歩先を越されてしまった。

自分の車は〈スプーンフル〉の裏に停めてあったが、歩いていった方が早く教会に着くだろう。残っている雪をよけながら歩道を走り、交差点をふたつ渡った。除雪された歩道のはずれまで来ると、車道を走りだした。運転手がクラクションを鳴らし、急ブレーキをかけた。それでも足をゆるめなかった。数人が唖然としてラッキーの背中を見送っている。マフラーが後ろになびいた。教会の正面ゲートまで来たときはすっかり息が切れていた。前屈みになって膝に両手をつき、筋肉を休ませようとした。大きく息を吸い、きいきいきしむ錬鉄のゲートを押し開けた。正面ドアに急ぎ、通路に足を踏み入れた。しばらくじっと立ち、耳を澄ませた。身廊の内部から低いささやき声が聞こえてくる。ラッキーは早鐘のような心臓の鼓動を落ち着かせようとして、息を吸いこんだ。それからドアを開けて足早に側廊を歩きだした。ふたつの頭が彼女を振り返った。ジョン・スタークフィールドはアビゲイルを守るようにその肩に腕を回している。

「何の用だ？」彼は叫んだ。その声は梁に跳ね返されてこだまになった。

ラッキーの背筋を冷たいものが這いおりた。足は震えていたが、声はしっかりしていた。じっとジョン・スタークフィールドを見つめた。「あなたは知っていた。ずっと知っていたんですね」

アビゲイルの顔がくしゃくしゃになった。彼女はラッキーの方に一歩近づこうとした。だが、ジョンの腕に引き留められた。「わたしは……」彼女の声はひび割れ、すすり泣きになった。「そんなつもりじゃなかったの。ただ彼女と話をしたかっただけ。近づかないでって言いたかった……」

ジョンの顔が怒りで赤くなった。「われわれを放っておいてくれ。そんな権利はないんだ！」

「奥さんはこのまま知らん顔で生きていくわけにはいかないわ。正しいことじゃない」ラッキーはジョンにそう言ってから、両手をアビゲイルに差しのべた。「わたしといっしょに来てください」涙があふれるのを感じた。

アビゲイルは夫を見上げて小さな声でつぶやいた。「ごめんなさい」

ジョンはアビゲイルの両手をつかんだ。「しいっ」彼は妻をやさしく見つめた。「もう何も言わないで。大丈夫、やり直せるよ、ダーリン」

アビゲイルが体を震わせながら嗚咽した。「もう遅すぎるわ。本当にごめんなさい、ジョン」彼女は夫から離れて、付属チャペルのアーチの先にある小さな木製のドアの方に走りだした。

「アビゲイル！」ジョンが叫んだ。

正面入り口のドアが勢いよく開いた。ネイトが戸口に立ち、ラッキーとジョン・スタークフィールドを順繰りに見た。「何が起きているんだ？」

「ネイト。彼といっしょにいて。お願い。彼女と話をしてくるわ」呆然とした表情を浮かべてなすすべもなく立ち尽くしているスタークフィールドの前を、ラッキーは走り過ぎた。小さな木製ドアを開け、狭いらせん階段を上っていく。長年にわたって鐘つきが上り下りしているせいで、階段はすり減っていた。

アビゲイルのすすり泣く声が聞こえてきた。階段は真っ暗で、上からわずかな光がもれてくるだけだ。ラッキーは細い手すりをつかみながら、急いで階段を上がっていった。「アビゲイル、待って！」ラッキーはぐんぐん上っていき、それから足を止めて耳を澄ませた。足音はしなくなっていた。できるだけ音を立てずにさらに上っていった。狭い階段は曲がっていて、目を上げると、すぐそこにアビゲイルが見えた。

「それ以上近づかないで」

「戻ってきて、アビゲイル。話し合いましょう」ラッキーは訴えた。「お願い、そんなことしないで。ジョンのことを考えて」

「ジョン……」アビゲイルは感情のこもらない声でその名前を口にした。遠い昔に知っていた誰かを思い出すかのように。「彼はもう終わったと誓ったの――何年も前にボストンにいたときに。だけど、彼女は夫を放っておこうとしなかった。電話、手紙。わたしに知られていることなんて気にもかけなかった。いえ、わたしに知ってほしかったのよ。あの女は自分の通ったあとが廃墟になっても気にしなかった。誰を傷つけようと気にしなかった。だから、わたしたちはここにやって来たの――過去から逃げるために。ジョンは新しい始まりだって約束してくれた。そこへ……」アビゲイルはしゃくりあげた。「またもや悪夢が始まったのよ。彼女がスノーフレークにいて、ジョンがまた会っていることがわかったの。火曜ごとにウッドサイド病院で会議があるって……わたしったら、とんだまぬけだった！　ウッドサイド病院になんて行ってないことがわかった。会議なんてなかったの。あの女といっしょにいたのよ。たぶん機会を見つけてはいっしょに過ごしていたんだわ。そんな屈辱にはもう我慢できなかった。彼女と話し合えると思った……そんなふうに思うなんて、わたしもどうかしてた。だけど追いつめられていたの」アビゲイルの声がささやくように低くなった。「あなたには想像できないわね……信じてもらえるかどうかわからないけど、殺すつもりなんてなかった。何かに……何かにとり憑かれたのよ」

ラッキーはやさしく話しかけた。「みんなわかってくれるわ」

アビゲイルは首を振った。さっと向き直ると、階段を駆け上がっていった。ラッキーはできるだけ急いであとを追った。らせん階段のカーブを三つ曲がると、ついにてっぺんに着き、木製天井の開口部から太いロープが垂れ下がっている小部屋に出た。部屋には誰もいなかった。アビゲイルはどこ？　ラッキーは部屋を見回し、壁にとりつけられた木製のはしごを見つけた。天井のハッチに通じている。はしごの横木をつかむと登りだした。てっぺん近くまで来ると、小さな木製ハッチを押し上げた。ギギーッときしんで開いた。はしごを登り続け、小部屋を出ると凍てついた風が顔に吹きつけてきた。てっぺんまで登ると鐘楼に出た。開口部から風が吹きこみ、威圧感を与える鐘の表面をなでていく。うなりをあげる風の中で、鐘は人間の耳には低すぎて聞こえない言葉をしゃべっているかのようだ。ラッキーは鐘の低い振動を聞くというよりも感じた。アビゲイルは体がちょうどすっぽりおさまるアーチの下に立っていた。床の一部に張られた鎧板の一部はなくなっていて、残っているものも腐って穴だらけになっている。アビゲイルの顔はゆがみ、涙で汚れていた。ドレスは黒い煤《すす》だらけだった。「戻って。あなたにできることはないわ」

「そんなことない。回れ右をして、いっしょに下りましょう。とても簡単よ。わたしの手をつかんで」

「遅すぎるのよ」アビゲイルは叫んだ。風が彼女の言葉をさらっていった。「ただ彼女と話したかっただけなの。傷つけるつもりなんてなかった」

「あなたを信じるわ。説明するチャンスはあるわよ」

「あの女はわたしを馬鹿にして笑ったの。信じられる？　わたしをあざ笑ったのよ。それからこう言った……」アビゲイルの目に遠くを見るような表情が浮かんだ。ラッキーはかろうじて残りの言葉を聞きとった。「……ジョンの子どもを妊娠しているって。いい、わたしはどうしても……」アビゲイルは大きく息を吸うと、ラッキーに哀れっぽく両手を差しのべた。「子どもができなかったの」

「お願い。わたしの手につかまって」ラッキーは下を見ないようにしながら、そろそろとアビゲイルの方に近づいていった。片手を差しのべながら、慎重にでっぱりをよけながら進んでいく。下から足音が聞こえてきた。ネイトが追ってきたのだ。はしごがきしみ、鐘楼に登ってくる物音がした。彼が上がってくる前に、アビゲイルを説得できますように、とラッキーは祈った。

横に移動していき、やっとアビゲイルのところまで来た。怯えさせないように気をつけながら、やさしくアビゲイルの手をつかんだ。同時にハッチが開き、ネイトが開口部から出てきた。そのとたんアビゲイルは両手をもぎ離した。恐怖にすくみながらラッキーは息を止め、バランスを保とうとした。アビゲイルが開口部に後ろ向きに倒れこむと、鎧板が体の重みで割れた。

ラッキーは心臓が止まったような気がした。はるか下から低いどさっという音がして、そのあとは鐘楼を吹き抜けていく風の音だけが聞こえていた。アーチの端をぎゅっとつかんだ。怖くて、下はとても見られなかった。

長いあいだ体の震えが止まらなかった。ネイトの手を借りてどうにか反響室まで戻り、らせん階段を下りていった。ジョンが正面の信徒席にすわり、両手で頭を抱えうめいていた。外では遠くからサイレンの音が聞こえてきた。ラッキーは側廊を歩いてジョン・スタークフィールドのわきを通り過ぎると、外の凍てついた空気の中に出た。ネイトがアビゲイルのばらばらになった死体をパトカーのトランクからとりだした毛布で覆っていた。

ネイトはラッキーを見た。その表情は読みとれなかった。「大丈夫か？」

ラッキーはうなずき、涙をぬぐった。「彼女はわたしをだましたの。手をとらせてくれたのに、それから……」

ネイトはうなずいた。「中で待っていたらどうだ？」

「あそこには戻れない」

救急車が到着してサイレンを止めた。「思ったよりも早く来たな――まあ、もう役に立たないが」彼はラッキーに向き直った。「どうやってわかったんだ？」

「わかりませんでした……最初のうちは。スタークフィールドが、あの晩はずっとアビゲイルといっしょに家にいたって言ったんです。でもあの晩はここで合唱団がリハーサルをしていたんです。嵐のせいでリハーサルを早めに切り上げました。なのに彼はこう言った。『アビゲイルとわたしはひと晩じゅう家にいた』こうは言わなかった。『わたしはひと晩じゅう家にいた。妻がそれを証言してくれるよ』妙でした――最初にアビゲイルの名前をあげたんです。どうしてか？　そのときはっと気づいた。彼は自分のアリバイを作ろうとしているのではなく、守ろうとしているのはアビゲイルなのだって」

救急車から感染防止衣姿の男が二人降りてくるのが見えた。ブラッドリーがやって来て、歩道で野次馬たちに下がるように指示していた。

「ちょっと待っていてくれれば、家か〈スプーンフル〉まで送っていくよ」それはネイトにとって、あんたの言うことにもっと早く耳を貸していればよかった、という意味にいちばん近いせりふなのだろう。

ラッキーは首を振った。「あなたにはやることがどっさりありますから。歩いていきます」

ネイトは手を伸ばしてラッキーの腕をつかんだ。「覚えておいてほしい――きみが悪いんじゃない。きみには何もできなかったんだ」

ラッキーはうなずいた。「わたしの居場所はご存じですね」

ラッキーは好奇の視線を避けるようにして小道を歩き、鉄のゲートを開けた。数人がラッキーに呼びかけたが、うつむいたまま歩き続けた。誰とも目をあわせず、誰の質問にも一切答えなかった。マフラーをぎゅっと首に巻きつけた。またもや寒冷前線が近づいてきているようだ。空気に湿っぽい匂いが嗅ぎとれた。じきに雪が村を覆うだろう。

38

「さて、みんな、肩を組んで、とびっきりの笑顔で」ドラッグストアのジェロルド・フラッグが〈スプーンフル〉で集合写真を撮りたいと言ってきたのだった。《スノーフレーク・ガゼット》紙に〈スプーンフル〉の復活を大々的に知らせる全面広告を載せるために。セージが中央に立ち、ジャック、ラッキー、ジェニー、メグ、それにレミーが彼を囲んだ。レストランは善意の人々であふれていた。全員が常連客で、村のほとんどの人の顔があった。

ジェロルドが叫んだ。「いいぞ。念のためあと数枚」みんなおとなしく待ち、合図で笑顔になった。

「完璧だ」ジェロルドはカメラの画像をチェックすると、親指をあげて合図した。レストランの全員が歓声をあげた。セージは恥ずかしそうに微笑み、ソフィーはそのかたわらでぴょんぴょん跳ね、ぎゅっと彼を抱きしめた。

「ラッキー、こいつを《ガゼット》にメールして、おたくの広告を載せてもらうよ」

「すてき。わたしにも一枚送ってください。リゾートで配るためにチラシを作ってもらっているんです」これでレストランはこれまでどおりやっていけるだろう、とラッキーは確信し

ていた。いや、これまで以上に忙しくなりそうだ。

「さて、音楽をかけてパーティーを始めよう」ジャックが騒音に負けじとラッキーに言った。「この店には音楽が必要だったんだ。これでちょっとした雰囲気がかもしだせるからな」

ラッキーは祖父に微笑み返した。「雰囲気ならこれまでだってあったわ、ジャック。音楽でそれが揺るがぬものになっただけ」

セージが釈放されたという知らせが広まると、パーティーが計画され、隣人たちがキャセロール、ケーキ、パンといったごちそうを持ち寄ってセージの即席歓迎会を開くことになった。ジェニーとメグとラッキーは忙しそうに皿やカトラリーを並べ、長いカウンターにビュッフェをこしらえていた。

セージは何度も手伝おうとして、このパーティーは彼が主役なのだから仕事をしてはいけないと言われて引き戻された。ところがいつのまにかカウンターの後ろに入りこんで、ラッキーに近づいてきた。

彼女は笑顔でセージを見た。「あら、向こうに行ってて、ここに入ってきちゃだめよ。あなたに楽しんでもらわなくちゃ」

「ボス……ラッキー、どうお礼を言ったらいいか……あなたがいなかったら……」彼の目に涙があふれた。

「セージ――あなたが無実だってわかっていたから、戻ってきてほしかっただけよ」

「かまわないんですか……前科は？　気にならないんですか？」

「全然。あなたの罪じゃないのに刑務所に入れられたんですもの」

セージはぎこちなく腕を伸ばすと、ラッキーをがしっとハグした。そして彼女の耳元でささやいた。「ありがとう」それから顔を赤くしながら体を離し、ソフィーの隣に戻っていってすわった。ラッキーは二人を眺めて微笑んだ。二人ともとても幸せそうだった。ソフィーは顔を輝かせながら、ラッキーに投げキッスをした。二人の幸せがうらやましかった。もし……もしイライアスを遠ざける真似をしなかったら。

テーブルと椅子は壁際に押しやられ、年配のカップルが店内の中央でダンスを始めた。フロ・サリヴァンも来ていて、人混みで鮮やかなオレンジ色の頭が目立っていた。彼女はジャックを探して店内を歩き回っていたので、ジャックは言い寄られないように、こちらのグループからあちらのグループへとしじゅう移動していた。

店内は騒々しくなり、ラッキーは周囲の会話も聞きとれなかった。ドアが開き、エリノアがもじゃもじゃの白髪頭の恰幅のいい紳士といっしょに入ってきた。エリノアはつま先立ちになり、ラッキーに手を振った。それから紳士の手をとると、彼をカウンターに連れてきた。

「ラッキー」エリノアは叫んだ。「あなたにご紹介したいの……」

ラッキーは笑った。「待って」彼女は叫び返した。「オフィスに来てください」スイングドアの方を身振りで示すと、二人は人混みを縫いながら進んできて彼女に追いついた。

「こちらにどうぞ。ここなら自分の声が聞こえますから」ラッキーはオフィスのドアを開けて、二人にデスクのそばの椅子を勧めた。

「ふう！　盛大なパーティーね」エリノアは椅子のひとつにすわりこんだ。「ラッキー、ホレス・ウィンソープ教授を紹介させてちょうだい」

ラッキーはこの男性が何者で、どうしてエリノアが〈スプーンフル〉に連れてきて紹介したいのか、わけがわからず当惑していた。

「元教授だよ、きみ。お会いできてうれしいよ」彼はデスク越しに手を伸ばしてラッキーと握手した。

「ホレスはあなたのご両親の家にすっかり夢中になってしまって、長期的に借りたがっているの、あなたが承知してくれるならだけど」

「承知ですって？　大喜びで」ラッキーはひと目でこの年配の男性に好意を持った。「引退なさったんですか？」

「そうだ。そしてこの村がすっかり気に入ってね。数年ほど静かに仕事ができる場所を探していたんだ。本を書いているんでね。ずっと歴史を教えてきたんだよ。ニューイングランドの独立戦争の時代が専門だ。ぜひあなたの家を貸していただきたいんだ。まだ貸すという気持ちに変わりがなければだが――ご両親の家だったとエリノアからうかがっているよ」

「ええ、大丈夫ですとも。執筆には最適な場所だと思います。ようこそスノーフレークに」ラッキーはにっこりした。

「ありがとう。それから、ここの常連にもなるつもりでいるんだ。おいしいレストランだとか。それにシェフも厨房に戻ってきたんだろう？」

「そうなんです」

「ラッキー、わたしたちも少しパーティーに参加させていただいてもかまわない？」エリノアがたずねた。「ホレスをみんなに紹介したいの。そうすれば、顔見知りもできるでしょうし」

「もちろんよ。どうぞ、そうしてください。みんな歓迎するわ」

「引っ越してきたら、またパーティーを開かなくてはね。ホレスは来月移ってくる予定なの」

「ここで楽しく過ごせるように祈ってます、ホレス」

「ありがとう。ここで暮らせると思うとわくわくするよ。なにしろベニントンのすぐ近くだからね、あの有名な戦場の」


十時には人が少なくなっていた。ラッキーはキャセロールの皿の残り物をこそげ落とし、厨房のハッチに積み上げていた。レミーはそれをゆすいで、食器洗い機に入れているところだった。

ネイトはジャックと隅のテーブルにすわり、ビールを飲んでいた。ラッキーは休憩をとるからいっしょにどうぞ、とレミーに声をかけた。

ラッキーが椅子を引くと、ネイトはにっこりした。「あんたの話にもっと早く耳を貸せばよかった、とジャックに言っていたところなんだ」彼は首を振った。「あの気の毒な青年が」――ネイトはセージの方にあごをしゃくった――「恨んでいないといいんだが」

「セージはすっかり舞い上がっているから、たぶん大丈夫だと思います」

「いまだによく理解できずにいるよ――よりによって彼女が。あの人は本当にやさしいレディだった」

ラッキーはコンサートでのアビゲイルの歌を思い出して、胸が痛くなった。歌の調べが教会じゅうに反響していたっけ。

ネイトはラッキーに視線を向けた。「スタークフィールドはすっかり参っているよ。すべてを白状した。あの家できみを階段から突き落としたことも……」

「まあ」ラッキーは顔を赤らめた。「わたしがあの家に行ったことをあなたに知られずにすめばって、祈ってたんですけど」

ネイトはぎゅっと唇を引き結んだ。「彼はあの家に残してきたもののせいで、ハニウェルと自分の関係がばれるんじゃないかとあせったんだ。彼女と会っていたことが知られないように必死だったらしい。イライアスの車で家に行ったことも認めている。自分の車を使うのは怖かった――誰かに気づかれるのではないかと怖かったそうだ。最初はまったくアビゲイルを疑っていなかったと思う――ただ、自分が殺人事件の容疑者になるのではないかと恐れていたんだ」

「それは本当のことにちがいないわ。たぶんアビゲイルはジョンの携帯を使って、クリニックで待ち合わせをしようって、ハニウェルにメールしたんですよ。ハニウェルはスタークフイールドと会うつもりで行ったら、待っていたのはアビゲイルだった」

「スタークフィールドもそう話していた」ネイトは答えた。「事件の夜にメールが送られているのに気づいたのはしばらくしてからだった。そのとき、真相がわかったんだよ」

「アビゲイルは彼女を殺そうと計画していたのかな？」ジャックが質問した。

「いいえ、ちがうわ。きっとアビゲイルは夫に手を出すなと言いたかっただけなのよ。彼女はそう言ってた……あの日、鐘楼で……」ラッキーはその記憶を締めだすように一瞬目を閉じた。「ハニウェルはアビゲイルをあざ笑い、ジョンの子どもを妊娠していると告げたの。アビゲイルにとって、それは胸を引き裂かれるようなつらいことだったんだと思う。翌日ハニウェルの死体が発見されたとき、スタークフィールドはアビゲイルをまったく疑っていなかったにちがいないわ。いったん真相がわかると、彼は妻を守ろうと必死になったのよ」

「お望みならスタークフィールドを告発できるよ——暴行罪で」

ラッキーは首を振った。「本当のことを言うと、もし可能なら、あの男の顔は二度と見たくないわ」

「さらに言えば、わたしはスタークフィールドを捜査妨害で告発もできる。となると、医師免許にさよならだな」ネイトは眉をつりあげ、ラッキーを見つめた。「どう思う？」

「あなたが決めることだけど、すべて水に流した方がいいんじゃないかと思うわ。彼はこういう悲惨なできごとを抱えて生きていかなくてはならないんだし。最悪の結末になったのよ」

「ああ、そのとおりだ」ネイトは首を振った。「ただ、ハニウェルをどうやって殴りつけたのかがわからないんだ。スタークフィールドもまったく見当がつかないと言っている。自分が犯行を知っていることをとうとう妻に伝えなかったんだ。家も両方の車もクリニックも捜索した——それでも凶器を発見できずにいる」

教会で洗礼式の準備をしていたアビゲイルの姿がまざまざと浮かんだ。彼女はため息をついた。

「祭壇の燭台をじっくり調べた方がいいですよ。たぶん凶器が見つかると思います」

39

最後の客が引き揚げたのはもう真夜中過ぎだった。ジャックは脚を伸ばして、テーブルでビールをちびちび飲んでいた。「甲板は明日の朝モップをかけるよ。おまえがそれでかまわなければ」

「それでけっこうよ、ジャック。みんな家に帰ってベッドに入った方がいいわ。明日も忙しくなりそうだから」

ジャックとメグとレミーに手伝ってもらって、すべてのゴミとナプキンをゴミ袋にまとめ、食器洗い機を回し、残った食べ物を片付けた。ジャックはビールを飲み終わると、コートに腕を通した。ラッキーは祖父をハグして、正面ドアまで見送った。

「家に帰ってゆっくり休んでね。体調がよくなっているのは知っているけど、無理はしないで」

「そうするよ、ラッキー。まだ八点鐘（午前零時ごろ）を過ぎたばかりだ。心が若ければ、真夜中なぞ、そんなに遅い時間じゃないよ」ジャックはかがみこんで、ラッキーの額にキスした。

「一人でちゃんと帰れるかい？」

「帰ってちょうだい。わたしは大丈夫。ゴミ袋だけ裏口に出しておいて。あとで捨てておくわ」

「こっちは片付け終わりました、ラッキー。もう帰っていいですか？」ジェニーがたずねた。

「自分のアドバイスに自分自身でも耳を傾けた方がいいぞ」ジャックはにっこりして、歩道に出ていった。ラッキーはドアに鍵をかけた。

「もちろんよ。心配いらないわ」

レミーと女の子たちは廊下からさよならとあいさつした。ラッキーは路地に通じるドアがバタンと閉まる音を聞いた。

今夜が終わってほっとしていた。とても楽しかったが、ぐったり疲れた。店内を歩き回って照明のスイッチを切っていき、最後に正面の窓のネオンサインを消した。両親の笑い声が聞こえたような気がしたが、振り向いてもそこには暗い影しかなかった。ため息をつき、コートをはおった。裏口を開け、大きなゴミ袋を四つひきずりながら階段を下りて大型ゴミ容器まで行った。すべてを放りこみ、蓋を閉める。パトリシア・ハニウェルが発見されたまさにその場所に立っていることに気づき、思わず身震いした。その気持ちを振り払い裏口の鍵をかけると、ポケットに鍵をしまった。狭い路地からブロードウェイに出ると、通りの左右を見渡したが人っ子一人いなかった。空気がパリパリするほど夜は冷えこんでいた。かなたで狼が遠吠えをした。

一週間前はこんな夜を過ごせるとは思ってもいなかったが、今、ジャックは健康と活力をとり戻し、セージは仕事に復帰し、お客も隣人も、もう〈スプーンフル〉を怖がらなくなった。物思いにふけっていたせいで、アパートの建物に人影がたたずんでいることに気づかなかった。誰かが階段のてっぺんにすわっていたので、ラッキーはぎくりとして飛び上がりそうになった。

「脅かすつもりはなかったんだ」彼は立ち上がった。

「イライアス!」ラッキーはどう言葉を続けたらいいのかわからず、じっと立ったままでいた。今夜、イライアスにも招待状を出してあった。ひと晩じゅう気にしていたが、人混みの中に彼の姿は見つけられなかった。

「きみを待っていたんだ。謝りたかったから」

「いいえ、わたしこそごめんなさい。失礼なことをしちゃったわ。ただ怖かったの……」ラッキーは言葉をのみこんだ。

イライアスは階段を下りてくるとラッキーを腕に抱きしめた。「ぼくがまちがっていた。頑固で意地っ張りだった。最初にきみの話をじっくり聞くべきだったんだ。許してくれるかい?」

ラッキーの胸に喜びがあふれた。「もちろん」

イライアスはかがみこむと、彼女のあごを持ち上げ、長く情熱的なキスをした。もはや彼がどういう気持ちなのか疑いの余地はなかった。

「ひとつだけ知りたいことがあるんだ」

ラッキーは待った。「何なの？」

「ラッキーは何の略なんだい？」暗くて見えなかったが、彼がにやにやしているのはまちがいなかった。

「ずいぶんしつこいのね」

「〝しつこい〟はぼくのミドルネームだ」

「レティシアよ」小声で告げた。

「美しい名前だ」イライアスは体を離して、しげしげとラッキーの顔を見つめた。「だけど、どうしてレティじゃないんだい？」

「言ったでしょ、ジャック《ラッキー》が名付けてくれたって。いつかその理由を教えてあげるかもしれない——あなたが幸運ならね」

じゃがいもと ヤムイモのスープ

材料（4人分）

赤ピーマン…1個
人参…4本
じゃがいも…大2個
ヤムイモ…1本
チキンストックあるいはブイヨン…4カップ
白コショウ…小さじ½
生クリーム…½カップ
パプリカパウダー…少々

作り方

1. 赤ピーマンの種をのぞいてさいの目に切る。それを鍋に入れ、材料がかぶるぐらいの水を加えて10分間煮立たせる。
2. 人参を薄切りにして鍋に加える。じゃがいもとヤムイモの皮をむき、さいの目に切り鍋に入れる。4カップのチキンのストックを加え、野菜を煮る。沸騰したら弱火にして、20分間煮る。
3. 白コショウを加えてかき回す。じゃがいもとヤムイモが完全に煮崩れ、スープにとろみがつくまでかき回しながら煮る。
4. 生クリームを加えて、さらに混ぜる。
5. ボウルによそって、パプリカパウダーを少々ふりかけて出す。

※米国の1カップは約240cc

野生のキノコのスープ

材料（4人分）

乾燥ポルチーニ…2カップ
お湯…1カップ
オリーブオイル…大さじ2
リーキ…2本（薄切り）
シャロット…2個（みじん切り）
ニンニク…1かけ（みじん切り）
生の野生のキノコ…230g
野菜のストック…5カップ
乾燥セージ…小さじ½
塩と挽いた黒コショウ
軽めのクリーム（乳脂肪分18～30%）…½カップ
生のタイム（飾り用）

（注）シャロットは玉ネギに似た野菜。らっきょうのようなエシャロットとは異なる。

作り方

1. 乾燥ポルチーニをお湯を入れたボウルに30分ほど浸す。
2. お湯からポルチーニをとりだし、細かく刻み、お湯はとっておく。
3. 大きな鍋にオリーブオイルを熱する。リーキ、シャロット、ニンニクを加え、かき回しながら、やわらかくなるまでゆっくりと5分間いためる。
4. 生のマッシュルームを細かく切り、鍋に加える。中火でさらに5分以上いためる。
5. 野菜のストックを加え沸騰させる。
6. ポルチーニ、セージ、❷でとっておいたお湯を加える。塩コショウ少々をふる。
7. ときどきかき回しながら、弱火で20分間煮る。
8. スープをフードプロセッサー、またはすりこぎでピューレ状にする。
9. クリームを加えて弱火で温め直す。
10. タイムの葉を浮かべて出す。

トマトとほうれん草のスープ

材料　（4人分）

ジャンボパスタシェル…2カップ
オリーブオイル…大さじ1
タマネギ…中½個（粗いみじん切り）
ニンニク…1かけ（みじん切り）
トマト…680g（生または缶詰）
人参…6本（皮をむいてみじん切り）
冷凍または生のほうれん草…3カップ
乾燥オレガノ…大さじ2
乾燥バジル（生バジルの方がおいしい）
…大さじ2
野菜のブロス…6カップ
塩コショウ…少々
パルメザンチーズ
…½カップ（削ったもの）

作り方

1. 塩を入れた水を大鍋で沸騰させる。パスタを入れ、湯にオリーブオイルを数滴垂らす。かきまぜて火を少し弱める。パスタがアルデンテになったら、すぐにざるで湯を切る。
2. タマネギとニンニクを鍋で5分間いためる。
3. トマト、人参、ほうれん草、オレガノ、バジルを加える。野菜のブロスを加え、沸騰したら火を弱め、20分間煮る。
4. パスタの上にスープをかけ、パルメザンチーズをふりかけて出す。

山羊のチーズとパンチェッタのサンドウィッチ

材料

ハードパン… スライス2枚
オリーブオイル…大さじ1
バルサミコ酢…大さじ1
山羊のチーズ… ⅓カップ
パンチェッタ…3枚
イチジク… 3個(みじん切り)

作り方

1. ハードパンにオリーブオイルとバルサミコ酢を塗る。
2. 山羊のチーズを塗り広げ、パンチェッタと刻んだイチジクを重ねる。

フレンチトースト・サンドウィッチ

材料

卵…1個
ミルク…⅓カップ
食パン…2枚
マッシュルーム（スライス）
スイスチーズ…1枚（スライス）
ウスターソース

作り方

1. 浅い容器で卵を割りほぐし、ミルクを加えて混ぜる。
2. パンを両側とも❶の卵液に浸す。
3. 少量のオイルかバター（分量外）をフライパンで熱してから、パンを入れる。両側がきつね色になるまで焼く。
4. パンの片方にマッシュルームを並べ、さらにチーズをのせ、もう1枚のパンで覆う。ひっくり返してチーズが溶けるまで両面を加熱する。
5. てっぺんにウスターソースを少量かける。

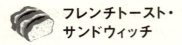

訳者あとがき

アメリカ、ヴァーモント州のスノーフレーク村の冬は、見渡す限りの白銀の世界だ。凍てつく寒さの中、ラッキー・ジェイミソンは村の墓地に一人たたずみ、涙を流していた。ラッキーはマディソンの大学に進学してからずっと家を離れていたのだが、両親が交通事故で亡くなったという衝撃的な知らせを受け、何年かぶりで村に帰ってきたのだった。そして今、彼女は岐路に立たされていた。両親が遺したスープの店〈バイ・ザ・スプーンフル〉を継ぐか、どこか別の土地で一からやり直すか。でも、高齢の祖父のことも考えなくてはならなかった。祖父にとって〈スプーンフル〉は生きがいになっていたのだ。

そんなとき、店の裏手でスキー客の死体が発見された。殺されたのは〈スプーンフル〉の常連でもある派手な美人ハニウェルだった。しかし、腕ききシェフのセージが逮捕されたせいで、〈スプーンフル〉の経営に暗雲がたちこめた。殺人シェフの店という噂が流れ、客足が途絶えてしまったのだ。このままでは経営が行き詰まってしまうとあせるラッキーは、セージの無実を信じ、自分の手で真犯人をつかまえることを決意した……。

ヴァーモント州の架空のスキーリゾート、スノーフレーク村を舞台にしたコニー・アーチャーの〈スープ専門店〉シリーズを新たにお届けします。主人公の探偵役ラッキーは青い目が印象的な若い女性です。無鉄砲なところもあるけれど、厳しい運命に翻弄されながら、けなげにがんばろうとする姿につい声援を送りたくなります。そのほか祖父のジャック、母親代わりの村長エリザベス、中学時代からのあこがれの人イライアス、腕のいいシェフのセージと、味のある脇役がたくさん登場します。

そして、なんといっても魅力的なのは、〈スプーンフル〉で出されるおいしそうな料理の数々です。スープはもちろん、サンドウィッチもおしゃれで、実際に作ってみたくなりました。巻末にスープとサンドウィッチのレシピをいくつか載せてありますので、ぜひご活用ください。

なお、クリニックの受付係のローズマリーに出すチキンとアーティチョークのタラゴン風味のスープはレシピがついていませんが、フェイスブックのメッセージで読者からレシピがないのが残念だと言われたアーチャーはレシピを探し、*The Mystery Writers of America Cookbook* で紹介しています。ごく簡単に、ご紹介しておきましょう。アーティチョークが手に入ったら作ってみてください。

❶鍋にバターを溶かし、シャロット（本文中にも出てきますが、タマネギで代用可。らっきょうのようなエシャロットではない）とタラゴンをソテー。

❷ひと口大に切ったチキンの胸肉二枚を❶に加えてさらに軽くソテー。
❸ドライな白ワインを半カップぐらい注いで一分煮てから、チキンブロスを四カップ加え、弱火で十五分煮る。チキンが煮えたらとりだしておく。
❹アーティチョークの芯と精白大麦（半カップ、米でも代用可）を加え、弱火で十五分煮る。
❺火を止めて蓋をし、大麦がスープを吸いこみやわらかくなるまで三十分ほど寝かせる。
❻鍋が冷えたら、スープの中身を裏ごしする。
❼❻とりだしておいたチキンを鍋に戻して温め、生のタラゴンを散らす。

作者のコニー・アーチャーはニューイングランドで生まれ、近所の池でアイススケートをしたり、ケープ・コッドの浜辺でハマグリをとったり、ヴァーモントでスキーをしたりして成長しました。学生時代は子ども向けの芝居公演でボストン郊外を巡回していたようです。大学では最初は生物学を選びましたが、結局方向転換して英文学で学位をとりました。それ以後、さまざまな仕事につきました――研究所の技術者、カクテルウェイトレス、病院秘書、ディナー・シアターの女優など。そうしたさまざまな経験が、作品にも生かされているようです。

現在はロサンジェルスに家族とともに暮らし、バジルという猫を飼っています。

この〈スープ専門店〉シリーズは、アメリカ本国で現在までに五冊出版されています。作品の舞台をスープ店にしたのは、スープほど癒やしてくれる食べ物はないからだとコニー・アーチャーは説明しています。このシリーズを書いていることを口実に、しじゅう冷蔵庫や戸棚を探して材料を見つけては、さまざまなレシピを試し、家族や友人に味見してもらっているとか。二作目でも、ますます斬新でおいしそうなスープが登場しそうです。次作*A Broth of Betrayal*では、工事現場から古い人骨が発見されます。その後、一人の男性が殺され、なんとエリザベスが行方不明になるという事件が起きます。ラッキーは無事に事件を解決できるのでしょうか？　邦訳は二〇一七年二月に出版予定ですので、楽しみにお待ちください。

コージーブックス

スープ専門店《せんもんてん》①

謎解《なぞと》きはスープが冷《さ》めるまえに

著者　コニー・アーチャー
訳者　羽田詩津子《はたしずこ》

2016年　9月20日　初版第1刷発行

発行人　成瀬雅人
発行所　株式会社　原書房
〒160-0022 東京都新宿区新宿1-25-13
電話・代表　03-3354-0685
振替・00150-6-151594
http://www.harashobo.co.jp
ブックデザイン　atmosphere ltd.
印刷所　中央精版印刷株式会社

落丁・乱丁本はお取り替えいたします。
定価は、カバーに表示してあります。
 ISBN978-4-562-06056-6 Printed in Japan